나사의 회전

나사의 회전
The Turn of the Screw

헨리 제임스 장편소설 이승은 옮김

THE TURN OF THE SCREW
by HENRY JAMES (1898)

이 책은 실로 꿰매어 제본하는 정통적인 사철 방식으로 만들어졌습니다.
사철 방식으로 제본된 책은 오랫동안 보관해도 손상되지 않습니다.

그 이야기는 난롯가에 앉아 있는 우리를 숨죽이게 하기에 충분했다. 하지만 크리스마스 전날 밤 오래된 집에서 듣는 이상한 이야기가 본래 그렇듯이, 이야기가 섬뜩하다는 분명한 언급 말고는 아무도 말이 없었다고 기억한다. 마침내 누군가가 어린아이에게 유령이 나타나는 경우는 처음이라고 지나가듯 말했다. 그것은 크리스마스를 보내기 위해 우리가 모여 있던 그 집처럼 오래된 집에서 유령이 나타나는 이야기였다. 방에서 어머니와 함께 잠자고 있던 어린 사내아이에게 끔찍한 유령이 나타나자 아이는 공포에 질려 어머니를 깨웠다. 두려움을 몰아내고 자기를 달래서 다시 잠이 들 수 있게 해달라고 깨운 것이 아니라, 그러기 전에 자신에게 충격을 준 그 광경을 어머니가 직접 대면하라고 깨운 것이었다. 내가 관심을 기울일 만큼 흥미로운 의미를 담고 있는 대답을 더글러스로부터 이끌어 낸 것은 — 그 즉시가 아니라 늦은 저녁 시간이 되어서야 대답한 것이긴 하지만 — 바로 그러한 이야기였다. 누군가 그리 신통치 않은 이야기를 하는 중이었는데, 나는 더글러스가 그 이야기에 귀 기울이지 않고 있다는 것을 알았다. 나는 이 행동을, 그 자신이 만들어 낼 무언가가 있고 우리는 기다리기만 하면 된다는 표시로 생각했다. 사실상 우리는 이틀 밤을 더 기다렸다. 하지만 그날 저녁 우리가 헤어지기 전에 그는 마음속에 있던 이야기를 꺼냈다.

「그리핀이 말한 것이 유령이든 무엇이든 간에, 저는 유령이 그처럼 나이 어린 사내아이에게 처음 나타났다는 점이 특별한 묘미를 더해 준다는 생각에 동의합니다. 그런데 제가 알기로는 그런 엄청난 일이 어린아이에게 일어난 경우가 처음은 아닙니다. 아이가 이야기에 나사를 조여 주는 효과를 준다고 한다면, 두 아이가 등장하면 어떻겠습니까?」

「그야 물론 두 아이들이 나사를 두 번 조여 준다고 말할 수 있겠지요! 또 우리 모두 그 아이들에 대한 이야기를 듣고 싶어 한다고 말할 겁니다.」 누군가 소리쳤다.

나는 불길 앞에 있던 더글러스를 떠올릴 수 있다. 그는 난로를 등지고 서서 양손을 주머니에 넣은 채 말하는 사람을 내려다보고 있었다. 「지금까지 저 말고는 아무도 들어 본 적이 없는 이야기일 겁니다. 정말 너무 무서운 이야기입니다.」 이 말에 몇몇 사람들은 그가 자기 이야기에 최고 가격을 매기려는 것이라고 생각했다. 우리의 친구는 조용히 우리를 둘러보고 이렇게 말하면서 교묘하게 자신의 승리를 준비했다. 「모든 이야기를 능가하는 것입니다. 제가 아는 그 어떤 이야기도 그것에 근접하지 못합니다.」

「절대적인 공포 때문인가요?」 내 기억으로 그렇게 물은 것 같다.

그는 그게 그처럼 단순한 것이 아니라고 말하려는 듯했고 어떻게 더 정확히 표현해야 할지 정말 난처한 것처럼 보였다. 그는 눈 위로 손을 스치고는 약간 찌푸렸다. 「무서움 때문입니다. 무서움요!」

「아, 정말 재미있겠네요!」 한 부인이 소리쳤다.

그는 그 부인의 말에 신경 쓰지 않았다. 그는 나를 바라보았지만, 내가 아니라 자신이 말하고 있는 대상을 보고 있는 듯했다. 「우리가 흔히 알고 있는 기괴한 추함과 공포, 고통에 있어서 말입니다.」

「그렇다면 그냥 자리에 앉아서 시작하시지요.」 내가 말했다.

그는 난롯가로 몸을 돌려 장작을 발로 차더니 잠시 그것을 바라보았다. 그러고서 다시 우리를 마주 대했다. 「지금 시작할 수 없습니다. 런던으로 사람을 보내야 합니다.」 이 말에 모두들 불평하고 비난을 퍼부었다. 잠시 후 그는 몰두한 듯한 태도로 설명했다. 「그 이야기는 글로 쓰여 있습니다. 잠긴 서랍 안에 들어 있어요. 몇 년 동안 꺼낸 적이 없습니다. 내 하인에게 편지를 쓰고 열쇠를 동봉해서 보내면 그가 그 꾸러미를 찾는 대로 보내 줄 겁니다.」 그는 이 일을 특히 나에게 설명하려는 것처럼 보였다. 자신이 망설이지 않도록 도와 달라고 간청하는 듯했다. 그의 행동은 여러 해 겨울을 지나면서 형성된 단단한 얼음을 깨뜨린 것이나 다름없었다. 오랫동안 침묵을 지킬 만한 그 나름대로의 이유가 있었던 것이다. 다른 사람들은 이야기가 지연되는 데 화를 냈지만, 나를 매혹시킨 것은 바로 그의 망설임이었다. 나는 첫 우편으로 편지를 보내서 우리가 빨리 이야기를 듣게 해달라고 간청했다. 그리고 문제가 되는 그 일을 직접 경험했느냐고 그에게 물었다. 이 물음에 그는 재빨리 〈아, 다행히도, 아닙니다!〉라고 대답했다.

「그렇다면 당신이 기록한 것입니까? 당신이 그것을 적었나요?」

「인상만 간직하고 있습니다. 여기에 담아 두었습니다.」 그는 가슴을 가볍게 쳤다. 「그 인상을 잊은 적이 없습니다.」

「그렇다면 당신이 갖고 있는 원고는……?」

「오래되고 빛바랜 잉크에, 가장 아름다운 필체로 쓰여 있습니다.」 그는 다시 머뭇거렸다. 「여자 필체입니다. 그 여자는 죽은 지 20년이 되었습니다. 그녀가 죽기 전에 문제의 그 원고를 제게 보냈습니다.」 이제 사람들 모두 귀 기울여 듣고 있었고, 물론 눈치 빠르게 짐작하거나 추론을 이끌어 내려는 사람도 있었다. 그러나 그는 웃지도 짜증을 내지도 않으면서 그런 추측들을 가볍게 받아넘겼다. 「그녀는 아주 매력적인 사람이었지만 저보다 열 살이 더 많았습니다. 제 누이의 가정 교사였지요.」 그가 조용히 말했다. 「지금껏 제가 알았던 가정 교사 가운데 가장 유쾌한 여성이었습니다. 어떤 일이라도 해낼 만한 자격을 갖추고 있었어요. 오래전 일이었죠. 그리고 이 이야기도 아주 오래전에 일어난 일입니다. 저는 트리니티 칼리지에 다니고 있었고 두 번째 해 여름, 집에 내려갔을 때 그녀를 만났습니다. 그해엔 제가 집에 오래 머물렀습니다. 아름다운 해였죠. 그녀가 일하지 않는 시간에 우리는 정원을 산책하며 이야기를 나누었습니다. 이야기를 하면서 그녀가 정말 똑똑하고 좋은 사람이라는 것을 알았습니다. 맞아요. 비웃지 마세요. 제가 그 여자를 아주 좋아했고 그녀 역시 저를 좋아했다고 생각하면 지금도 기쁩니다. 그녀가 저를 좋아하지 않았더라면 제게 그 이야기를 하지 않았을 겁니다. 그녀는 누구한테도 말하지 않았으니까요. 그녀가 그렇게 말해서가 아니라, 저는 그녀가 누구에게도 이야기하지 않았다는 걸 그냥 알 수 있었습니다. 저는 확신했죠. 알 수 있었습니다. 제 이야기를 들으면 왜 그런지 여러분도 쉽게 판단하실 겁니다.」

「그 일이 너무 무서운 일이라서 그랬을까요?」

그는 계속 나를 응시했다. 「당신은 쉽게 판단할 겁니다.」 그는 되풀이해서 말했다. 「당신이라면.」

나도 그를 응시했다. 「알겠습니다. 그녀가 사랑에 빠져 있었군요.」

그는 처음으로 웃었다. 「정말 예리하군요. 맞습니다. 그녀는 사랑에 빠져 있었습니다. 말하자면 과거에 그랬다는 겁니다. 그 사실이 저절로 드러났습니다. 드러내지 않고서는 이야기를 할 수 없었으니까요. 저는 그것을 알았고, 그녀도 제가 알아차렸다는 걸 깨달았어요. 하지만 우리 둘 다 그것에 대해 말하지는 않았습니다. 저는 그 시간과 장소를 기억하고 있습니다. 잔디밭 모퉁이, 커다란 너도밤나무 그늘과 길고 뜨겁던 여름날 오후를. 몸에 전율을 느낄 만한 장소는 아니었어요. 하지만, 아!」그는 난롯가를 떠나 의자에 털썩 앉았다.

「목요일 아침에는 그 꾸러미를 받겠지요?」 내가 물었다.

「아마 두 번째 우편물이 올 때까지는 어려울 겁니다.」

「그렇다면 정찬 후에······.」

「여러분 모두 여기서 저와 만나실 겁니까?」 그는 다시 우리를 둘러보았다. 「아무도 가지 않겠지요?」 거의 간절히 바라는 듯한 어조였다.

「모두 남아 있을 겁니다!」

「저는 있을 거예요.」 「저도 남을 거예요.」 출발이 정해져 있던 부인들이 소리쳤다. 그러나 그리핀 부인은 좀 더 분명한 무언가가 필요한 듯 말했다.「그녀가 사랑에 빠진 사람이 누구입니까?」

「그 이야기가 말해 줄 겁니다.」내가 대신 대답했다.

「아, 궁금해서 참을 수가 없어요!」

「그 이야기는 문자 그대로 통속적인 방식으로는 말해 주지 않을 겁니다.」더글러스가 말했다.

「그렇다면 더 유감이네요. 저는 그런 식으로만 이해할 수 있는데요.」

「더글러스, 당신이 말해 주지 않겠소?」누군가 물었다.

그는 다시 벌떡 일어났다.「네. 내일 하죠. 이제 전 잠을 청하러 가야겠습니다. 안녕히 주무세요.」그러고서 재빨리 촛대를 들고 약간 어리둥절해진 우리를 남겨 둔 채 나갔다. 우리가 있는 커다란 갈색 홀 쪽에서 층계를 올라가는 그의 발소리가 들렸다. 그러자 그리핀 부인이 말했다.「글쎄, 그녀가 누구와 사랑에 빠졌는지는 모르지만, 그가 누구를 사랑했는지는 알 것 같아요.」

「그 여자가 열 살 더 많았다고 했잖소.」그녀의 남편이 말했다.

「더욱더 그럴듯한 이유잖아요, 그 나이라면! 하지만 더 근사한 건 그가 오랫동안 침묵을 지켰다는 거예요.」

「40년이나!」그리핀이 끼어들었다.

「드디어 이렇게 침묵이 깨지네요.」

「그가 마침내 입을 열었으니, 목요일 밤은 굉장한 날이 될 겁니다.」 내가 말했다. 다들 이 말에 동의했고, 그 일을 생각하느라 모두들 다른 일에는 관심을 잃어버렸다. 불완전하고, 연재물의 시작 부분에 불과한 듯한 마지막 이야기가 오갔다. 우리는 악수를 나누고 누군가 말한 대로 하나씩 〈촛대를 집어 들고〉 잠을 자러 갔다.

다음 날 나는 열쇠가 동봉된 편지 한 통이 첫 번째 우편을 통해 런던에 있는 그의 아파트로 보내졌음을 알았다. 하지만 이런 사실이 알려졌음에도 불구하고, 아니면 아마 바로 그렇기 때문에 우리는 정찬이 끝날 때까지, 사실 우리가 기대하고 있는 감정과 가장 잘 어울리는 저녁 시간이 될 때까지 그를 혼자 내버려 두었다. 그러자 더글러스는 우리가 바라던 대로 이야기를 하고 싶어 했으며, 그가 이야기를 털어놓게 된 가장 큰 이유를 말했다. 우리는 가벼운 경이로움을 느꼈던 전날 밤처럼 다시 홀의 난롯가 앞에 모여 그에게서 이야기를 들었다. 그가 우리에게 읽어 주기로 약속했던 이야기를 제대로 이해하기 위해서는 몇 마디의 서론이 필요한 것 같았다. 이제 곧 하게 될 이 이야기는 시간이 훨씬 지난 뒤 내가 직접 정확하게 베낀 사본에서 나온 것임을 여기서 분명히 밝혀 두겠다. 가엾은 더글러스는 죽음이 가까워 오자 그 원고를 내게 맡겼다. 셋째 날 도착해서 다음 날 밤 그가 같은 장소에서 숨을 죽이고 모여 있는 우리에게 굉장한 효과를 일으키며 읽어 주었던 그 원고였다. 출발할 예정이었지만 남아 있겠다고 말했던 부인들은 고맙게도 물론 남지 못했다. 이들은 이미 고백했듯이 더글러스가 솜씨 좋게 우리를 자극하여 일깨운 호기심에 부풀어 있었지만, 정해진 일정 때문에 떠났다. 하지만 부인들이 떠남으로써 얼마 남지 않은 그의 마지막 청중은 더욱 알차게 선별되었고, 그들은 난롯가에 둘러앉아 다 같이 전율에 휩싸였다.

더글러스는 솜씨를 발휘해서, 우선 여기에 쓰인 기록은 어느 정도 이야기가 진행된 다음의 내용을 이어 나간 것이라는 점을 상기시켰다. 따라서 알아 두어야 할 사실은, 가난한 시골 목사의 막내딸이었던 그의 옛 친구가 스무 살의 나이에 처음으로 가정 교사라는 일자리를 얻게 되자 광고에 응하여 직접 면접을 하기 위해 떨리는 마음으로 런던에 올라왔다는 것이다. 그녀는 이미 광고를 낸 사람과 짧은 편지를 주고받은 상태였다. 그녀가 심사를 받기 위해 할리 가에 있는 위압적일 정도로 큰 저택에 직접 모습을 드러냈을 때, 장래의 후원자인 이 사람이 신사인 데다가 한창때의 총각이라는 사실이 드러났다. 꿈속이나 오래된 소설 속에서가 아니라면, 햄프셔 지역의 목사관 출신으로 불안감에 가슴이 두근거리는 이 소녀 앞에 절대로 나타나지 않을 사람이었다. 그가 어떤 유형인지는 쉽게 알 수 있었다. 다행히도 그런 유형은 결코 멸

종되지 않는다. 그는 잘생기고 대담하고 유쾌하고 즉흥적이며 명랑하고 친절했다. 그는 당연히 그녀에게 당당하고 훌륭한 사람으로 보였지만, 무엇보다 그녀의 마음을 사로잡고 나중에 그녀로 하여금 용기를 갖도록 만든 것은 그가 그 모든 것을 일종의 호의를 받은 것으로, 그가 고마운 마음으로 갚아야 하는 신세로 묘사했다는 점이었다. 그녀는 그를 부유하지만 매우 사치스러운 사람으로 생각했고 상류층의 유행을 추구하고 잘생긴 외모와 낭비벽을 지닌, 여성들에게 매혹적인 태도를 갖춘 남자로 보았다. 그가 런던의 거처로 갖고 있는 큰 저택은 여행에서 수집한 물건과 사냥에서 얻은 기념품들로 가득 채워져 있었다. 그러나 그가 그녀를 즉시 보내고 싶어 한 곳은 에섹스에 있는 자기 집안의 오래된 거처인 시골 저택이었다.

부모님이 인도에서 돌아가신 후 그는 어린 조카 남매의 보호자가 되었다. 그들은 2년 전에 죽은, 군인이었던 남동생의 아이들이었다. 그와 같은 처지에 있는 사람, 다시 말해 적절한 경험이나 한 치의 인내심도 없는 독신남에게 아주 묘한 우연으로 맡겨진 그 아이들은 그에게 매우 부담스러운 존재였다. 그것은 아주 커다란 걱정거리였고 그의 입장에서는 틀림없이 실수의 연속이었지만, 그는 가엾은 아이들을 무척 동정해서 자기가 할 수 있는 일이라면 무엇이든 다 했다. 특히 아이들에게 시골이 적절한 장소라 여겨 그들을 그의 시골 저택으로 보냈고, 구할 수 있는 가장 좋은 사람들을 딸려 보내서 처음부터 그곳에서 아이들을 돌보게 했으며, 심지어 자기 하인까지도 아이들을 시중들도록 떼어 주었고, 시간이 있을 때마다 아이들이 어떻게 지내는지 보러 직접 내려가곤 했다. 그런데 난처한 점은 그들에게 특별히 다른 친척이 없었고, 그가 자기 일만으로도 무척 바쁘다는 것이었다. 그는 건강에 좋고 안전한 블라이에 아이들을 맡겼고, 그 작은 살림의 책임자로 — 하인들 사이에서만 그랬지만 — 뛰어난 그로즈 부인을 앉혔다. 그는 가정 교사가 전에 자기 어머니의 하녀였던 이 부인을 좋아할 것이라고 확신했다. 가정부인 그로즈 부인은 당분간 어린 소녀를 돌보는 역할까지 하고 있었다. 다행히 자기 아이가 없던 터라 부인은 어린 소녀를 아주 좋아했다. 도와줄 사람들은 많았지만, 물론 가정 교사로 내려가는 젊은 여자가 가장 큰 권한을 갖게 될 것이었다. 그녀는 학기 동안 학교에 있다가 방학을 맞아 돌아오는 어린 소년도 돌보아야 할 것이다. 학교에 보내기엔 어린 나이였지만, 그 밖에 달리 무슨 방도가 있었겠는가? 방학이 막 시작될 즈음이라서 그 아이는 곧 집으로 돌아올 예정이었다. 처음에 두 아이들을 돌봐 준 젊은 여자가 있었지만 불행하게도 아이들은 그녀를 잃었다. 그녀는 매우 예의 바른 사람이어서 죽을 때까지 아이들에게 아주 훌륭하게 대해 주었다. 그 여자의 죽음으로 가장 난처했던 일은 어린 마일스를 학교에 보내는 것 말고 다른 선택의 여지가 없었다는 것이다. 그 이후로 그로즈 부인은 예절이나 그 밖의 다른 면에 있어서 플로라를 위해 할 수 있는 만큼 해주었다. 이 외에도 요리사와 하녀, 소젖 짜는 여자, 늙은 조랑말, 나이 든 마부와 늙은 정원사 모두 마찬가지로 아주 점잖았다.

더글러스가 이렇게 상황을 묘사하자 누군가가 질문했다. 「이전 가정 교사는 왜 죽었습니까? 예의범절 때문인가요?」

우리의 친구가 즉시 대답했다. 「앞으로 알게 될 겁니다. 미리 말하지 않겠소.」

「미안합니다. 당신이 바로 그렇게 하고 있다고 생각했습니다.」

「제가 그 가정 교사의 후임자 처지에 있다면……」 내가 넌지시 말했다. 「그 직책이 위험을 수반하는지 알고 싶어 했을 겁니다.」

「생명에 대한 불가피한 위험 말입니까?」 더글러스가 내 생각을 완성시켰다. 「가정 교사는 알고 싶어 했고 또 알게 되었습니다. 그녀가 무엇을 알게 되었는지는 내일 듣게 될 겁니다. 물론 그러는 동안 그 여자에게는 앞날이 다소 음울하게 느껴졌지요. 그녀는 젊고, 경험도 없으며, 불안했습니다. 중대한 의무에, 말벗할 사람도 거의 없고 정말로 외로운 생활이라는 생각이 들었거든요. 그녀는 망설이며 이틀 동안 상의하고 깊이 생각했습니다. 하지만 제시된 월급이 자신의 소박한 예상을 훨씬 초과하자, 두 번째 면담에서 그녀는 그 힘든 일을 맡기로 했고, 고용되었습니다.」이 얘기를 하고 나서 더글러스가 말을 멈추자, 나는 모인 사람들을 위해 한마디 할 수밖에 없었다.

「물론 이 이야기의 교훈은 훌륭한 젊은 남자가 유혹을 잘해 냈고 그 여자가 유혹에 굴복했다는 거겠군요.」 그는 일어서서 전날 밤에 그랬던 것처럼 난롯가로 가더니 발로 장작을 휘저은 후 우리에게 등을 보인 채 잠시 서 있었다. 「그 여자는 그를 두 번밖에 보지 못했습니다.」

「그래요, 하지만 그 점이 그녀의 아름다운 열정을 드러내는 것이지요.」

이 말을 듣자 약간 놀랍게도 더글러스는 나에게 몸을 돌렸다. 「그것이 바로 그녀가 지닌 열정의 아름다움이었죠.」 그가 말을 이었다. 「그 남자의 유혹에 굴복하지 않은 사람들도 있었으니까요. 그는 그녀에게 자신의 어려움을 솔직하게 털어놓았습니다. 몇몇 지원자들에게는 그가 내건 조건이 터무니없었어요. 어쩐지 그들은 그저 두려웠어요. 그런 생활이 따분하고 이상하게 들리기도 했지요. 그가 제시한 주요 조건 때문에 더욱 그렇게 들렸습니다.」

「어떤 조건이죠?」

「자신을 절대로 귀찮게 하지 말라는 것입니다. 결코, 절대로, 호소하거나 불평하지 말고 어떤 일에 대해서도 편지를 써서는 안 된다는 것입니다. 모든 문제를 그녀 혼자 처리하고, 모든 돈은 그의 변호사로부터 받고, 그녀가 모든 것을 떠맡고 그를 혼자 내버려 두라는 것이죠. 그녀는 그렇게 하겠다고 약속했습니다. 짐을 벗어던지고 기쁜 마음으로 그가 잠시 그녀의 손을 잡고 그녀의 희생에 감사한다고 말했을 때, 그녀는 자신이 이미 보상을 받은 기분이었다고 내게 말했습니다.」

「그런데 그녀가 받은 보상이 그게 전부였나요?」 한 부인이 물었다.

「그녀는 다시 그를 보지 못했습니다.」

「아!」 그 부인이 말했다. 곧 우리의 친구가 다시 자리를 떠났기 때문에, 다음 날 밤 그가 난롯가 구석에서 가장 좋은 의자에 앉아 가장자리에 금박을 입힌 낡고 얇은 앨범의 빛바랜 붉은 표지를 펼칠 때까지는 그 주제에 기여하는 중요한 얘기라고는 부인의 그 말이 전부였다. 그 이야기를 전부 읽는 데에는 여러 날 밤이 걸렸다. 아까 질문을 했던 부인이 기회를 놓치지 않고 또 다른 질문을 던졌다. 「제목이 뭐예요?」

「제목은 없습니다.」

「아, 제가 제목을 붙일게요.」 내가 말했다. 그러나 더글러스는 내 말에 신경 쓰지 않고 마치 글 쓴 사람의 아름다운 필체를 귀로 옮겨 놓은 것 같은 맑고 분명한 목소리로 읽기 시작했다.

1

 시작 전체가 일련의 흥분과 낙담, 정상적인 심장 박동과 비정상적인 박동 사이의 작은 오르내림이었다고 기억한다. 런던에서 그의 호소를 받아들인 후에, 나는 여하튼 이틀 동안 무척 기분이 언짢았다. 다시 의혹이 생겼으며 내가 실수를 저질렀다는 확신이 들었다. 그런 마음 상태로 나는 오랜 시간 덜컹거리고 흔들리는 사륜마차를 탔다. 그 마차는 블라이에서 보낸 마차를 만나기로 되어 있는 정거장까지 나를 데려다 주었다. 누군가 나에게 이러한 편의가 지시된 것이라고 얘기해 주었다. 6월의 오후가 저물 무렵 널찍한 유람용 마차가 나를 기다리고 있는 것이 보였다. 아름다운 날 그 시간에 달콤한 여름 향기가 친근하게 반기는 시골길을 마차로 달리다 보니 용기가 새롭게 솟아났다. 큰 가로수 길로 접어들자 용기가 더욱 솟구쳤는데, 이는 아마 내가 이전에 얼마나 낙심하고 있었는가를 증명하는 것에 지나지 않을 것이다.

너무 쓸쓸한 상황을 기대하거나 두려워하고 있던 나를 환영해 준 것은 기분 좋은 놀라움이었다. 넓고 깨끗한 건물 정면, 열려 있는 창문들과 상큼한 커튼, 밖을 내다보는 두 하녀들이 정말 즐거운 인상을 주었다고 기억한다. 잔디밭과 화사한 꽃들, 마차 바퀴가 자갈 위로 자박거리며 달리는 소리, 그리고 무성한 나무 꼭대기 위로 까마귀들이 황금빛 하늘을 선회하며 까악까악 울었던 소리를 기억한다. 이 풍경은 나의 초라한 집과는 다른 광대함을 지니고 있었다. 곧 현관에 예의 바른 태도의 어떤 사람이 어린 소녀의 손을 잡고 나타나서 내가 마치 그 집 주인마님이나 유명한 방문객이라도 되는 듯 내게 무릎을 굽히고 허리를 숙여 공손하게 인사했다. 할리 가에서 나는 이 저택에 대해 보다 옹색한 인상을 받았었다. 이제 회상해 보니 나는 이 때문에 저택 주인을 더욱 신사다운 사람으로 생각하게 되었고, 이는 내가 앞으로 누리게 될 것이 그가 약속한 것보다 더 클 수 있음을 암시했다.

나는 그다음 날까지 다시 기분이 나빠지지 않았다. 내가 가르칠 두 아이 가운데 더 어린 아이를 소개받고 난 후로 내내 의기양양한 기분이었다. 그로즈 부인과 함께 있던 어린 여자아이는, 처음 본 순간 그 아이와 관계를 맺는 것이 커다란 행운으로 여겨질 만큼 매력적인 느낌을 주었다. 그 아이는 내가 지금껏 본 여자아이들 가운데 가장 예뻤고, 후에 생각해 보니 왜 내 고용주가 아이에 대해 더 이상 말하지 않았는지 의아스러웠다. 나는 그날 밤 거의 잠을 이루지 못했다. 너무 흥분한 탓이었다. 돌이켜 보건대 이 흥분감은 나를 놀라게 만들었고 계속 남아서 내가 후한 대접을 받고 있다는 느낌을 더해 주었다. 이 저택에서 가장 좋은 방 중의 하나인 크고 장엄한 방, 살짝 만져 보았던 커다란 침대, 넉넉하게 드리워진 무늬 있는 휘장, 난생 처음으로 머리부터 발끝까지 내 모습을 비춰 볼 수 있었던 긴 거울, 이 모든 것들은 내게 맡겨진 어린아이의 놀라운 매력과 함께 덤으로 주어진 듯 느껴졌다. 내가 이곳으로 오는 마차 안에서 다소 심하게 걱정하지 않았나 싶은 그로즈 부인과의 관계에 있어서도 잘 지내게 되리라는 기분이었고, 이것 역시 처음부터 덤으로 주어진 것이었다. 이러한 첫인상에서 나를 다시 움츠러들게 만들 만한 점이 있었다면, 그로즈 부인이 나를 만난 것을 지나치게 기뻐한다는 사실이었다. 통통하고 소박하고 평범한 외모에 청결하고 건강한 그로즈 부인이 자신의 반가운 감정을 너무 내보이지 않으려고 애쓸 만큼 크게 기뻐한다는 것을 나는 반 시간도 채 지나지 않아서 알아차렸다. 그때도 나는 부인이 왜 기쁨을 드러내 보이고 싶어 하지 않는지 약간 의아하게 생각했는데, 그 점은 의심을 갖고 깊이 생각해 보면 분명 나를 불안하게 만들 수도 있었다.

그러나 내 어린 소녀의 환하게 빛나는 모습처럼 아름

다운 것과 관련해서는 어떠한 불안함도 있을 수 없다는 것이 하나의 위안이었다. 무엇보다도 아마 그 아이의 천사처럼 아름다운 모습이 나의 들뜬 기분의 이유였을 것이다. 그 기분 때문에 나는 아침이 되기도 전에 몇 번씩 일어나 방 안을 서성거리면서 전체적인 상황과 앞날을 이해하려고 했다. 그리고 열린 창문을 통해 희미한 여름 새벽을 지켜보았으며 내가 볼 수 있는 데까지 저택의 나머지 부분을 보았다. 또한 어둠이 희미해져 갈 무렵 첫 새들이 지저귀기 시작할 때, 집 밖이 아니라 집 안에서 들렸다고 생각되는, 자연스럽지 않은 한두 가지 소리가 다시 나는지 귀 기울여 보았다. 멀리서 아이의 희미한 울음소리를 들었다고 생각한 순간이 있었다. 또 내 방문 앞에서 가벼운 발걸음이 지나가는 듯한 소리에 깜짝 놀랐던 순간도 있었다. 이러한 순간적인 생각은 별로 뚜렷하지 않아서 곧 떨쳐 버렸다. 이후에 일어난 다른 사건들에 비추어 보니, 아니 더 정확하게 말하자면 다른 사건들의 어두운 면에 비추어 보니, 이제 다시 그 순간적인 생각들이 되살아난다. 어린 플로라를 지켜보고 가르치고 〈형성〉하는 일이 행복하고 유익한 삶이 되리라는 것은 너무나도 분명했다. 첫 대면 이후 내가 당연히 밤에 플로라를 돌보아야 한다는 것에 대해 아래층에서 그로즈 부인과 의견의 일치를 보았으므로, 그러한 목적을 위해 그녀의 하얀색 작은 침대가 이미 내 방에 놓여 있었다. 내 직무는 그 아이를 전적으로 돌보는 것이지만, 어쩔 수 없는 나의 서먹서먹함과 아이의 타고난 수줍음을 생각해서 마지막으로 그로즈 부인과 밤을 보내도록 했다. 수줍음에도 불구하고 나는 그 아이가 곧 나를 좋아하리라고 확신했다. 아이는 아주 묘하게도 자신의 수줍음을 아주 솔직하고 용감하게 인정했고, 불편하다는 기색 없이 라파엘로가 그린 성스러운 아기처럼 깊고 달콤하고 평온한 태도로 우리들이 자신의 수줍음에 대해 의논하고 그것을 아이의 성격 탓으로 돌리면서 결론을 내리도록 내버려 두었다. 내가 이미 그로즈 부인을 좋아하게 된 이유 중 하나는 바로 이것 때문이었다. 커다란 초가 네 개 놓여 있는 저녁 식탁에서 턱받이를 하고 높은 의자에 앉아 빵과 우유 사이로 환하게 나를 바라보는 내 학생과 함께 앉아서 나는 경탄과 놀라움을 느꼈고, 이 모습에 그로즈 부인이 즐거워하는 것을 알 수 있었다. 물론 플로라가 있는 곳에서는 부인과 나 사이에 놀랍고 만족스러운 표정, 모호하고 완곡한 암시로만 표현할 수 있는 것들이 있었다.

「그런데 남자아이는요? 그 애도 플로라처럼 생겼어요? 그 아이도 이렇게 특별한가요?」

우리 사이에는 이미 어린아이를 지나치게 우쭐하게 만들어서는 안 된다는 생각이 있었다. 「아, 선생님, 아주 특별하답니다. 선생님께서 이 아이를 좋게 생각하신다면요!」 부인은 손에 접시를 들고 우리의 어린 친구에게 환한 미소를 지으며 서 있었다. 아이는 우리의 말을 가로막을 것이 없는 평온하고 아름다운 눈길로 우리를 번갈아 보았다.

「그럼요. 그렇게 생각한다면요?」

「선생님은 어린 신사에게 매료될 겁니다.」

「글쎄, 생각해 보니 제가 이곳에 온 이유가 바로 이것인가 봐요. 매혹당하는 거요. 하지만 걱정이 돼요.」 나는 다음 말을 덧붙이고 싶은 충동을 느꼈던 것으로 기억한다. 「저는 좀 쉽게 매혹당하는 편이에요. 런던에서도 그랬어요!」

이 말을 듣고 그로즈 부인의 넓적한 얼굴에 나타났던 표정을 나는 아직도 기억할 수 있다. 「할리 가에서요?」

「할리 가에서요.」

「아, 선생님, 선생님이 첫 번째 사람이 아니에요. 마지막 사람도 아닐 겁니다.」

「아, 내가 유일한 사람이라고 자신하지는 않아요.」 나는 웃을 수 있었다. 「어쨌든 내가 알기로는 또 다른 내 학생이 내일 온다고 하던데요?」

「내일이 아니라 금요일이에요, 선생님. 선생님이 오셨던 것처럼 도련님도 경호인의 보호를 받으며 사륜마차로 도착할 거예요. 같은 유람 마차를 보내 도련님을 마중할 겁니다.」

그래서 나는 마차가 도착할 때 그의 어린 누이동생과 함께 그 아이를 기다리는 것이 즐겁고 다정할 뿐 아니라 적절한 일이 아닌지 알고 싶었다. 이 제안에 그로즈 부인이 너무나도 진심으로 동의했으므로, 아무튼 나는 그녀의 이런 태도를 우리가 모든 문제에 있어서 의견의 일치를 볼 것이라는 일종의 위안을 주는 서약으로 받아들였고, 이것은 고맙게도 한 번도 깨진 적이 없었다. 아, 부인은 내가 그곳에 있는 것을 아주 기뻐했다!

다음 날의 느낌은, 내가 도착하던 날의 즐거움에 대한 반작용으로 불릴 수 있는 것은 아니었다고 생각한다. 아마도 그것은 기껏해야 내가 새로운 환경을 걸어다니고 응시하고 받아들이면서 그 규모를 좀 더 충분히 판단함으로써 생긴 약간의 중압감에 불과했으리라. 말하자면 새로운 환경의 정도와 크기에 대한 마음의 준비가 되어 있지 않았던 터라 나는 그 환경에 직면하자 조금 자랑스러우면서도 약간의 두려움을 다시 느끼게 되었다. 이러한 흥분으로 인해 수업은 당연히 다소 지연되었다. 나의 첫 번째 임무는 내가 할 수 있는 가장 부드러운 솜씨를 발휘하여 아이로 하여금 나를 안다는 느낌을 갖게 하는 것이라고 생각했다. 그래서 나는 아이와 함께 그날 하루를 밖에서 지냈다. 나에게 그 저택을 보여 줄 수 있는 사람이 오직 그 아이뿐이어야 한다고 말하자, 아이는 무척 만족스러워했다. 아이는 한 걸음 한 걸음, 방마다 은밀한 장소를 하나씩 보여 주면서 그곳에 대한 우습고 유쾌한 아이다운 이야기를 들려주었다. 그 결과 30분도 채 되기 전에 우리는 아주 친한 친구가 되었다. 짧은 시간 동안 집을 돌아보면서 나는 비록 어리지만 그 아이가 보여 준 확신과 용기에 놀랐고, 텅 빈 방과 따분한 복도에서, 내가 잠시 걸음을 멈출 수밖에 없었던 구불거리는 계단들, 심지어 현기증을 느끼게 만드는 총안이 설치된 낡은 사각 탑의 맨 꼭대기에서도, 묻기보다는 말하는 것을 더 좋아하는 아이의 성향이 아침 음악 소리처럼 울려 퍼지며 나를 이끌고 다녔다는 사실에 놀랐다. 나는 블라이를 떠난 후로 그곳을 다시 보지 않았다. 나이가 더 들고 견문도 넓어진 눈으로 보면 이제 그 저택은 그리 대단치 않게 보일 것이라고 감히 말할 수 있다. 그러나 푸른 옷을 입은 금발의 작은 안내인이 내 앞에서 춤을 추며 모퉁이를 돌아 경쾌하게 타닥타닥 소리를 내며 통로를 달릴 때, 장밋빛 요정이 살고 있는 로맨스의 성을 보는 것 같았다. 어린 마음을 즐겁게 해주기 위해 어떻게 해서든지 이야기책과 동화에서 나올 법한 색채를 띠고 있는 그런 곳이었다. 그곳은 내가 잠깐 졸다가 꿈꾸었던 이야기책에 불과한 장소가 아니었을까? 아니다. 그곳은 크고 추하며 오래되었지만 편리한 집이었고, 예전의 오래된 건물을 반은 교체하고 반은 사용하면서 그 몇 가지 특징을 보여 주고 있었다. 나는 이곳에서 우리가 표류하는 커다란 배 안에 있는 승객들처럼 방향을 잃고 있다는 상상을 했다. 그런데 이상하게도 키를 잡고 있는 사람은 나였다!

2

이틀 후 그로즈 부인이 말했던 대로 내가 어린 신사를 만나러 플로라와 함께 마차를 타고 갈 때 이 생각은 확실해졌다. 이틀째 저녁에 일어난, 나를 몹시 당황하게 만든 사건으로 인해 더욱 그랬다. 내가 표현한 대로 첫날은 대체로 마음이 안정되었다. 하지만 나는 그것이 어떻게 마무리되는지 지켜보아야 했다. 그날 저녁 늦게 도착한 우편낭에는 나한테 온 편지 한 통이 들어 있었다. 그런데 그 편지에는 내 고용주의 필체로 몇 자만 적혀 있었고, 그의 앞으로 보낸 편지가 아직 개봉되지 않은 채 동봉되어 있었다. 〈이 편지는 교장이 보낸 것이오. 교장은 끔찍하게 지루한 사람이오. 읽어 보고 처리해 주시오. 하지만 나한테 보고해서는 안 된다는 것을 명심하시오. 한마디도. 그럼 이만!〉 나는 아주 힘들여서 봉인을 뜯었다. 봉인이 너무 커서 뜯는 데 시간이 오래 걸렸다. 결국 개봉되지 않은 편지를 내 방으로 갖고 와서 잠들기 직전에 다시 뜯어 보았다. 다음 날 아침까지 그 편지를 내버려 두는 편이 나을 뻔했다. 그 때문에 두 번째로 밤에 잠을 잘 수 없었기 때문이다. 다음 날 상의해 볼 사람도 없어서 마음이 고통스러웠다. 고통에 짓눌린 나머지 마침내 나는 최소한 그로즈 부인에게라도 속마음을 털어놓기로 결심했다.

「무슨 뜻인가요? 도련님이 학교에서 퇴학을 당했다뇨?」 나를 바라보는 부인의 시선을 나는 그 순간 눈여겨보았다. 그다음 부인은 눈에 보일 정도로 재빨리 멍한 표정을 지으며 그 시선을 지우려 애쓰는 듯했다. 「하지만 학생들이 모두……?」

「집으로 보내지지 않았느냐고요? 맞아요. 하지만 방학 동안만 그렇지요. 마일스는 절대로 되돌아갈 수 없어요.」

내가 주의 깊게 쳐다보자 부인은 의식적으로 얼굴을 붉혔다. 「그 사람들이 도련님을 받아들이지 않겠다는 건가요?」

「완전히 거부했어요.」

이 말에 부인은 나에게 주었던 눈길을 위로 올렸다. 나는 그 눈에 눈물이 가득 글썽이는 것을 보았다. 「도련님이 무슨 일을 했나요?」

나는 주저하다가 부인에게 그 편지를 주는 것이 제일 좋겠다고 판단했다. 하지만 부인은 편지를 받지 않고 두 손을 뒤로 가져갈 뿐이었다. 그녀는 서글프게 고개를 저었다. 「그런 일은 저에게 맞지 않아요, 선생님.」

내 조언자는 글을 읽을 수 없었던 것이다! 나는 내 실수에 몸을 움찔했고, 할 수 있는 만큼 그것을 무마하고는 부인에게 읽어 주기 위해 다시 편지를 펼쳤다. 그러고는 망설이다가 편지를 다시 접어 주머니에 넣었다. 「그 애가 정말로 나쁜 애인가요?」

아직도 부인의 눈에 눈물이 글썽거렸다. 「그 신사분들이 그렇게 말씀하시나요?」

「그분들은 구체적인 이유를 밝히지 않았어요. 마일스를 계속 학교에 둘 수 없어서 유감이라고 말했을 뿐이에요. 그 의미는 하나뿐이죠.」 그로즈 부인은 말없이 귀를 기울였으나 그 의미가 무엇인지 묻지 않으려고 자제했다. 그래서 사실을 좀 더 일관성 있게 표현하기 위해 그녀가 있다는 것만으로도 위로가 된다는 점을 염두에 두고 말을 이었다. 「마일스가 다른 아이들에게 해가 된다는 거예요.」

이 말을 듣고 부인은 단순한 사람들이 그렇듯, 급한 성미 탓에 갑자기 발끈 성을 냈다. 「마일스 도련님이! 해가 된다고요?」

이 말에는 선량한 믿음이 넘쳐흐르고 있었기 때문에, 그 아이를 보지 못한 나조차 두려워져서 그 생각이 어처구니없다는 데 맞장구를 쳤다. 나는 내 동료와 의견을 더욱 일치시키기 위해 즉시 빈정거리며 말했다. 「순진하고 어린 그 가엾은 친구들에게 해를 끼친다는 말이지요!」

「그렇게 잔인한 말을 하다니 너무 끔찍해요!」 그로즈 부인이 외쳤다. 「도련님은 아직 열 살도 되지 않았어요.」

「그래요, 그래. 믿을 수 없는 일이에요.」

부인은 이 말에 무척 고마워했다. 「선생님, 먼저 도련님을 만나 보세요. 그다음에 그 말을 믿으세요!」 나는 당장 그 아이를 보고 싶은 마음에 새로이 조바심이 일었다. 그것은 이후 몇 시간 동안 괴로울 정도로 깊어 가는 호기심의 시작이었다. 내가 판단하건대 그로즈 부인은 자신이 나한테 어떤 영향을 주었는지 알고 있었고 그래서 확신을 갖고 말을 이어 나갔다. 「차라리 어린 아가씨에 대해서 그 말을 믿는 편이 낫겠어요. 아가씨에게 축복이 있기를.」 그러고는 다음 순간 덧붙여 말했다. 「아가씨를 보세요!」

내가 몸을 돌리자 10분 전에 내가 하얀 종이 한 장과 연필 한 자루, 그리고 〈둥근 O 자〉가 멋지게 그려진 연습 종이를 주고 교실에 있게 했던 플로라가 이제 열린 문 앞에 모습을 드러내고 있는 것이 보였다. 그 아이는 하기 싫은 의무에 대해 놀라우리만치 무관심한 태도를 귀엽게 드러내고 있었다. 그러나 아이는 나에게 품고 있던, 그녀로 하여금 나를 따라다니게 만들었던 애정을 드러내는 듯이 어린애다운 눈빛으로 나를 바라보았다. 그로즈 부인이 두 아이를 비교한 것이 얼마나 적절했는지를 느끼기에 이것으로 충분했다. 나는 내 학생을 팔에 안고 속죄의 심정으로 흐느끼며 키스를 퍼부었다.

그럼에도 불구하고 특히 저녁 무렵 부인이 나를 피하려고 애쓴다는 생각이 들어서 나는 날이 저물기 전에 내 동료에게 접근할 또 다른 기회를 엿보았다. 내가 계단에서 부인을 따라잡았다고 기억한다. 함께 계단을 내려가다가 나는 계단 아래에서 부인을 붙들고 한 손으로 그녀의 팔을 잡았다. 「낮에 당신이 한 말은 마일스가 나쁜 짓 하는 것을 본 적이 없다는 말로 받아들이겠어요.」

부인은 머리를 뒤로 젖혔다. 이때쯤 부인은 명확하고 아주 솔직한 어떤 태도를 취했다. 「한 번도 본 적이 없다고요? 그렇게 말한 것은 아니에요!」

나는 다시 혼란스러웠다. 「그러면 그 아이가 그런 적이 있다는 말씀인가요?」

「네, 선생님.」

깊이 생각한 후 나는 이 말을 받아들였다. 「당신 말은 장난기가 없는 사내애라면……」

「저한테는 사내아이가 아니에요!」

나는 부인을 더 꽉 잡았다. 「당신은 장난기 있는 애들을 좋아하는군요?」 그리고서 부인의 대답에 보조를 맞추어 〈저도 그래요!〉라고 열성적으로 말했다. 「하지만 오염시킬 정도까지는 아니에요.」

「오염시키다니요?」 내가 사용한 강한 단어가 부인을

당황하게 만들었다.

나는 그 말을 설명했다. 「타락시킨다고요.」

부인은 그 말뜻을 알아차리고는 나를 응시하면서 묘한 웃음을 띠었다. 「도련님이 선생님을 타락시킬까 봐 두려우신가요?」 부인이 아주 대담한 유머로 그 질문을 던지는 바람에 부인의 웃음과 비슷하게, 틀림없이 약간 바보처럼 웃으면서 나는 잠시 그 조롱의 뜻을 생각했다.

그러나 다음 날 마차를 탈 시간이 가까워졌을 때 나는 갑자기 다른 질문을 불쑥 꺼냈다. 「전에 이곳에 있던 숙녀는 어떤 분이었나요?」

「지난번 가정 교사요? 그분 역시 젊고 예뻤어요. 거의 선생님만큼 젊고 예뻤지요.」

「아, 그렇다면 젊고 아름다운 덕을 보았겠네요!」 지금 생각하니 내가 이렇게 내뱉은 것 같다. 「그분이 젊고 예쁜 가정 교사를 좋아하는 것 같네요!」

「아, 그랬어요.」 그로즈 부인이 동의했다. 「그분은 그런 식으로 사람을 좋아했어요!」 부인은 이렇게 말하자마자 갑자기 말을 중단했다. 「제 말은 그분, 주인님의 방식이 그렇다는 거예요.」

나는 깜짝 놀랐다. 「그러면 처음에는 누구에 대해 말한 거죠?」

부인은 무표정하게 보였지만 얼굴을 붉혔다. 「그분에 대해서죠.」

「주인님요?」

「그럼 누구겠어요?」

분명히 주인 말고는 다른 사람이 없었으므로 다음 순간 나는 부인이 실수로 그녀가 의도했던 것보다 더 많은 사실을 말했다는 느낌을 잊어버렸다. 나는 알고 싶은 것만 물었다. 「그 선생님은 마일스한테서 어떤 것을 보았나요?」

「옳지 않은 점요? 그 선생님은 제게 말한 적이 없었어요.」

나는 망설였지만 곧 극복했다. 「그 선생님은 주의 깊고 까다로웠나요?」

그로즈 부인은 양심적으로 대답하려고 애쓰는 듯했다. 「어떤 면에 있어서는요.」

「하지만 모든 일에 대해서 그런 것은 아니었나요?」

부인은 다시 생각에 잠겼다. 「글쎄요, 선생님. 그 여자분은 죽었어요. 험담은 하지 않겠어요.」

「그 기분 이해해요.」 나는 서둘러 인정했다. 하지만 잠시 후, 더 물어보아도 내가 인정한 사실과 어긋나지 않을 거라고 생각했다. 「그분은 여기서 죽었나요?」

「아뇨. 떠났어요.」

그로즈 부인의 이 짤막한 답 속에서 어떤 점이 모호하다고 여겨졌는지 나로서는 모르겠다. 「죽기 위해서 떠났다고요?」 그로즈 부인은 똑바로 창밖을 내다보았다. 그러나 원칙적으로 나는 블라이에 고용된 젊은 사람들이 어떤 일을 하기로 되어 있는지 알 권리가 있다고 느꼈다.

「그녀가 병에 걸려서 집으로 갔다는 말인가요?」

「여기서 병에 걸린 것 같지는 않았어요. 그해 연말쯤 짧은 휴가를 보내러 집에 다녀오겠다며 이곳을 떠났어요. 그분이 여기서 보낸 시간을 고려하면 당연히 그럴 권리가 있었어요. 그 당시에 젊은 여자 한 명이 있었는데, 집에 거주하고 있던 보모였어요. 그 여자는 착하고 영리했어요. 가정 교사가 없는 동안 그 보모가 아이들을 전적으로 돌봐 줬어요. 그런데 젊은 선생님은 다시 돌아오지 않았어요. 돌아오리라 기대하고 있던 바로 그때 그녀가 죽었다는 소식을 주인어른에게서 들었어요.」

나는 이 얘기를 곰곰이 생각해 보았다. 「그런데 어떤 병으로요?」

「주인어른은 제게 전혀 말씀해 주지 않으셨어요. 제발, 선생님.」 그로즈 부인이 말했다. 「저는 일을 하러 가야 해요.」

3

 다행스럽게도 내가 뭔가에 몰두해 있던 탓에, 이렇듯 부인이 나에게 등을 돌린 것은 우리 사이에 형성되는 상호 존중의 기류를 방해하지 않았다. 어린 마일스를 집에 데려온 이후, 내가 늘 너무 놀란 상태로 지낸다는 것을 이유로 우리 두 사람은 전보다 더 친밀해졌다. 그때 나는 이제 내 앞에 모습을 드러낸 그 아이가 퇴학 처분을 당했다는 사실이 너무 어처구니없다고 선언할 작정이었다. 나는 아이가 도착하는 장소에 조금 늦었다. 마차가 내려 준 여관 문 앞에서 아이가 나를 찾으며 생각에 잠겨 서 있을 때, 나는 순간 안팎으로 신선한 빛에 감싸여 있는 그 아이를 보았다. 그것은 내가 처음 그의 어린 누이동생에게서 보았던 것과 똑같은 순수함의 향기였다. 마일스는 믿을 수 없을 정도로 아름다웠다. 그로즈 부인이 묘사했던 대로 그 아이의 존재로 인해 아이에 대한 다정함 이외에는 어떤 감정도 사라질 정도였다. 내가 그때 그곳에서 그 아이를 마음속으로 받아들인 것은 지금껏 어떤 아이에게서도 그와 같은 신성함을 찾아볼 수 없었기 때문이다. 그것은 사랑 이외에는 그 무엇도 알지 못한다는 아이의 형언할 수 없는 태도였다. 이렇게 달콤한 순수함을 지니고 있으면서 나쁜 평판을 얻는다는 것은 불가능한 일이었을 것이다. 그래서 아이와 함께 블라이로 돌아왔을 무렵, 나는 내 방 서랍 안에 감추어 둔 끔찍한 편지를 생각하며 당혹스러워했다. 그때까지는 아직 분개하지 않았다. 그로즈 부인과 은밀한 이야기를 나눌 수 있게 되자마자 나는 터무니없는 일이라고 단호하게 말했다.

부인은 즉시 내 말을 이해했다. 「그 잔인한 비난 말인가요?」

「그런 비난은 한순간도 용납되지 않아요. 친애하는 부인, 저 아이를 보세요!」

마일스의 매력을 발견했다는 내 주장에 부인은 미소 지었다. 「장담하건대, 선생님, 저는 항상 그렇답니다. 그렇다면 뭐라고 말씀하실 거죠?」 부인은 즉시 덧붙였다.

「편지에 대한 답장 말인가요?」 나는 결심을 했다. 「아무 말도 하지 않겠어요.」

「그러면 도련님의 삼촌께는?」

나는 신랄하게 대꾸했다. 「아무 말도 하지 않겠어요.」

「그러면 도련님에게는?」

나 자신이 놀라웠다. 「아무 말도 안 합니다.」

그녀는 커다란 앞치마로 입가를 훔쳤다. 「그렇다면 제가 선생님 편을 들겠어요. 우리는 그 비난이 거짓이라는 것을 증명할 때까지 버틸 거예요.」

「우리는 끝까지 버틸 거예요!」 나는 열렬하게 부인의 말을 따라 했고 맹세를 할 생각으로 손을 내밀었다.

부인은 잠시 내 손을 잡고 있다가, 다른 쪽 손으로 앞치마를 다시 잡아당겼다. 「선생님, 제가 실례 좀 해도 괜찮을까요?」

「내게 키스하려고요? 좋아요.」 나는 그 선량한 부인을 팔로 안았다. 우리가 자매처럼 포옹을 하고 난 후에 나는 더 강인해지고 더욱 분개했다.

아무튼 이러한 상황이 당분간 계속되었다. 시간이 너무 충만했기 때문에 그 시기가 어떻게 흘러갔는지 회상할 때 이를 조금 더 분명하게 되살리기 위해서는 온갖 기술이 필요하다는 생각이 든다. 되돌아보니 내가 받아들인 상황은 정말 놀라운 것이었다. 내 동료와 나는 비난이 거짓으로 밝혀질 때까지 끝까지 버티기로 했다. 나는 분명 어떤 마력에 이끌려 엄청난 노력과 그런 노력에 연관된 어려운 일들을 쉽게 풀어 나갈 수 있었다. 나는 매혹과 연민의 거대한 파도에 밀려 기분이 고양되었다. 무지와 혼란, 아마도 자만심에 빠져 이제 막 세상에 대한 교육을 시작하려고 하는 소년을 잘 다룰 수 있다고 단순하게 생각했다. 그의 방학이 끝나 갈 무렵 공부를 다시 시작하기 위해 어떤 계획을 짜놓았었는지 지금은 기억조차 할 수 없다. 매혹적인 그해 여름에 우리 모두는 그 아이가 나와 함께 수업을 해야 한다는 생각을 하고 있었다. 그러나 지금 나는 몇 주 동안 수업을 받은 사람은 오히려 나였다고 느낀다. 처음에는 분명 나의 보잘것없고 숨 막힐 듯한 삶이 준 가르침이 아닌 어떤 것을 배웠다. 즐거움을 느끼고 심지어 남을 즐겁게 해주며, 내일을 생각하지 않는 법을 배웠다. 어떤 의미로 나는 난생처음 공간과 공기, 자유, 여름의 온갖 음악과 자연의 모든 신비로움을 알게 되었다. 그리고 존중이 있었다. 존중받는 것은 달콤했다. 그것은 내 상상력과 섬세함, 어쩌면 내 허영심, 다시 말해 내 안에 있는 가장 흥분하기 쉬운 기질에 놓인, 계획된 것은 아니지만 깊숙이 놓인 덫이었다. 방심했다고 말하는 쪽이 그 상황을 가장 잘 묘사하는 것이 되리라. 아이들은 아주 얌전해서 나를 전혀 성가시게 하지 않았다. 나는 험난한 미래(미래는 모두 험난한 법이니까!)가 어떻게 그 아이들을 다루고 상처 입힐까에 대해 곰곰이 생각하곤 했지만 이조차도 분명치 않은, 두서없는 생각이었다. 아이들은 더할 나위 없이 건강하고 행복했다. 그러나 마치 모든 것이 제대로 되기 위해 울타리 안에 둘러싸여 지시받고 정리되어야 하는 두 명의 어린 귀족들, 혈통이 있는 왕자들을 책임지고 있기라도 한 것처럼, 내 상상 속에서 아이들의 미래에 펼쳐질 유일한 모습은 실제로 왕족이 누리는 정원과 공원이 넓게 펼쳐져 있는 낭만적인 모습이었다. 물론 이 세계에 무엇인가 갑작스럽게 침입하면 그 이전의 시간은 주문에 걸린 고요함, 무언가 그 안에 모여 있거나 웅크리고 있는 고요함으로 여겨지는 법이다. 변화는, 실제로 짐승 한 마리가 뛰어든 것 같았다.

처음 몇 주일 동안은 하루하루가 길었다. 가장 좋을 때에는 종종 내가 나만의 시간이라고 부르던 한때를 가지곤 했다. 그것은 내 학생들이 차를 마시고 자러 간 다음 마지막으로 내가 잠자리에 들기 전 혼자서 약간의 휴식을 갖는 시간이었다. 비록 아이들을 많이 좋아하긴 했지만, 나는 하루 중에서 이 시간을 가장 좋아했다. 햇빛이 시들해질 때 — 아니, 하루가 머뭇거리며 붉게 물든 하늘에서 최후의 순간까지 남은 새들의 마지막 지저귐이 고목에서 들려올 때 — 정원을 거닐면서 그곳의 주인이라도 된 듯한 생각에 즐겁고 우쭐한 기분으로 그 장소의 아름다움과 장중함을 즐길 수 있던 때를 가장 좋아했다. 이런 순간에는 나 자신이 평온하고 옳다는 느낌이 들어 즐거웠다. 또한 분별력과 차분한 양식, 대체로 깍듯한 예의 바름으로 내가 그 절박한 요구에 응했던 사람에게 기쁨을 주고 있다는 — 그 사람이 이런 것에 대해 한 번이라도 생각해 보았을까! — 생각 역시 의심할 바 없이 즐거웠다. 내가 하고 있는 일은 그가 진심으로 원해서 직접 내게 요청했던 일이고, 결국 내가 그 일을 할 수 있다는 사실이 기대했던 것보다 훨씬 더 큰 기쁨을 주었던 것이다. 간단하게 말하자면 나는 감히 나 자신을 뛰어난 젊은 여성으로 생각했고, 이것이 세상에 더욱 널리 알려지리라는 믿음에서 위안을 얻었다. 곧 첫 번째 징조를 드러낸 그 놀라운 일들에 맞서려면 나 자신이 비범해질 필요가 있었다.

그 일은 어느 날 오후 내가 가장 좋아하던 시간에 갑작스럽게 일어났다. 아이들을 잠자리에 눕히고 이불을 덮어 준 다음, 나는 산책을 하러 밖으로 나왔다. 이제는 전혀 움츠러들지 않고 말하는데, 난 이렇게 산책하는 동안 갑자기 누군가를 만난다면 매혹적인 이야기처럼 감미로울 것이라는 생각을 하곤 했다. 누군가가 길모퉁이에 나타나 내 앞에 서서 미소를 지으며 나를 인정해 주리라. 나는 그 이상의 것을 바라지 않았다. 그가 나를 알아주기를 바랄 뿐이었다. 그가 알고 있다고 확신할 수 있는 유일한 방법은 그의 잘생긴 얼굴에서 이미 다 알고 있다는 친절한 눈빛을 보는 것이었다. 바로 그것을 떠올리고 있을 때 — 그것이란 그의 얼굴을 의미하는데 — 이어지는 일들의 첫 번째 사건이 일어났다. 6월의 긴 하루가 끝날 무렵이었다. 나는 작은 숲에서 걸어 나와 저택이 보이는 곳에서 갑자기 멈추었다. 그 자리에서 나를 멈추게 한 것은 나의 상상이 순식간에 현실로 바뀌었다는 느낌 때문이었다. 그것은 어떤 환영이 일으킬 수 있는 것보다도 훨씬 더 큰 충격이었다. 그가 그곳에 서 있었다! 잔디밭 너머, 첫날 아침 어린 플로라가 나를 안내해 주었던 탑의 맨 꼭대기 높은 곳에. 이 탑은 정사각형의 어울리지 않는 총안이 있는 한 쌍의 구조물 중 하나로, 나는 그 차이를 거의 구별할 수 없었지만 어떤 이유에선지 새것과 낡은 것으로 구분되어 있었다. 두 탑은 각기 저택의 양편 끝에 붙어 있어서 건축학적으로 볼 땐 터무니없었지만, 완전히 떨어져 있는 것도 아니고 또 허세를 부린 듯 높지도 않아서 그 꼴사나움이 어느 정도 완화되었다. 겉만 번지르르한 옛 모습을 보건대, 이것은 이미 점잖은 과거가 되어 버린 낭만주의 양식의 부흥의 산물이었다. 나는 두 탑에 감탄했고 탑에 대한 공상을 하기도 했다. 특히 그 탑들이 해 질 녘 어슴푸레한 모습을 드러낼 땐 우리 모두 총안이 있는 흉벽의 장엄함에 어느 정도 감탄할 수 있었다. 그러나 내가 그렇게 자주 눈앞에 떠올린 그 모습이 가장 어울릴 듯한 장소는 그처럼 높은 곳이 아니었다.

내 기억으로 맑은 황혼 녘에 나타난 이 모습은 내게 두 가지 서로 다른 감정을 일으켰다. 바로 첫 번째 충격과 두 번째 놀라움에서 온 충격이었다. 두 번째 감정은 첫 번째 감정이 잘못된 것이었다는 인식에서 비롯되었다. 나와 눈이 마주친 남자는 내가 성급하게 가정했던 그 사람이 아니었다. 이렇게 해서 나에게, 몇 년이 지난 지금에도 그 생생한 모습을 다시 재현할 수 있는 당혹스러운 환영이 나타났다. 호젓한 장소에 나타난 미지의 남자는 집에서 교육받고 자라 온 젊은 여성에게는 충분히 공포스러웠다. 몇 초가 지난 뒤 더 분명해졌는데, 나와 대면한 사람은 내 마음속에 있던 모습이 아니었으며, 내가 알고 있던 어느 누구도 아니었다. 나는 그 사람을 할리가에서도, 다른 어디에서도 본 적이 없었다. 게다가 그 장소는 아주 이상하게도 그 사람이 나타났다는 사실만으로 즉시 황량하게 변했다. 여기서 그 어느 때보다도 신중하게 이야기를 하고 있는 나에게는 적어도 그 순간의 느낌이 전부 되살아난다. 내가 본 것을 받아들이는 사이, 마치 주변 모든 광경은 죽음의 빛을 띠고 있는 듯했다. 이 글을 쓰는 동안에도 나는 저녁의 소리가 멈춘 강렬한 정적을 다시 들을 수 있다. 까마귀들이 황금빛 하늘에서 까악거리는 소리를 멈추고, 그 친밀한 시간도 형언하기 어려운 그 순간 모든 소리를 잃어버렸다. 하지만 내가 이상하리만큼 예리하게 목격한 변화를 제외하고 또 다른 자연의 변화는 일어나지 않았다. 하늘은 여전히 황금빛이었고, 대기는 맑았다. 그리고 총안 너머 나를 바라보던 남자는 액자에 넣은 사진처럼 선명했다. 나는 그 남자일 수 있는 사람과 그렇지 않은 사람들을 재빨리 생각해 보았다. 우리가 거리를 두고 꽤 오랫동안 대면하는 사이 나는 나 자신에게 과연 그가 누구인지 집요하게 물을 수 있었다. 그러나 이 질문에 대답할 수 없게 되면서 몇 초 뒤 내 놀라움은 더 커졌다.

후에 알게 되었지만 어떤 문제에 관한 가장 중대한 물음, 아니 그런 물음들 가운데 하나는 그것이 얼마나 오랫동안 지속되었는가 하는 점이다. 누가 어떻게 생각하든, 이 물음은 내가 알지 못하는 사람이 집 안에 있다는 점에 대해 — 무엇보다도 얼마나 오랫동안 있었을까? — 내가 생각할 수 있는 열댓 가지 가능성을 타진하는 동안 지속되었고, 그 가능성 가운데 어느 것도 별다른 도움이 되지 못했다. 내 임무상 그런 것을 몰라서는 안 되고 그런 사람이 있어서도 안 된다는 생각으로 약간 마음을 가라앉히는 동안에도 이 물음은 계속되었다. 어쨌든 이 방문객이 — 내 기억으로 모자를 쓰지 않은 그 친근함의 표시에 묘한 자유로움의 기운이 감돌았다 — 자신의 존재가 불러일으킨 그 의문을 품고, 희미해져 가는 빛을 받으며 꼼꼼하게 살피는 듯한 시선으로 그가 서 있는 위치에서 나를 뚫어지게 응시하는 동안에도 그 물음은 계속되었다. 우리는 너무 멀리 떨어져 있어서 서로 말을 건넬 수 없었다. 하지만 서로를 똑바로 응시하고 있었기 때문에 조금만 더 거리가 가까웠더라면 마침내 우리 사이의 어떤 도전으로 침묵이 깨질 수 있던 순간이 있었다. 그는 저택에서 멀리 떨어진 한 모퉁이에서 몸을 꼿꼿이 세우고 벽의 튀어나온 부분에 두 손을 얹고 있었다. 그래서 이 종이에 쓰이고 있는 글자를 보듯이 나는 선명하게 그의 모습을 보았다. 그리고 정확하게 1분 후 그 광경에 덧붙이려는 듯 그가 천천히 장소를 옮겼다. 그는 계속 나를 빤히 바라보면서 반대쪽 구석으로 옮겨 갔다. 그렇다. 나는 그가 움직이는 동안 나에게서 시선을 떼지 않았음을 강렬하게 느꼈고, 그가 움직일 때 그의 손이 총안 하나하나를 어떤 식으로 스치고 지나갔는지를 지금 이 순간에도 떠올릴 수 있다. 그는 다른 모퉁이에서 잠시 멈추었고, 돌아설 때에도 여전히 나를 분명하게 응시하고 있었다. 그는 몸을 돌려 사라졌고, 이것이 내가 알고 있는 전부였다.

4

 이때 내가 얼마간 더 기다리지 않은 것은 아니었다. 나는 몸을 떨면서 깊이 뿌리박힌 듯 서 있었다. 블라이에 어떤 〈비밀〉이 있는 것일까? 우돌포[1]의 미스터리, 아니면 남들에게 말할 수 없는 미친 친척이 생각지도 못할 곳에 감금되어 있는 것은 아닐까? 내가 얼마나 오랫동안 곰곰이 생각했는지, 호기심과 두려움이 뒤섞인 상태로 낯선 인물과 충돌한 곳에서 내가 얼마나 오랫동안 서 있었는지 잘 모르겠다. 다시 집 안으로 들어갔을 때는 이미 어둠이 꽤 짙어졌던 것만을 기억한다. 내가 그 장소를 빙빙 돌면서 3마일 정도를 걸었던 것이 틀림없는 것으로 보아 그사이 분명 감정의 동요가 나를 사로잡아 휘몰아 갔을 것이다. 그 이후 나는 훨씬 더 큰 공포에 압도되었으므로 시작에 불과한 이러한 놀라움은 사람들이 비

---

1 18세기 영국 여성 작가 앤 래드클리프Ann Radcliff(1764~1823)의 고딕 소설 『우돌포의 비밀 *The Mysteries of Udolpho*』에 나오는 장소.

교적 흔히 느끼는 오싹한 한기 정도였다. 사실 그 가운데 가장 이상했던 점은 — 나머지도 이상했지만 — 복도에서 그로즈 부인을 만났을 때 내가 의식했던 것이다. 나에게 이 광경은 연속 장면으로 떠오른다. 집에 돌아오면서 받았던 인상, 램프 빛이 환히 비치고 초상화들이 걸려 있고 붉은색 카펫이 깔려 있는 하얀색의 넓적한 장식 판자들이 있는 공간, 나를 보고 싶어 했음을 즉시 표현하는 내 친구의 놀라고 선량한 얼굴에서 받은 인상들. 내 모습을 보고 진심으로 근심을 덜어 내는 친구와 마주했을 때, 내가 말하려고 하는 사건과 관련해서 부인이 아무것도 모른다는 것을 금방 알아차릴 수 있었다. 부인의 편안한 얼굴이 내 입을 다물게 하리라고는 미처 생각하지 못했었다. 그러나 그 일을 언급하기를 주저하는 스스로를 돌아보면서 나는 내가 목격한 사실의 중요성을 어느 정도 가늠했다. 이 이야기 전체에서 가장 이상하게 보이는 부분은 내 두려움의 진짜 시작이, 이렇게 말해도 될지 모르겠지만, 내 동료에게 걱정을 끼치지 않으려는 본능과 동시에 시작되었다는 사실이다. 따라서 쾌적한 홀의 그 자리에서 부인이 나를 바라보는 가운데, 당시에는 말할 수 없었던 이유로 인해 나는 내면의 커다란 변화를 경험했다. 나는 늦게 돌아온 것에 대해, 밤이 아름다웠다는 말과 함께 이슬이 많이 내려 발이 젖었다며 애매한 핑계를 둘러대고는 가능한 한 빨리 내 방으로 갔다.

이제 그것은 다른 문제였다. 여러 날이 지난 후에도 그것은 매우 기묘한 문제로 남아 있었다. 매일매일 몇 시간씩 또는 적어도 내가 맡은 분명한 직무 시간 가운데 겨우 얻어 낸 짧은 순간에도 나는 혼자 생각해야 했다. 참을 수 없을 만큼 신경과민이 된 것은 아니었지만 그렇게 될까 봐 난 몹시 두려웠다. 이제 곰곰이 생각해 보아야 할 진실은, 이해하기 힘들긴 하지만 나와 아주 밀접하게 관련된 듯이 보이는 그 방문객에 대해서 어떠한 설명도 할 수 없다는 점이었다. 시간이 얼마 지나지 않아 나는 질문을 하거나 자극적인 말을 하지 않고도 집안의 복잡한 상황을 쉽게 파악할 수 있었다. 내가 겪었던 충격으로 모든 감각이 예민해졌음에 틀림없다. 더욱 세심하게 주의를 기울인 결과 사흘이 지나자 나는 하인들에게 속은 것도, 어떤 〈장난〉의 대상이 된 것도 아니라고 확신할 수 있었다. 내가 알고 있던 것이 무엇이든 간에 내 주변에서는 그것에 대해 아무것도 알지 못했다. 단 한 가지 합리적인 추론은, 어처구니없게도 누군가가 제멋대로 침입했다는 것이다. 나는 방에 들어가서 문을 잠그고 혼자 계속해서 이렇게 중얼거렸다. 우리 모두 다 함께 가택 침입을 당한 것이라고. 어떤 염치없는 여행자가 오래된 저택에 호기심을 느끼고 사람들 눈에 띄지 않게 안으로 들어와 가장 전망 좋은 곳에서 경치를 즐긴 다음 들어올 때처럼 몰래 나간 것이라고. 여행자가 그처럼 대담하고 냉혹하게 나를 응시했다면, 그것은 그의 경솔함을 드러내는 것일 뿐이었다. 결국 다행스러운 일은 우리가 분명 그를 더 이상 보지 않으리라는 점이었다.

사실 그가 다시 나타나지 않으리라는 것이 다행스럽기는 했지만, 나의 매력적인 직무 정도는 아니었다. 그 일 때문에 나는 나 자신이 내 직무에 많은 관심을 갖고 있음을 판단할 수 있었다. 바로 마일스, 플로라와 함께하는 생활 말이다. 그 생활에 몰입함으로써 걱정거리에서 벗어날 수 있다는 느낌 때문에 나는 그 일을 좋아할 수 있었다. 내가 맡은 작은 아이들의 매력은 끊임없는 기쁨을 주었고 처음에 가졌던 두려움, 즉 내 직무가 야기할 수도 있을 우울한 단조로움에 대해 품고 있던 혐오감이 부질없다는 데에 새삼스럽게 놀랐다. 우울한 단조로움은 없는 듯했고, 오랫동안 해야 하는 힘든 일도 없는 것 같았다. 그러니 매일매일 아름답게 펼쳐지는 그 직무가 어떻게 매력적이지 않았겠는가? 그것은 놀이방의 소설이고 교실의 시였다. 물론 이 말은 우리가 소설과 시만을 공부했다는 의미가 아니라, 내 학생들이 내게 불러일으킨 흥미로움을 달리 표현할 수 없다는 뜻이다. 내가 조금씩 아이들에게 익숙해져 갔다기보다 — 이것은 가정 교사에겐 아주 놀랄 만한 일이다. 나는 내 동료 가정 교사들을 증인으로 요청한다! — 끝없이 새로운 것을 발견했다고밖에 달리 어떻게 표현할 수 있겠는가! 그러나 한 가지 방향에 있어서만은 분명 이러한 발견이 중단되었다. 마일스가 학교에서 한 행동은 계속해서 짙은 모호함으로 덮여 있었다. 이미 언급한 바와 같이 나는 그런 불가사의에 직면하면서도 괴로움을 느끼지 않을 수 있었다. 그 아이가 말 한마디 없이 문제를 해결했다고 얘기하는 편이 아마도 더 진실에 가까울 것이다. 그 아이는 모든 비난을 터무니없는 것으로 만들었다. 그의 장밋빛 같은 순수함으로 인해 이런 결론이 나오게 되었다. 다시 말해, 무시무시하고 불결한 학교 세계에 비해서 그 아이가 너무 섬세하고 맑았기에 그에 따른 대가를 치른 것이었다. 어리석고 불결한 교장들까지 포함하여 다수의 교사들이 그런 개인적 차이와 우월한 자질을 의식하게 되면 반드시 앙심을 품게 되기 마련이라고 나는 날카롭게 판단했다.

두 아이 모두 온화한 성품을 지니고 있었고 — 그것이 그들의 유일한 결함이었는데, 그렇다고 마일스가 결코 우둔한 것은 아니었다 — 이러한 성품은 아이들을 (어떻게 표현해야 할까?) 거의 비인격적인, 그렇기 때문에 벌을 줄 수 없는 그런 존재로 만들어 버렸다. 아이들은 일화에 등장하는, 최소한 도덕적으로 나무랄 데 없는 아기 천사들 같았다! 특히 마일스는, 말하자면 마치 아주 작은 것이라도 과거라고 부를 만한 것을 갖고 있지 않은 듯 느껴졌던 것을 기억한다. 보통 어린아이에게는 약간의 〈과거〉를 기대하게 된다. 그러나 이 아름다운 소년에게는 매우 섬세하고도 행복한 무언가가 있어서, 내가 지금까지 보았던 그 나이 또래의 어떤 아이들보다 매일매일 새롭게 시작한다는 느낌을 주었다. 그는 단 한 순간도 괴로워하지 않았다. 나는 이것이야말로 그가 정말 벌받지 않았음을 직접적으로 증명해 준다고 믿었다. 만약 그가 사악했다면 그것을 드러냈을 테고, 나는 그 반향에 의해 그것을 포착해서 그 흔적을 찾아내고 상처와 모욕을 느꼈으리라. 그러나 나는 아무것도 발견할 수 없었고, 따라서 그 아이는 천사였다. 그는 절대로 학교에 대해 말하지 않았고, 친구나 선생님에 대해서도 언급하지 않았다. 또 나로서는 그들에게 너무 혐오감을 느끼고 있어서 암시조차 하지 않았다. 물론 나는 매혹되어 있었고, 놀랍게도 그 당시에 스스로 그런 상태였음을 완전하게 알고 있었다. 하지만 나는 그 매혹된 상태에 나 자신을 맡겼다. 그것은 어떠한 고통도 없애 주는 해독제였고, 사실 나는 하나 이상의 고통을 겪고 있었다. 당시 나는 집으로부터 상황이 좋지 않다는 불안한 편지들을 받고 있었다. 그러나 내 학생들과 이런 기쁨을 누리고 있는데 도대체 무엇이 문제가 되겠는가? 틈틈이 혼자 방에 있을 때 스스로에게 이렇게 묻곤 했다. 나는 아이들의 사랑스러움에 현혹되어 있었다.

하던 이야기를 계속하자면, 어느 일요일 몇 시간 동안

비가 세차게 내려서 교회에 갈 수 없게 된 적이 있었다. 그래서 날이 저물 무렵 나는 그로즈 부인과 저녁때가 되어 날씨가 좋아지면 저녁 예배에 함께 참석하기로 약속했다. 다행히 비가 그쳐서 외출할 준비를 했다. 공원을 지나 마을로 가는 길을 따라 20분 정도 걷는 거리였다. 홀에서 그로즈 부인을 만나기 위해 층계를 내려가다가 나는 장갑을 두고 온 것을 기억해 냈다. 그 장갑은 세 군데 꿰맬 곳이 있었는데 나는 일요일마다 예외적으로 허용되는, 마호가니와 놋쇠가 있는 그 차갑고 깨끗한 〈어른용〉 식당에서 아이들과 함께 앉아 차를 마시며 교육상 좋지는 않지만 아이들이 보는 앞에서 바느질을 했었다. 장갑이 그 식당에 놓여 있어서 나는 그것을 가지러 발길을 돌렸다. 날은 꽤 잿빛이었지만 오후의 햇살이 아직 남아 있었으므로 문턱을 넘으며 나는 닫혀 있는 넓은 창문 옆에 놓인 의자 위에서 내가 원하던 물건을 볼 수 있었다. 뿐만 아니라 창문 건너편에서 똑바로 안을 들여다보고 있는 한 사람을 보았다. 방 안으로 한 걸음만 들여놓는 것으로 충분했다. 그것이 순간적으로 내 시야에 들어왔다. 그것이 온전히 그곳에 있었다. 안을 똑바로 들여다보던 사람은 이미 나한테 나타났던 사람이었다. 그 전보다 더 분명한 모습이라고는 할 수 없지만, 그는 이렇게 다시 나타났다. 더 분명하게 나타나기란 불가능했다. 하지만 우리 관계가 한 발짝 더 진전되었음을 알 수 있을 만큼 더 가까이 나타났다. 그를 만나자 내 숨이 멈췄고 온몸이 차가워졌다. 그는 똑같았다. 그는 전과 똑같은 모습이었고, 식당이 1층에 있었지만 창문의 위치가 그가 서 있는 테라스만큼 낮지 않아서 이번에도 전처럼 허리부터 윗부분이 보였다. 그의 얼굴은 유리창 가까이 있었는데, 이렇게 모습이 잘 보이자 이상하게도 전에 보았던 모습이 얼마나 강렬했는지 알 수 있었다. 몇 초밖에 머무르지 않았으나, 그 역시 나를 보았고 나라는 것을 알아차렸음을 확신할 수 있을 만큼 충분한 시간이었다. 마치 내가 몇 년 동안 그를 줄곧 보아 왔고 항상 알고 지낸 것 같았다. 그러나 이번에는 전과 달리 무엇인가가 일어났다. 그가 유리창을 뚫고 방을 가로질러 내 얼굴을 응시하는 눈길은 이전처럼 깊고 냉혹했지만 잠시 나를 벗어났다. 그동안 나는 그 시선을 지켜보며 그가 몇 가지 다른 것들을 연속적으로 응시하는 모습을 볼 수 있었다. 그 순간 그가 여기 온 이유가 나 때문이 아니라는 확신이 충격처럼 더해졌다. 그는 다른 누군가를 찾으러 온 것이었다.

섬광처럼 스쳐 가는 이러한 인식이 — 그것은 두려움 가운데 일어난 인식이었으므로 — 내게 아주 특별한 효력을 일으켜서 그곳에 서 있는 동안 나는 갑자기 의무감과 용기로 몸이 떨리기 시작했다. 용기라고 말하는 근거는 의심할 바 없이 내가 이미 두려움에 깊이 빠져들었기 때문이다. 나는 방문 밖으로 똑바로 뛰어나가 저택의 문에 도달하였고 순식간에 마찻길로 나가 최대한 빠르게 테라스를 따라 뛰어가서 모퉁이를 돌았다. 그러자 모든 것이 시야에 들어왔다. 그러나 이제는 아무것도 보이지 않았다. 방문객은 사라져 버렸다. 나는 걸음을 멈추었다. 그가 사라졌다는 사실에 진정 안도감을 느끼면서 거의 쓰러질 지경이었다. 하지만 나는 그 광경을 전부 있는 그대로 관찰하면서 그에게 다시 나타날 시간을 주었다. 시간이라고 말하고는 있지만, 얼마나 오랜 시간이었을까? 이런 일들이 얼마나 지속되었는지는 이제 적절하게 말할 수도 없다. 그런 종류의 계산은 내 인식에서 떠난 것이 틀림없다. 그것들은 내가 실제로 생각했던 만큼 그렇게 오랜 시간 지속되지 않았을 수도 있다. 테라스와 집 안 전체, 잔디밭과 그 너머의 정원, 내가 볼 수 있는 공원 어디나 커다란 공허로 텅 비어 있었다. 관목들과 큰 나무들이 있었지만, 그 어디에도 그가 숨어 있지 않다고 분명하게 확신했던 것을 기억한다. 그가 그곳에 있을 수도, 그곳에 없을 수도 있었다. 내가 그를 보지 못했다면 그곳에 없는 것이었다. 나는 이렇게 이해한 다음, 본능적으로 왔던 길로 되돌아가는 대신 창문으로 갔다. 그가 서 있던 곳에 내가 직접 서보아야겠다는 생각이 얼떨결에 들었다. 나는 그렇게 했다. 창틀에 얼굴을 갖다 대고 그가 했던 대로 방 안을 들여다보았다. 그 순간, 그의 시야가 어느 정도 되는지 정확하게 보여 주려는 듯이, 방금 전 그 남자를 상대로 내가 그랬던 것처럼 그로즈 부인이 홀에서 방으로 들어왔다. 부인이 들어옴으로써 나는 전에 일어났던 일이 반복되는 것을 고스란히 보게 되었다. 내가 그 방문객을 보았던 것처럼 부인이 나를 보았다. 내가 그랬듯이 부인도 갑자기 멈추었다. 내가 받았던 충격을 부인에게 똑같이 전해 준 셈이었다. 부인은 안색이 하얗게 변했고, 그러자 나도 그렇게 안색이 창백해졌는지 자문했다. 간단히 말해서 부인은 움찔했다가 내가 했던 대로 뒤로 물러섰다. 나는 부인이 밖으로 나가서 나한테 올 것이며 내가 곧 부인을 마주하게 되리라는 것을 알았다. 나는 있던 자리에 그대로 있었고, 기다리는 동안 여러 가지를 생각했다. 하지만 내가 언급할 만한 것은 단 한 가지였다. 나는 왜 부인이 두려워해야 하는지 궁금했다.

5

 아, 집의 모퉁이를 돌아 어렴풋하게 내 시야에 다시 들어오자마자 부인은 의혹을 풀어 주었다. 「도대체 무슨 일이죠?」 부인은 이제 얼굴을 붉히며 숨을 헐떡거렸다.
 나는 부인이 꽤 가까이 올 때까지 아무 말도 하지 않았다. 「나 말인가요?」 내가 놀라운 표정을 지었음이 틀림없다. 「내 얼굴에 나타나나요?」
 「얼굴이 백지장처럼 창백해요. 끔찍해 보여요.」
 나는 조금도 망설임 없이 아무것도 모르는 순진한 태도로 이 상황에 대처할 수 있다고 생각했다. 그로즈 부인이 놀라서 얼굴 붉힌 것을 배려해야 할 필요가 있다는 감정은 어깨에서 옷자락이 소리 없이 흘러내리듯 사라졌다. 내가 잠시 망설였다면 그것은 무엇을 감추려고 해서가 아니었다. 나는 부인에게 손을 내밀었고 부인은 내 손을 잡았다. 나는 부인이 가까이 있다는 느낌이 좋아서 그 손을 조금 세게 잡았다. 수줍은 듯이 놀라는 부인에게서 나를 도우려는 마음이 느껴졌다.「물론 교회에 가려고 오셨겠지만, 저는 갈 수 없어요.」

「무슨 일이 생겼나요?」

「네. 이제 부인도 아셔야 해요. 내가 아주 이상하게 보였나요?」

「이 창문 너머로요? 끔찍했어요.」

내가 말했다.「저는 몹시 놀랐어요.」그로즈 부인의 눈빛은, 자신은 놀라고 싶지 않지만 스스로의 처지를 너무 잘 알고 있기 때문에 어떠한 불편이라도 나와 공유할 준비가 되어 있다고 말하고 있었다. 부인이 나와 걱정을 나누어야 한다는 것은 이제 결정된 사안이었다!「부인이 1분 전에 식당에서 본 내 얼굴은 바로 그것 때문이에요. 조금 전에 내가 본 것은 훨씬 더 끔찍했어요.」

부인이 손을 꽉 잡았다.「그게 뭐였는데요?」

「아주 이상한 남자요. 안을 들여다보고 있었어요.」

「어떤 이상한 남자요?」

「전혀 모르겠어요.」

그로즈 부인이 주위를 둘러보았으나 아무도 없었다.「그럼 그 남자는 어디로 갔나요?」

「그건 더욱 몰라요.」

「그 남자를 전에 본 적 있나요?」

「네, 한 번. 오래된 탑 위에서요.」

부인은 나를 더욱 뚫어지게 볼 뿐이었다.「그가 낯선

사람이란 말인가요?」

「아, 그래요!」

「그런데 저한테 이야기하지 않으셨잖아요?」

「네, 몇 가지 이유 때문에. 하지만 이제 당신이 짐작했으니……」

그로즈 부인의 둥그런 눈이 이 말에 맞섰다. 「아, 저는 짐작할 수 없어요!」 부인은 아주 단순하게 말했다. 「선생님이 상상하지 못하는 걸 제가 어떻게 알 수 있겠어요?」

「나는 전혀 상상할 수 없어요.」

「탑 위 말고 다른 곳에서는 본 적이 없나요?」

「방금 전 바로 이곳에서 보았어요.」

그로즈 부인은 다시 주위를 둘러보았다. 「그 남자가 탑 위에서 무엇을 하고 있었나요?」

「그곳에 서서 나를 내려다보기만 했어요.」

부인은 잠시 생각했다. 「신사였나요?」

나는 생각할 필요도 없었다. 「아니요.」 부인은 더욱 놀라서 나를 응시했다. 「아니에요.」

「그럼 이 집에 사는 사람도 아니에요? 마을 사람도 아니고요?」

「아무도, 아무도 아니었어요. 당신한테 말하지 않았지만 확실해요.」

부인은 희미하게 안도의 한숨을 내쉬었고, 이것은 묘하게도 큰 도움이 되었다. 실제로는 그 도움이 그리 오래

가지 않았지만. 「하지만 그가 신사가 아니라면…….」

「누굴까요? 소름 끼치는 사람이었어요.」

「소름이 끼친다고요?」

「그는…… 도대체 그가 누군지 모르겠어요!」

그로즈 부인은 다시 한 번 주위를 둘러보았다. 그녀는 어스름이 더 짙게 깔린 먼 곳을 응시한 다음 정신을 차리고는 내게 몸을 돌려 갑자기 전혀 엉뚱한 말을 꺼냈다. 「교회에 갈 시간이에요.」

「아, 나는 교회에 갈 만한 상태가 아니에요!」

「교회에 가는 편이 선생님에게 더 좋지 않을까요?」

「그들에게는 도움이 되지 않을 거예요.」 나는 집을 향해 고개를 끄덕였다.

「아이들이요?」

「지금은 그 애들을 내버려 둘 수 없어요.」

「두려우신가요……?」

나는 대담하게 말했다. 「그 남자가 두려워요.」

이 말을 듣고 처음으로 그로즈 부인의 커다란 얼굴에서 보다 예리한 의식이 멀리 희미하게 빛났다. 나는 어쩐지 그 얼굴에서 내가 말하지도 않았고 아직 나 자신한테도 꽤 모호한 어떤 생각이 뒤늦게 떠오르는 것을 알아차렸다. 기억하기로 나는 즉시 그것을 내가 부인에게서 얻어 낼 수 있는 어떤 것으로 생각했고, 부인이 더 많은 무언가를 알고 싶어 하는 욕구와도 그것이 연관되어 있다고 느꼈다.

「언제였나요? 탑 위에서 보았을 때가……?」

「이달 중순쯤이었어요. 지금과 똑같은 시간이었죠.」

「거의 어두워질 무렵이네요.」 그로즈 부인이 말했다.

「아, 아니에요, 어둡진 않았어요. 내가 지금 당신을 보는 것처럼 그 남자를 보았어요.」

「그러면 어떻게 그가 들어왔을까요?」

「그리고 어떻게 빠져나갔을까요!」 나는 웃었다. 「그 사람에게 물어볼 기회도 없었네요! 보시다시피 오늘 저녁에는 들어올 수도 없었잖아요.」

「들여다보기만 했나요?」

「그랬기만 바랄 뿐이죠!」 이제 부인은 내 손을 놓았고 약간 몸을 돌렸다. 나는 잠시 기다렸다. 그러다가 불쑥 말을 꺼냈다. 「교회에 가세요. 안녕히 다녀오세요. 나는 지켜봐야겠어요.」

부인은 천천히 다시 나를 마주 보았다. 「아이들 때문에 두려우신가요?」

우리는 다시 오래 바라보았다. 「당신은 그렇지 않나요?」 대답 대신 부인은 창가로 더 가까이 가서 잠시 유리창에 얼굴을 갖다 대었다. 「그 사람도 그런 식으로 봤어요.」 그 사이 나는 계속해서 말했다.

부인은 움직이지 않았다. 「그가 여기 얼마나 오래 있었나요?」

「내가 밖으로 나올 때까지요. 그를 보러 나왔어요.」

마침내 그로즈 부인이 돌아섰고 그 얼굴에는 더욱 많은 표정이 담겨 있었다. 「저라면 밖으로 나올 수 없었을 거예요.」

「나도 그래요!」 나는 다시 웃었다. 「하지만 나는 그렇게 했어요. 내 의무가 있으니까요.」

「저한테도 의무가 있어요.」 부인이 대답하고 나서 덧붙였다. 「그 사람이 어떻게 생겼나요?」

「당신한테 이야기해 주고 싶어서 죽을 지경이었어요. 그런데 그 사람은 어느 누구와도 비슷하지 않아요.」

「어느 누구하고도요?」 부인이 내 말을 반복했다.

「그는 모자를 쓰고 있지 않았어요.」 이 말을 듣자 더욱 당혹해하는 부인의 얼굴에서 그녀가 이미 어떤 그림을 떠올리고 있다는 것을 알아차리고, 나는 재빨리 설명을 하나씩 하나씩 덧붙였다. 「붉은, 아주 붉고 짧은 곱슬머리에 얼굴이 길고 창백했어요. 이목구비가 뚜렷하고 머리칼처럼 붉은색을 띤 기묘한 턱수염을 갖고 있었어요. 눈썹은 약간 짙은 색이었고 활처럼 굽어 있어서 잘 움직일 것처럼 보였어요. 눈은 날카롭고 끔찍하리만큼 이상했어요. 하지만 눈이 약간 작고 시선이 매우 고정되어 있었다는 것만은 분명하게 알겠어요. 입이 크고 입술은 얇으며, 조금 자란 턱수염을 제외하고는 꽤 말끔하게 면도를 한 상태였어요. 배우처럼 생겼다는 느낌을 주었어요.」

「배우라고요!」적어도 그 순간 그로즈 부인보다 배우를 덜 닮을 수는 없었을 것이다.

「배우를 본 적은 없지만, 그들은 그럴 거라고 생각해요. 그 사람은 키가 크고 활력이 있고 몸이 꼿꼿했어요.」 나는 계속 말을 이었다. 「하지만 결코, 절대로 신사는 아니에요!」

내가 말을 계속하자 내 동료의 얼굴이 창백해졌다. 부인의 둥그런 눈이 갑자기 움찔하면서 온화한 입이 떡 벌어졌다. 「신사요?」 그녀는 숨을 헐떡이면서 혼란스러워 하고 망연자실했다. 「그가 신사라고요?」

「그렇다면 그 남자를 아세요?」

부인이 자제하려고 애쓰는 모습이 역력했다. 「그런데 잘생겼나요?」

나는 부인을 도울 방법을 알았다. 「눈에 띌 정도로요!」

「그리고 옷은 어땠나요?」

「다른 사람의 옷을 입고 있었어요. 옷이 멋졌지만 분명 그의 것은 아니었어요.」

부인은 갑자기 숨이 차 단언하듯이 신음 소리를 냈다. 「주인님 옷이에요!」

나는 다그쳐 물었다. 「그 사람을 알고 있어요?」

부인은 아주 잠시 머뭇거리더니 소리쳤다. 「퀸트!」

「퀸트요?」

「피터 퀸트예요. 주인님이 여기에 계셨을 때 주인님의

하인, 시종이었어요.」

「주인님이 계셨을 때요?」

여전히 놀란 상태였지만, 부인은 나와 대응하면서 이야기를 하나하나 맞춰 갔다. 「그는 절대로 모자를 쓰지 않았어요. 하지만 옷은…… 글쎄, 조끼가 몇 벌 없어졌어요. 주인님과 그 사람 둘 다 작년에 여기 머물렀어요. 그리고 주인님이 가시고 퀸트는 혼자 남았죠.」

나는 말을 알아들었지만 잠시 멈추었다. 「혼자요?」

「우리와 함께 홀로 남았다는 뜻이에요.」 그러고는 더 깊은 심연에서 나오는 듯이 덧붙였다. 「책임을 맡고 있었어요.」

「그런데 그 사람은 어떻게 되었나요?」

부인이 너무 오랫동안 머뭇거려서 나는 더욱 당황스러웠다. 「그 사람도 갔어요.」 마침내 부인이 말을 꺼냈다.

「어디로 갔어요?」

이 말에 부인의 표정이 이상해졌다. 「어디 있는지는 하느님만이 아시죠! 그 사람은 죽었어요.」

「죽었다고요?」 나는 비명을 지르다시피 했다.

부인은 마음을 가다듬고 자신을 더 단단하게 추스르면서 그 놀라운 사실을 말했다. 「네, 퀸트 씨는 죽었어요.」

6

 우리가 이제부터 늘 함께해야 하는 사실, 즉 그토록 생생하게 예증된 그 세계의 인상들에 쉽게 노출되는 나의 끔찍한 기질과 내 동료가 반쯤은 경악하고 반쯤은 동정하면서 그 기질을 알게 되었다는 사실을 앞에 두고 우리가 뜻을 같이하려면, 물론 그 특정한 이야기 말고도 다른 것들이 필요했다. 그날 저녁 나를 한 시간 동안 그토록 실의에 빠지게 한 그 일이 밝혀진 후 우리 둘 다 아무 일에도 신경 쓰지 않았다. 우리는 함께 교실로 들어가 문을 잠그고 모든 것을 털어놓은 다음 곧이어 서로에게 설명을 다짐하고 맹세했는데, 이것은 눈물과 맹세, 기도의 약속들로 이루어진 작은 의식에서 정점에 다다랐다. 우리가 모든 것을 털어놓은 결과 우리의 상황을 이루고 있는 요소들이 매우 어려운 상태에 있는 것으로 드러났다. 부인 자신은 아무것도 본 적이 없고, 그림자조차 보지 못했다. 이 집 안에서 가정 교사를 제외한 어느 누구도 이런 곤경에 빠지지 않았다. 그러나 부인은 나의 온전한 정신 상태를 직접적으로 의심하지 않고 내가 말한 대로 진실을 받아들였으며, 이러한 근거로 인해 두려움에 질려 있으면서도 나에게 다정함을 보여 주었다. 이 다정함은 이 심상치 않은 나의 특권을 인정한다는 표시였고, 그 숨결은 나에게 가장 감미로운 인간적 자비심의 숨결로 남아 있다.

따라서 그날 밤 우리 사이에서 결정된 것은 우리가 함께 상황을 견뎌 나가리라고 생각했다는 것이다. 그럴 의무가 없었음에도 불구하고 부인이 더 많은 부담을 안았다는 사실을 나는 확신할 수 없었다. 이후에도 마찬가지였듯 그 당시에도 나는 내 학생들을 보호하기 위해서라면 나 자신이 어떤 일에라도 맞설 수 있음을 알고 있었다. 그러나 나의 정직한 동료가 그처럼 과도한 약속을 지키기 위해 어떤 각오가 되어 있었는지를 완전히 확신하기까지는 시간이 좀 걸렸다. 나는 아주 이상한, 그러니까 내가 얻은 동료만큼이나 이상한 존재였다. 그러나 우리가 겪은 일을 되돌아볼 때, 운 좋게도 우리를 흔들리지 않게 했던 한 가지 생각에서 우리가 얼마나 많은 공통점을 발견했는지 나는 알고 있다. 그 생각은 나로 하여금 내면의 두려움으로부터 빠져나올 수 있게 한, 두 번째 진전이었다. 나는 적어도 뜰에서 바람을 쐴 수 있었고 그곳에서 그로즈 부인을 만날 수 있었다. 그날 밤 우리가 헤어지기 전에 이상하게도 나에게 힘이 되살아났던 것을 지금 확실하게 기억할 수 있다. 우리는 내가 보았던 것의 특징을 하나하나 반복해서 이야기했다.

「그가 누군가를 찾고 있었다고 말씀하셨죠? 선생님이 아닌 누군가를.」

「그는 어린 마일스를 찾고 있었어요.」 이제 놀라울 정도의 명확함이 나를 사로잡았다. 「그가 찾고 있던 사람은 바로 그 아이예요.」

「하지만 어떻게 아세요?」

「난 알아요. 알아요, 안다고요!」 나는 점점 기분이 고양되었다. 「그리고 당신도 알잖아요!」

부인은 이 말을 부정하지 않았지만, 내가 느끼기엔 그런 말을 할 필요조차 없는 것 같았다. 부인은 잠시 후 다시 말했다. 「그 사람이 아이를 보면 어떻게 하죠?」

「어린 마일스요? 그가 원하는 것이 바로 그거예요.」

부인은 다시 크게 겁먹은 듯 보였다. 「그 아이를요?」

「맙소사! 그 남자, 그가 아이들에게 나타나고 싶은 거예요.」 그 남자가 아이들에게 나타나고 싶어 할지도 모른다는 생각은 정말 끔찍했다. 하지만 어떻든 나는 그것을 저지할 수 있었다. 게다가 우리가 그곳에서 머뭇거리고 있는 동안 나는 실제로 그것을 입증하는 데 성공했다. 나는 내가 이미 본 것을 다시 보게 되리라고 확신했다. 그러나 그런 경험을 한 유일한 사람으로서 용감하게 나 자신을 앞세워 그 일을 받아들이고 이끌어 내고 모두 극복함으로써 스스로 속죄양이 되어서 나머지 집안사람들의 평온을 지켜 주어야 한다고 내 안의 무언가가 말했다. 난 이렇게 함으로써, 특히 아이들 주위에 보호막을 치고 구해 주어야 한다. 나는 그날 밤 그로즈 부인에게 마지막으로 했던 말을 기억한다.

「내 학생들이 한 번도 얘기한 적이 없다는 생각이 갑자기 드네요!」

내가 생각에 잠겨 말을 멈추자 부인이 나를 뚫어지게 쳐다보았다. 「그 남자가 이곳에 있었다는 것과 그 아이들이 그와 함께 보낸 시간에 대해서요?」

「아이들이 그와 함께 보낸 시간, 그의 이름, 그의 존재, 그의 과거, 그 어떤 것이라도. 아이들이 이에 대해 언급한 적이 없어요.」

「아, 아가씨는 기억을 못 해요. 들은 적도 없고 알지도 못해요.」

「그가 죽었을 때의 상황을요?」 나는 골똘히 생각했다. 「아마 그렇겠지요. 하지만 마일스는 기억할 거예요. 마일스는 알 거예요.」

「아, 도련님에게 물어보지 마세요!」 그로즈 부인이 갑자기 소리쳤다.

부인이 나를 보듯 나도 부인을 바라보았다. 「걱정하지 마세요.」 나는 계속 생각했다. 「그런데 조금 이상해요.

조금이라도 언급한 적이 없어요. 당신은 그들이 〈친한 친구〉였다고 말했잖아요.」

「아, 그건 도련님이 아니었어요!」 그로즈 부인이 강조해서 단언했다. 「퀸트 혼자서 그렇게 생각한 거예요. 도련님과 놀면서 도련님의 버릇을 망쳐 놓았어요.」 부인은 잠시 말을 멈추었다가 다시 덧붙였다. 「퀸트는 너무 제멋대로였어요.」

이 말을 듣자 그의 얼굴 — 그 끔찍한 얼굴! — 이 떠올라 갑자기 혐오감으로 구역질이 났다. 「내 아이에게 너무 제멋대로 굴었다고요?」

「누구에게나 너무 제멋대로였어요!」

나는 이런 설명의 의미를 더 깊게 분석하기를 잠시 그만두고, 이 설명의 일부가 몇 명의 집안 구성원들, 아직 우리의 작은 집단을 이루는 여섯 명 정도의 하녀와 하인들에게 적용된다고 생각했다. 어느 누구의 기억 속에서도 이 관대하고 오래된 집안이 불쾌한 전설이나 또는 비천한 하인들이 일으키는 혼란과 연관되지 않았다는 다행스러운 사실은 우리의 걱정에 비추어 볼 때 고마운 일이었다. 이 집안은 나쁜 평판이나 오명을 가진 적이 없었다. 겉으로 보기에 그로즈 부인은 나한테 매달려서 말없이 떨고 싶어 할 뿐이었다. 마지막으로 나는 부인을 시험하기까지 했다. 한밤중에 부인이 나가려고 교실 문에 손을 얹었을 때였다. 「이건 아주 중요한 문제인데, 그러니까 당신 말에 따르자면 그가 분명 나쁜 사람으로 통했다는 거죠?」

「아, 그런 건 아니에요. 나는 알고 있었지만 주인님은 모르셨어요.」

「당신이 그분에게 말하지 않았나요?」

「그분은 고자질을 좋아하지 않으셨어요. 불평을 아주 싫어하셨죠. 그런 종류의 일에는 아주 무뚝뚝했어요. 그분이 보기에 괜찮은 사람들이라면…….」

「더 이상 신경 쓰지 않는다는 거죠?」 이것은 내가 그에게서 받은 인상과 잘 맞아떨어졌다. 그는 골칫거리를 좋아하는 신사도 아니었고 사귀는 친구에 대해서도 그리 까다롭지 않았다. 그래도 나는 상대방에게 압력을 넣었다.「맹세컨대, 나라면 말했을 거예요.」

부인은 나의 판단력을 알아차렸다.「제가 잘못했어요. 하지만 정말 두려웠어요.」

「무엇이 두려웠나요?」

「그 사람이 할 수 있었던 것들에 대해서요. 퀸트는 아주 영리했고 속마음을 알 수 없었어요.」

나는 이 말을 심각하게 받아들였지만 겉으로는 나타내지 않았다.「다른 것은 두려워하지 않았나요? 그가 줄 영향에 대해서는?」

「그의 영향력이요?」 부인은 고뇌에 찬 얼굴로 내 말을 반복했고 내가 머뭇거리는 동안 기다렸다.

「순진하고 어린 소중한 아이들에게 미칠 영향 말이에요. 당신이 아이들을 책임지고 있었잖아요.」

「아뇨, 아이들은 제 책임이 아니었어요!」 부인은 피로워하며 솔직하게 말했다. 「주인님은 그 사람을 믿었고, 그의 건강이 좋지 않았는데 시골 공기가 그에게 아주 좋을 거라고 생각해서 그를 이곳에 두셨어요. 그래서 그는 무엇이든 마음대로 할 수 있었지요. 그래요.」 부인은 이렇게 털어놓았다. 「심지어 아이들에 대해서도 그랬어요.」

「아이들을…… 그 사람이요?」 나는 신음 소리를 억눌러야 했다. 「당신은 그걸 참을 수 있었단 말인가요?」

「아니요. 참을 수 없었어요. 지금도 참을 수 없어요!」 가엾은 부인이 울음을 터뜨렸다.

이미 말했듯이 다음 날부터 엄격한 자기 통제가 뒤따랐다. 하지만 일주일 동안 우리는 얼마나 자주, 얼마나 열정적으로 다시 그 주제로 돌아갔던가! 그 일요일 밤 그것에 대해 많은 논의를 했지만 말이다. 특히 그 직후 몇 시간 동안 — 내가 잠들 수 있었는지는 상상할 수 있겠지만 — 나는 부인이 나에게 말하지 않은 어떤 것의 그림자에 여전히 시달리고 있었다. 나는 아무것도 숨기지 않았지만, 그로즈 부인은 무언가를 숨기고 있었다. 더군다나 아침이 오자 나는 그 이유를, 부인이 솔직하지 못해서가 아니라 사방에 두려움이 도사리고 있기 때문이라고 확신하게 되었다. 곰곰이 생각해 보면 다음 날 태양이 높이 떠올랐을 때쯤 나는 불안한 마음에서, 이후 일어 난 더 잔인한 사건들에서 밝혀진 모든 의미까지도 우리 앞에 놓인 사실들에다 첨가했던 것 같다. 무엇보다도 그 사실들로부터 내가 알 수 있었던 것은 살아 있는 사람의 불길한 모습과 — 죽은 자는 잠시 제쳐 두고! — 그가 블라이에서 지냈던 몇 달간의 모습이었다. 그 시간들을 다 더해 보니 상당히 오랜 기간이었다. 이 사악한 시간 이 끝난 것은 어느 겨울 새벽에 일찍 일하러 가던 노동자 가 마을로부터 오는 길에 죽어 있는 피터 퀸트를 발견했 을 때였다. 적어도 겉으로 볼 때 이 재앙은 그의 머리에 생긴 상처로 설명되었다. 그런 상처는 어둠 속에서 술집 을 나선 후에 완전히 길을 잘못 들어 얼어붙은 가파른 비 탈길에서 치명적으로 미끄러져 생길 만한 것이었고, 조 사 결과 최종적인 사인이 그렇게 밝혀졌다. 그는 그 비탈 길의 바닥 부분에 누워 있었다. 비탈길이 얼어 있었다는 점, 밤에 술 취한 상태에서 길을 잘못 들었다는 점이 많 은 것을 설명해 주었고, 결국 조사와 무수한 소문들이 있 은 후에 실제로 모든 것이 해명되었다. 그러나 그의 삶에 는 많은 문제들, 즉 이상한 교류와 위험들, 은밀한 난잡 함, 의심할 여지 없는 악행들이 있었고, 그것들이 훨씬 더 많은 점들을 해명해 주었을 것이다.

  내 이야기를 어떻게 표현해야 내 정신 상태를 믿을 만 한 것으로 그려 낼 수 있을지 잘 모르겠다. 하지만 당시 나는 그 상황에서, 나에게 특별히 요구되는 영웅심을 발휘하는 데서 문자 그대로 기쁨을 찾을 수 있었다. 이제 나는 내가 훌륭하고 어려운 임무를 요청받았고, 많은 다른 여자들이 실패했을지도 모르는 임무를 내가 성공적으로 해낼 수 있다는 것을 — 아, 바로 적절한 곳에서! — 보여 준다면 대단한 일이 될 것임을 알았다. 고백하건대 지난 일을 되돌아보면서 나 자신을 다소 칭찬하기도 한다! 내 임무를 그토록 강렬하고 단순하게 받아들인 것이 나에게 큰 도움이 되었다. 세상에서 부모를 잃은 가장 사랑스러운 아이들을 보호하고 방어하기 위해 내가 그곳에 있었다. 아이들의 무력함이 주는 호소력이 갑작스럽게 너무 분명해져서 나 자신의 애정에 깊고 지속적인 아픔이 되었다. 우리는 정말로 함께 단절되어 있었다. 우리는 위험 속에서 하나가 되었다. 아이들에게는 나 말고 아무도 없었고 나에게도 그 아이들밖에 없었다. 한마디로 그것은 대단한 기회였다. 이 기회는 나에게 아주 구체적인 이미지로 나타났다. 나는 칸막이였고 그들 앞에 서 있어야 했다. 내가 더 많은 것을 보면 볼수록 아이들은 더 적게 볼 것이다. 너무 오래 지속되었더라면 광기 비슷한 것으로 변했을지도 모르는 숨 막히는 불안과 위장된 긴장 속에서 나는 아이들을 지켜보기 시작했다. 지금 생각해 보니 나를 구해 준 것은, 그 사건이 전혀 다른 문제로 변했다는 사실이었다. 그것은 긴장 상태로 계속되지 않고 끔찍한 증거로 대치되었다. 그렇다, 내가 진정으로 그것들을 포착한 순간부터 그것은 증거였다.

그 순간은 내가 플로라와 단둘이 밖에서 시간을 보냈던 오후에 시작되었다. 마일스는 집 안에 남아서 창 옆에 있는 푹신한 붉은 쿠션에 앉아 있었다. 그는 어떤 책을 끝까지 읽고 싶어 했다. 때로 한시도 가만히 있지 못하는 것이 유일한 단점인 어린 소년이 그처럼 칭찬받을 만한 목표를 보이자 나는 기꺼이 격려해 주었다. 반대로 그의 여동생은 재빨리 밖으로 나왔고, 태양이 아직 높이 떠 있는 데다 날이 이상하게도 더웠기에 나와 그 아이는 그늘을 찾으러 30분 정도 걸었다. 나는 플로라와 걸으면서 그 아이도 자기 오빠처럼 — 이것이 두 아이들이 갖고 있는 매력이었는데 — 나한테서 떨어진 것처럼 보이지 않도록 하면서 나를 혼자 있게 하고, 나에게 중압감을 주지 않는 듯하면서도 내 옆에 있다는 사실을 새삼 의식하게 되었다. 아이들은 귀찮게 하지도 않았지만 결코 활기 없던 적도 없었다. 실제로 내가 아이들을 보살펴 주는 일이란, 나 없이도 자기들끼리 아주 재미있게 지내는 모습을 보는 정도에 지나지 않았다. 아이들은 이런 광경을 적극적으로 준비하는 듯 보였고 나는 그 놀이에 적극적으로 감탄하는 사람이었다. 나는 아이들이 만들어 놓은 세계에서 걷고 있었고 아이들은 어떤 경우에도 내 세계에 의존하지 않았다. 그래서 내 시간은 그들이 그 순간

하는 놀이에 필요한 어떤 뛰어난 사람이나 물건 역할을 해주는 데 사용되었고, 나는 나의 나이와 직분에 감사하며 그 일을 즐겁게 잘해 낼 수 있었다. 내가 그 순간에 무엇을 하고 있었는지는 기억나지 않는다. 내가 아주 중요하고 조용한 어떤 역할을 하고 있었으며 플로라가 아주 열심히 놀고 있었다는 것만을 기억할 뿐이다. 우리는 호수의 가장자리에 있었고, 최근에 지리 공부를 시작했으므로 그 호수를 〈아조프 해〉라고 불렀다.

이러한 상황에서 나는 아조프 해의 건너편에 우리에게 흥미를 느끼는 구경꾼이 있다는 사실을 갑자기 의식하게 되었다. 내가 이것을 알게 된 경위는 매우 기이했지만, 더욱 이상했던 점은 내가 깨달은 사실이 그 낯선 존재로 재빨리 녹아 들어갔다는 점이다. 그 당시 나는 앉을 수 있는 어떤 물건 역할을 하고 있어서 연못이 바라다보이는 낡은 돌 벤치에 일거리를 갖고 앉아 있었다. 이 자세에서 나는 멀리 떨어져 있는 제삼자의 존재를 직접 보지 않았지만 분명하게 의식하기 시작했다. 오래된 나무들과 무성한 관목 숲이 넓고 쾌적한 그늘을 만들었지만, 뜨겁고 고요한 오후의 햇살이 가득 퍼져 있었다. 그 어디에도 모호한 것이라고는 없었다. 눈을 들었을 때 바로 앞 호수 건너편에서 내가 무엇을 보고 있는가에 대해 순간순간 형성되는 확신에 있어서는 모호한 것이 전혀 없었다. 이 중요한 순간 내 눈길은 열중하고 있던 바느질

감에 가 있었고, 무엇을 해야 할지 마음을 결정할 수 있을 만큼 나 자신을 진정시킬 때까지 시선을 움직이지 않으려고 애썼던 것을 지금도 다시 느낄 수 있다. 시야에 이질적인 물체가 들어왔고, 나는 그 인물이 그곳에 있을 타당성에 대해 즉시 강렬한 의문을 품었다. 예를 들어 나는 그 근방에 사는 사람들 중의 한 명, 심지어는 마을에서 온 심부름꾼, 우편배달부나 상인의 사환이 나타나는 일이 아주 당연하다고 스스로에게 일깨우면서 여러 가능성들에 대해 꼼꼼하게 헤아려 보았던 것을 기억한다. 하지만 그렇게 생각하는 것이 내가 실제로 느낀 확신에 거의 영향을 주지 못했으며, 마찬가지로 그 방문객의 특징과 태도에 대해서도 거의 영향을 주지 못했음을 나는 보지 않고서도 알았다. 그 인물의 특징과 태도가 절대로 주변 사람이 아니라는 것은 너무나도 당연했다.

나는 내 용기의 작은 시계가 적절한 시간을 가리키자마자 유령의 확실한 정체에 대해서 확인하려 했다. 그동안 모진 노력을 기울여 곧바로 시선을 10야드 정도 떨어진 곳에 있던 어린 플로라에게로 돌렸다. 그 아이도 보았을까 하는 궁금증과 두려움에 내 심장은 잠시 움직임을 멈추었다. 그리고 아이로부터 어떤 외침, 흥미나 놀라움을 나타내는 갑작스럽고도 순진한 신호가 오기를 기다리는 동안 숨을 죽였다. 기다렸지만 아무 소리도 들리지 않았다. 그러자 우선 — 내가 이야기해야 하는 어떤 것보다도 여기에 더 무시무시한 것이 있다고 생각되는데 — 아이가 무의식중에 내던 모든 소리가 순식간에 그쳤고, 그다음 바로 그 짧은 순간 아이가 놀면서 물가로 등을 돌리는 상황으로 말미암아 나는 결단을 내리게 되었다. 우리가 여전히 함께 어떤 사람의 직접적인 주목을 받고 있다는 단호한 확신을 갖고 마침내 내가 아이를 보았을 때 아이는 이러한 자세를 하고 있었다. 플로라는 평평한 작은 나뭇조각을 집어 들었는데, 그 안에 우연히도 작은 구멍이 있어서 돛처럼 생긴 다른 나뭇조각을 그 구멍에 끼워 배로 만들어 보려는 생각을 하는 것이 틀림없었다. 내가 아이를 보고 있을 때 아이는 이 두 번째 조각을 자리에 끼워 넣으려고 매우 열중하고 있었다. 그 애가 무엇을 하고 있는지 알게 되자 용기가 나서, 몇 초가 흐른 후 나는 다른 일에 대처할 수 있다고 느꼈다. 그리고 나는 다시 눈길을 돌려서 내가 보아야 했던 것과 직면했다.

7

 이 일이 있은 후에 나는 가능한 빨리 그로즈 부인을 찾았다. 내가 그사이의 시간을 어떻게 참아 냈는지 명확하게 설명할 수 없다. 하지만 부인의 품 안에 완전히 몸을 던지면서 내가 외쳤던 소리를 아직도 생생하게 들을 수 있다. 「그 애들이 알고 있어요. 너무 끔찍해요. 그 애들이 알아요, 알고 있다고요!」

 「대체 무엇을요?」 부인이 나를 안고 있을 때 나는 그녀가 믿지 않고 있음을 느꼈다.

 「우리가 알고 있는 것 모두요. 그 밖에 어떤 것들을 더 알고 있는지는 하늘만이 알겠지요!」 그리고 부인의 품에서 벗어나자 나는 그녀에게 분명하게 설명했다. 어쩌면 이제야 비로소 나 자신에게도 일관성 있게 설명한 셈이다. 「두 시간 전, 숲가에서 — 나는 제대로 말을 할 수 없었다 — 플로라가 보았어요!」

 그로즈 부인은 마치 배를 한 대 얻어맞은 듯한 표정으

로 이 말을 받아들였다. 「아가씨가 선생님께 말했나요?」 부인은 숨 가빠 했다.

「한마디도 안 했어요. 그게 끔찍해요. 아이가 그 일을 남에게 말하지 않고 혼자만 간직했다니! 여덟 살짜리 아이가, 그렇게 어린 아이가!」 엄청나게 놀라운 그 사실을 여전히 나는 말로 표현할 수 없었다.

물론 그로즈 부인은 더 크게 입을 벌릴 뿐이었다. 「그러면 선생님은 그걸 어떻게 아세요?」

「내가 그곳에 있었어요. 내가 두 눈으로 보았어요. 그 아이가 완전히 의식하고 있는 것을 보았어요.」

「그 남자를 의식하고 있었다는 말씀이세요?」

「아니요. 그 여자를 말이에요.」 이 말을 할 때, 내가 무시무시하게 보인다는 것을 알 수 있었다. 내 동료의 얼굴에 그 표정이 서서히 반영되는 모습을 보았기 때문이다. 「이번에는 다른 사람이에요. 하지만 틀림없이 소름 끼치고 사악한 인물이었어요. 검은 옷을 입은 창백하고 무시무시한 여자였어요. 그런 이상한 태도와 얼굴을 하고 호수 건너편에 서 있었어요! 내가 한 시간 정도 그곳에서 아이와 조용히 있었는데, 중간에 그 여자가 나타났어요.」

「어떻게, 어디에서 왔나요?」

「그들이 오는 곳에서 왔겠지요! 그 여자가 그냥 나타나 그곳에 서 있었어요. 하지만 아주 가깝지는 않았어요.」

「더 가까이 오지 않았나요?」

「아, 그 충격과 느낌으로 말하자면 그 여자는 당신만큼 가까이 있었던 것 같아요!」

내 친구는 이상한 충동으로 한 걸음 뒤로 물러섰다. 「선생님이 보지 못했던 사람이었나요?」

「본 적이 없어요. 하지만 플로라가 보았던 사람이에요. 당신도 보았던 사람이고요.」 그리고 내가 이 모든 것에 대해 어떻게 생각했는지를 밝히기 위해 말했다. 「내 전임자였어요. 죽었다는 사람이요.」

「제셀 양요?」

「제셀 양요. 내 말을 못 믿겠어요?」 나는 다그쳤다.

부인은 고통스러운 듯이 좌우를 두리번거렸다. 「어떻게 확신하세요?」

이 말을 듣자 나는 신경이 예민해져서 순간적으로 조급해졌다. 「그러면 플로라에게 물어보세요. 그 애가 확신할 테니까!」 하지만 이 말을 하자마자 나는 나 자신을 억제했다. 「아니에요. 제발 물어보지 마세요! 그 애는 모른다고 말할 거예요. 거짓말을 할 거예요!」

그로즈 부인은 본능적으로 그다지 당황하는 기색 없이 반문했다. 「아, 어떻게 그럴 수 있어요?」

「분명해요. 플로라는 내가 알기를 원하지 않아요.」

「그건 선생님을 성가시게 하지 않기 위해서겠죠.」

「아니에요, 정말 깊은 내막이 있어요! 살펴볼수록 그 안에서 더 많은 것을 보게 되고, 내가 더 많은 것을 볼수록 더 두려워요. 내가 보지 못하는 것이 무엇인지, 내가 두려워하지 않는 것이 무엇인지 잘 모르겠어요.」

그로즈 부인은 나와 보조를 맞추려고 애썼다. 「그 여자를 다시 볼까 봐 두렵다는 말인가요?」

「아, 아니에요. 그건 아무것도 아니에요, 지금은!」 그러고 나서 나는 설명했다. 「그 여자를 못 보는 게 두려운 거죠.」

그러나 내 동료는 안색이 창백해 보였다. 「무슨 말인지 모르겠어요.」

「그야 물론 그 아이는 계속 모르는 체할 거예요. 분명히 그럴 거예요. 내가 알지 못하는 사이에.」

이런 가능성을 떠올리자 그로즈 부인은 잠시 풀이 죽었지만, 우리가 한발 물러선다면 무엇에 굴복하게 될지를 확실하게 느낀 듯 곧 다시 기운을 되찾았다. 「저런, 저런. 우리가 정신을 똑바로 차려야겠어요! 결국, 아가씨가 상관하지 않는다면!」 부인은 오싹한 농담까지 했다. 「어쩌면 아가씨는 그걸 좋아할지도 몰라요!」

「그런 것들을 좋아하다니요. 그렇게 조그만 아이가!」

「그게 아가씨의 축복받은 순수함을 증명해 주는 것 아닌가요?」 내 친구가 용감하게 물었다.

나는 그 순간 부인의 말에 거의 동의할 뻔했다. 「아, 우리는 그 생각에 매달려야 해요. 그것을 고수해야지요! 당신이 한 말을 입증하는 것이 아니라면, 플로라의 태도가 무엇을 입증하겠어요! 그 여자는 정말 끔찍했어요.」

이 말에 그로즈 부인은 잠시 바닥을 응시하다가 마침내 시선을 들었다. 「선생님이 어떻게 알게 되었는지 말해 주세요.」 부인이 말했다.

「그렇다면 당신은 그것이 그 여자였음을 인정하는 건가요?」 내가 소리쳤다.

「어떻게 아셨는지 말해 주세요.」 내 친구는 그저 되풀이했다.

「어떻게 아느냐고요? 그 여자를 보았으니까요. 그 여자가 바라보는 모습으로 알아요.」

「선생님을 바라보았나요? 아주 사악한 눈길로?」

「저런, 당치도 않아요. 그랬다면 나는 견딜 수 있었을 거예요. 그 여자는 나한테 눈길 한 번 주지 않았어요. 아이만 응시했어요.」

그로즈 부인은 상황을 이해하려고 애썼다. 「아가씨를 응시했다고요?」

「네, 아주 무시무시한 눈길로!」

부인은 마치 내 눈이 정말 그 여자의 눈길을 닮기라도 한 듯 나를 응시했다. 「혐오감을 나타내는 눈길이었어요?」

「아니에요, 훨씬 더 나쁜 눈길이었어요.」

「혐오감보다 더 나쁜 거라고요?」 이 말을 하면서 부인은 정말 당혹스러워했다.

「표현할 수 없지만 어떤 결의를 담고 있는 눈빛이었어

요. 어떤 격렬한 의도를 담고 있었어요.」

내 말에 부인의 안색이 창백해졌다. 「의도요?」

「그 아이를 장악하기 위해서죠.」 잠시 내 눈을 바라보던 그로즈 부인은 몸을 떨다가 창문 쪽으로 걸어갔다. 부인이 밖을 내다보면서 서 있는 동안 나는 말을 끝냈다. 「그걸 플로라가 알고 있어요.」

잠시 후 부인은 돌아섰다. 「그 사람이 검은 옷을 입고 있었다고 하셨죠?」

「상복을 입고 있었어요. 약간 초라하고 거의 누더기였어요. 하지만, 그래요, 굉장히 아름다웠어요.」 이제 나는 내 비밀을 들어 준 사람을 마침내 어떤 상태로 몰고 갔는지 깨달았다. 부인이 내 말을 곰곰이 곱씹는 기색이 역력했기 때문이다. 「아, 아름다웠어요. 아주 아름다웠어요.」 나는 강조했다. 「놀라울 정도로 아름다웠어요. 하지만 파렴치했어요.」

부인은 천천히 다시 내게로 다가왔다. 「제셀 양은 파렴치했어요.」

부인은 두 손으로 다시 한 번 내 손을 잡고, 이러한 사실을 폭로함으로써 내가 느끼게 될 점점 더 커지는 놀라움에 대비해 내 기운을 북돋우려는 듯이 손에 힘을 주었다. 「두 사람 모두 파렴치했어요.」 그녀가 마침내 말했다.

이렇게 해서 잠시 우리는 이 상황에 다시 함께 직면했다. 이제 그 상황을 일관되게 파악하고 있다는 데서 나는 미약하나마 절대적인 도움을 얻었다.「당신이 아주 예의 바른 사람이기 때문에 지금까지 말을 하지 않았다고 생각해요. 고마워요. 하지만 이제는 나에게 모든 것을 말해야 해요.」부인은 이 말에 동의하는 듯했지만 여전히 침묵을 지킬 뿐이었고, 이에 내가 계속해서 말했다.「이제 내가 알아야겠어요. 그녀가 무엇 때문에 죽었나요? 자, 두 사람 사이에 무엇인가가 있었던 거죠?」

「온갖 일이 있었어요.」

「차이가 나는데도 불구하고요?」

「아, 두 사람의 신분과 처지는 달랐어요.」부인이 애처롭게 말했다.「그녀는 상류층 여성이었어요.」

나는 이 말을 곰곰이 생각해 보고 다시 상황을 파악했다.「아, 그녀가 상류층 여성이었군요.」

「그런데 그 남자는 아주 신분이 낮았어요.」그로즈 부인이 말했다.

나는 그로즈 부인과의 관계를 생각하여 사회 계층에서 하인의 위치에 대해 너무 심하게 압박을 가해서는 안되겠다고 생각했다. 하지만 내 전임자의 품위가 실추되었다는 부인 자신의 평가를 받아들이지 않을 이유가 없었다. 그런 문제를 정리할 수 있는 방법이 한 가지 있기에 나는 그 방법대로 했다. 우리 고용주가 전에 부렸던 영리하고 잘생긴 시종에 대해 내가 완전히 파악한 모습이 뻔뻔하고 자신만만하며 버릇없고 타락한 사람이라는 것을 증거 삼아 나는 더 적극적으로 그 방법을 택했다.
「그자가 비열한 사람이었군요.」

그로즈 부인은 마치 이것이 미묘한 의미의 차이를 구분해야 하는 일인 듯 생각했다. 「그런 사람을 본 적이 없어요. 그는 자기가 하고 싶은 대로 했어요.」

「그 여자에게요?」

「모든 사람에게요.」

마치 지금 내 친구의 눈에 제셀 양이 다시 나타난 것 같았다. 아무튼 연못가에서 내가 그 여자를 보았던 것처럼 뚜렷하게 잠깐 동안 부인의 눈에 그 여자가 떠오르는 장면을 보는 것 같았다. 그래서 나는 단호하게 말을 꺼냈다. 「틀림없이 그 여자도 원했던 일이었을 거예요!」

그로즈 부인의 표정은 정말 그랬다고 인정했지만, 동시에 이렇게 말했다. 「가엾은 여자, 그에 대한 대가를 치렀어요!」

「그렇다면 그녀가 무엇 때문에 죽었는지 아시나요?」 내가 물었다.

「아니요. 저는 아무것도 알지 못해요. 알고 싶지 않았어요. 모르는 편이 좋았어요. 그녀가 이 일에서 멀리 벗어났다는 것에 감사했어요!」

「하지만 그때는 당신도 어떤 생각을 했을 테죠.」

「그녀가 떠난 진짜 이유에 대해서요? 아, 네, 그 일에 대해서는. 그녀는 머무를 수 없었어요. 여기에서 그랬다고 생각해 보세요. 가정 교사 처지에! 그 후에 저는 상상해 보았어요. 아직도 상상하고 있어요. 제가 상상하는 것은 끔찍해요.」

「내가 상상하는 것만큼 끔찍하지 않을 거예요.」 내가 대답했다. 이 말을 하면서 나는 틀림없이 비참한 패배의 표정을 ─ 나는 정말 분명히 의식하고 있었으므로 ─ 보여 주었을 것이다. 이 표정은 나에 대한 부인의 모든 동정심을 다시 유발했고, 부인의 친절한 손길이 새롭게 느껴지자 저항하려는 내 힘이 무너졌다. 지난번에 내가 부인을 그렇게 만들었듯이 나는 갑자기 울음을 터뜨렸다. 부인이 어머니처럼 푸근한 품 안에 나를 안아 주자 내 한탄이 쏟아졌다. 「내가 그 일을 못 하고 있어요!」 나는 절망에 빠져 흐느꼈다. 「아이들을 구해 주지도, 보호하지도 못해요! 상상했던 것보다 훨씬 더 나빠요. 아이들을 빼앗겼어요!」

8

 내가 그로즈 부인에게 했던 말은 충분히 진실한 것이었다. 부인에게 제기한 문제에는 내 결심이 부족해서 알아보지 못한 복잡한 것들과 가능성들이 있었다. 그래서 불가사의한 상황에서 다시 만났을 때, 우리는 지나친 환상에 대해 저항해야 할 의무가 있다는 것에 동감했다. 다른 것을 지킬 수 없다 하더라도 우리는 정신을 똑바로 차려야 했다. 비록 놀라운 경험을 하면서 의심할 여지가 없어 보이는 것에 직면하여 그러기가 쉽지 않더라도 말이다. 그날 밤 늦게 집 전체가 잠들어 있는 동안, 우리는 내 방에서 다시 이야기를 나누었다. 그때 부인은 내가 목격한 장면이 정확하게 내가 본 그대로라는 데 의심할 여지가 없다는 내 생각에 동의했다. 이 점을 부인에게 완전히 이해시키기 위해서는, 만약 내가 〈그 일을 꾸며 냈다면〉 어떻게 나에게 나타난 사람들 각각의 특징을 그토록 상세하게 묘사할 수 있었겠느냐고 묻기만 하면 되었다. 내가 그들의 모습을 묘사하자 부인은 즉시 알아차리고 그 이름들을 말했던 것이다. 물론 부인은 그 일을 전부 덮어 버리고 싶어 했다. 그럴 만했다! 그래서 나는 이 문제에 대한 내 관심이 이제 문제에서 벗어날 방도를 찾는 탐색의 형태로 갑자기 바뀌었다고 말하면서 부인을 재빨리 안심시켰다. 이런 일이 다시 일어나면 ― 우리는 이 일이 되풀이되리라는 것을 당연하게 받아들였다 ― 내가 위험에 익숙해질 수 있다는 가능성을 근거로 부인에게 맞섰다. 그리고 그런 위험에 내가 개인적으로 노출되는 것이 거의 불편하지 않게 되었다고 분명하게 말했다. 참을 수 없는 것은 새로 생긴 내 의심이었지만, 이런 복잡한 문제에 대해서조차도 그날 밤이 깊어지면서 다소 편안해졌다.

처음으로 감정이 폭발한 후에 부인을 떠나자마자, 나는 아이들의 매력을 느끼는 것이 내 혼란스러움을 적절하게 치유하는 방법이라고 생각해서 당연히 내 학생들에게 돌아갔다. 나는 이미 아이들의 매력을 내가 적극적으로 계발할 수 있는 자질로 의식하고 있었으며, 그것은 아직 한 번도 나를 실망시킨 적이 없었다. 다시 말하자면 나는 그저 플로라와의 관계로 새롭게 뛰어들었고, 아이가 의식적으로 그 작은 손으로 내 아픈 곳을 직접 어루만질 수도 있다는 것을 알았다. 이는 사치나 다름없었다! 그 아이는 달콤한 사색에 잠겨 나를 바라보더니 직접 내 앞에서 내가 〈울었다〉고 나무랐다. 나는 울음의 보기 흉한 흔적을 지웠다고 생각했었지만, 어쨌든 얼마간 헤아릴 수 없는 너그러움을 느끼면서 그 흔적이 완전히 사라지지 않은 것을 진심으로 기뻐했다. 아이의 깊고 푸른 눈을 들여다보면서 그 사랑스러움을 조숙한 교활함의 속임수라고 단언한다면 냉소주의의 죄를 짓는 것이므로, 그보다는 자연스럽게 내 판단과 또 가능하다면 내 마음의 동요까지 떨쳐 버리기로 했다. 단지 원한다고 해서 떨쳐 버릴 수 있는 문제는 아니었지만, 나는 그로즈 부인에게 ─ 한밤중에 그곳에서 스스로 반복해 말했듯이 ─ 우리 작은 친구들의 목소리가 공중에 울려 퍼지고 아이들이 우리 가슴에 안기고 그 향기로운 얼굴이 우리 뺨에 닿으면 모든 것이 산산조각 나더라도 아이들의 무력함과 아름다움은 남는다고 반복해서 말했다. 어떻게 해서든지 이번에는 반드시 이 일을 매듭짓기 위해, 유감스럽게도 나는 오후에 호숫가에서 내가 기적적으로 침착함을 잃지 않도록 해주었던 교활함의 징후들을 똑같이 다시 열거해야 했다. 그 순간의 확실성 자체를 검토하고, 어떻게 해서 그때 내가 갑자기 알아낸 믿을 수 없는 교감이 두 사람에게는 습관적인 일이었음이 틀림없다는 계시를 느끼게 되었는지 되풀이해야 하는 것도 유감스러운 일이었다. 내가 그로즈 부인을 실제로 직접 보듯이 어린 소녀가 유령을 보았고, 바로 그렇게 보았으면서도 나로 하여금 자기가 보지 않았다고 생각하도록 만들고 싶어 했고, 동시에 아무런 내색도 하지 않으면서 내가 보았는지를 추측하려고 했음을, 내가 멍한 상태에서 의심조차 하지 않았던 이유를 다시 한 번 떨리는 목소리로 말해야 했다는 것도 유감스러웠다. 그 아이가 내 주의를 다른 곳으로 돌리기 위해서 했던 놀라운 작은 행동들, 즉 눈에 띄게 움직임이 증가하고 놀이에 더 열중하고, 노래를 부르거나 쓸데없는 말을 재잘거리며 함께 뛰어놀자고 했던 일을 반복해서 말해야 했던 것도 유감스러웠다.

그러나 그 사건이 아무런 중요성이 없음을 증명하기 위해 그 문제를 검토하는 일에 몰두하지 않았더라면, 나는 지금까지 나에게 남아 있는 몇 가지 희미한 위안거리를 놓쳤을 것이다. 예를 들어 나는 분명히 적어도 내 속마음을 드러내지 않았다고 — 이것은 아주 다행스러운 일이었는데 — 내 친구에게 단언할 수 없었을 것이다. 나는 절박한 필요에 의해, 필사적인 마음으로 — 어떻게 표현해야 할지 잘 모르겠지만 — 내 동료를 상당히 궁지에 몰아넣음으로써 나오는 정보에서 많은 도움을 얻어 내려고도 하지 못했을 것이다. 그로즈 부인은 추궁을 당하자 내게 조금씩 많은 것을 말했다. 하지만 그 말의 이면에 도사리고 있는 수상쩍은 느낌이 여전히 박쥐 날개처럼 때때로 내 이마를 스쳤다. 내가 기억하기로는 이때 온 집이 잠들어 있고 우리가 처한 위험과 경계심이 모두 깊어져서 상황에 도움이 되는 듯 보였으므로, 마지막 휘장을 잡아당겨 그 안에 무엇이 숨어 있는지 알아내는 일이 중요하다고 느꼈다. 〈그렇게 끔찍한 일이 있었다고는 믿지 않아요〉라고 말했던 것으로 기억한다. 「아니, 분명히 말하는데, 그런 일이 있으리라고는 믿지 않아요. 하지만 믿는다면, 이제 당신에게서 알아내기 위해 내가 요구할 것이 있어요. 조금도 남김없이, 하나도 빼놓지 않고. 마일스가 돌아오기 전 학교에서 온 편지 때문에 우리가 고통스러워할 때 내가 추궁하자 당신이 그 아이가 정말 〈나쁜〉 일을 한 적이 없다고 말할 수는 없다고 했는데, 그때 무슨 생각을 하고 있었나요? 내가 그 아이와 가까이 지내면서 관찰해 온 몇 주 동안 그 아이는 정말로 〈한 번도〉 나쁜 짓을 한 적이 없어요. 그 아이는 변함없이 유쾌하고 사랑스러운 선량함을 보여 준 놀라운 아이였어요. 그러니까 만일 실제로 일어난 예외적인 일을 목격하지 않았더라면 당신도 그 아이에 대해 분명히 그렇게 주장했을 거예요. 당신이 본 예외적인 경우가 무엇이죠? 개인적으로 그 아이를 관찰한 것 중에서 어떤 사건을 언급한 건가요?」

그것은 상당히 직접적인 질문이었지만, 우리의 말투는 경솔하지 않았다. 아무튼 회색빛 새벽이 와서 우리가 각자의 방으로 돌아가기 전에 나는 답을 얻었다. 내 친구가 마음에 품고 있던 것이 내 생각과 기막히게 들어맞는 것으로 드러났다. 그것은 바로 몇 달 동안 퀸트와 소년이 계속 함께 지냈다는 사실이었다. 그로즈 부인이 그처럼 친밀한 관계가 도리에 맞지 않음을 과감하게 비판하고 그 부조화를 암시했으며, 심지어 그 문제에 대해 제셀 양에게 솔직히 말하기까지 했다는 것이 정말 아주 적절한 증거였다. 제셀 양은 그 문제에 대해 아주 오만한 태도로 자기 일에나 신경 쓰라고 말했고, 이 선량한 부인은 이 말을 듣자마자 직접 어린 마일스에게 갔었다. 내가 다그치자, 부인은 마일스에게 어린 신사가 자신의 신분을 잊어버리지 않는 것을 보고 싶다고 말했다고 털어놓았다.

물론 나는 이 말에 대해 좀 더 다그쳤다. 「퀸트가 비천한 하인일 뿐이라고 그 아이에게 일깨워 주었나요?」

「그렇다고 할 수 있어요! 그런데 한 가지 나쁜 것은 도련님의 대답이었어요.」

「또 다른 것은요?」 나는 기다렸다. 「그 아이가 당신이 한 말을 퀸트에게 옮겼나요?」

「아니요, 그렇지 않아요. 도련님은 그런 짓은 하지 않으려 했어요!」 부인은 여전히 강한 확신 속에 말했다. 「어쨌든 저는 도련님이 그렇게 하지 않았다고 장담해요. 하지만 도련님이 몇 가지 부인한 게 있어요.」

「그게 무엇이죠?」

「마치 퀸트가 도련님의 가정 교사, 그것도 아주 대단

한 가정 교사이고 제셀 양은 어린 아가씨만의 가정 교사인 양 두 사람이 함께 지냈을 때가 있었다는 사실을 부인했어요. 도련님이 그 남자하고 밖에 나가서 몇 시간씩 함께 보냈던 때죠.」

「그렇다면 마일스가 그 일을 얼버무렸군요. 그렇게 하지 않았다고 말했나요?」 부인이 분명하게 내 말에 동의해서 나는 즉시 〈알겠어요, 그 애가 거짓말을 했군요〉라고 덧붙여 말했다.

「아!」 그로즈 부인이 중얼거렸다. 그것은 중요하지 않다는 암시였다. 실제로 부인은 다음 말을 덧붙여서 이 점을 확실하게 해두었다. 「아무튼 제셀 양은 신경 쓰지 않았어요. 그녀는 도련님을 제지하지 않았어요.」

나는 곰곰이 생각했다. 「마일스가 자신을 정당화하려고 당신에게 그녀가 자신을 막지 않았다고 말했나요?」

이 말에 부인은 다시 한 발 물러서는 태도로 대답했다. 「아니에요. 도련님은 그런 말 한 적 없어요.」

「퀸트와 관련해서 제셀 양을 언급한 적이 없나요?」

부인은 눈에 띄게 얼굴을 붉히면서 내가 어느 방향으로 대화를 몰고 가는지 알아차렸다. 「글쎄요, 도련님은 아무것도 드러내지 않았어요. 부인했어요.」 부인은 반복했다. 「도련님은 부인했어요.」

맙소사, 내가 지금 부인을 얼마나 몰아세우고 있는가! 「그래서 당신은 그 비열한 두 사람 사이에 무슨 일이 있는지 그 애가 알고 있었다는 것을 눈치챘군요?」

「모르겠어요. 저는 몰라요!」 가엾은 부인은 울부짖었다.

「친애하는 부인, 당신은 알고 있어요.」 내가 말했다. 「단지 당신은 나처럼 지독하게 대담한 마음을 갖고 있지 않을 뿐이에요. 그래서 당신은 그 소심하고 겸손하며 세심한 마음 때문에, 과거에 내 도움 없이 당신 혼자 침묵 속에서 허둥대야만 했을 때 무엇보다도 당신을 비참하게 만들었던 인상까지도 지금 억누르고 있는 거예요. 하지만 내가 당신한테서 그것을 알아낼 거예요!」 나는 계속 말했다. 「마일스의 태도에는 그 애가 당신한테 그들의 관계를 보호하고 감추고 있음을 암시하는 무언가가 있었어요.」

「아, 도련님도 막을 수 없었어요.」

「당신이 진실을 아는 것을요? 물론이죠! 하지만, 세상에!」 나는 깊이 생각에 잠겼다. 「그 사실은 그들이 마일스를 그런 상태로 만들어 놓는 데 틀림없이 성공했음을 보여 주지요!」

「아, 지금도 도련님한테 훌륭하지 않은 점은 없어요!」 그로즈 부인이 가련하게 호소했다.

「내가 학교에서 온 편지를 언급했을 때 당신이 이상한 표정을 지었던 게 당연하네요.」 내가 말을 이었다.

「제 표정이 선생님 표정만큼 이상하게 보였을지도 모르겠네요!」 부인은 친근하게 대답했다. 「만일 도련님이 그때 그 편지가 암시하듯 그렇게 나빴다면, 어떻게 지금은 천사 같은 걸까요?」

「맞아요, 정말 그렇네요. 그 아이가 학교에서 악마 같았다면! 어떻게, 어떻게 그런 걸까요?」 나는 고통스럽게 말했다. 「며칠 동안 대답할 수 없겠지만, 나중에 나한테 그 질문을 다시 해주세요. 그냥 다시 한 번 물어보세요!」 내가 울음을 터뜨리자 내 동료는 나를 응시했다. 「당분간 내가 가서는 안 되는 방향들이 있어요.」 그러는 사이 나는 마일스가 가끔씩 비뚤어질 수 있는 대단한 능력을 보여 준 첫 번째 실례, 부인이 방금 전에 언급했던 예로 되돌아갔다. 「당신이 말한 그 당시에, 퀸트가 비천한 하인이라고 충고했을 때, 내가 짐작하기에 마일스는 당신도 마찬가지라고 말했을 테지요.」 부인이 또다시 적절하게 내 말을 시인했고 나는 계속 말을 이었다. 「그리고 당신은 아이의 그 말을 용서했나요?」

「선생님이라면 그렇게 하지 않으시겠어요?」

「아, 그랬겠지요!」 우리는 적막이 흐르는 가운데 아주 기묘한 소리를 주고받았다. 그리고 나는 계속 말을 이었다. 「아무튼 그 아이가 그 남자와 함께 있는 동안······.」

「플로라 아가씨는 그 여자와 함께 있었어요. 그렇게 하는 것이 그들 모두에게 만족스러운 상황이었으니까요!」

그것이 나에게도 적합하다고 느껴졌다. 내 말은 그것이 내가 생각하지 않으려고 했던 그 끔찍한 생각에 정확하게 들어맞았다는 뜻이다. 그러나 나는 지금까지 이 생각을 표현하는 것을 잘 억제해 왔으므로 여기서는 그로즈 부인에게 내가 최종적으로 관찰한 사항을 언급함으로써 드러낼 수 있는 것 그 이상의 설명은 하지 않으려고 한다. 「마일스가 거짓말을 하고 무례하게 굴었던 것은 그 안에 있던 어린 그의 본성이 터져 나온 셈인데, 이는 내가 당신에게서 얻어 내고 싶어 했던 것보다 훨씬 달갑지 않은 실례군요.」 나는 생각에 잠겼다. 「하지만 그런 실례로도 충분해요. 그것들 때문에 내가 지금보다 더욱 경계해야겠다는 생각이 드니까요.」

다음 순간 부인이 마일스를 얼마나 무조건적으로 용서했는가를 내 친구의 얼굴에서 보고 나는 얼굴을 붉혔다. 그것은 내게 부드러운 마음으로 아이를 용서하는 길을 알려 준 부인의 이야기보다 훨씬 더 무조건적인 용서였다. 교실 문을 닫고 부인이 떠나면서 이 점이 명확해졌다. 「분명히 선생님은 그 아이를 야단치지 않으시겠죠.」

「그 아이가 나한테 숨기면서 관계를 유지한다고 해서요? 기억해 두세요. 더 이상의 증거가 확보될 때까지는 이제 아무도 비난하지 않을 거예요.」 그리고 부인이 자신의 공간으로 향하는 또 다른 통로로 문을 닫고 가기 전에 나는 대화를 끝냈다. 「나는 그냥 기다릴 거예요.」

9

 나는 기다리고 또 기다렸다. 하루하루가 지나면서 크게 놀랐던 마음이 조금씩 누그러졌다. 사실 새로운 사건이 일어나지 않은 채 내 학생들을 계속 지켜보면서 며칠이 지나자 고통스러운 상상과 심지어 불쾌한 기억들까지 스폰지로 닦아 낸 듯 말끔하게 사라졌다. 나는 아이들의 특별하고 순진한 매력에 푹 빠져드는 것이야말로 나 자신에게서 적극적으로 조장할 수 있는 무엇이라고 말해 왔었다. 그리고 이 원천이 어떤 위안을 주든지 간에 내가 이제 그것에 전념하기를 게을리한다고 생각할 수도 있을 것이다. 내가 새롭게 알게 된 사실들을 억누르려는 노력은 분명 표현할 수 없을 정도로 낯설었다. 그러나 그 노력이 빈번히 성공하지 않았더라면, 틀림없이 그것은 여전히 더욱 커다란 긴장을 만들어 냈을 것이다. 나의 작은 아이들이 내가 그들에 대해서 이상한 생각을 하고 있다고 짐작할 수 있지 않을까 궁금하게 여기곤 했다. 이러한 일들로 인해 아이들이 더욱 흥미로운 존재가 될 뿐이라는 사실 그 자체로는 그들에게 비밀을 감추는 데 직접적인 도움이 되지 않았다. 자신들이 굉장히 흥미로운 존재라는 것을 아이들이 알게 될까 봐 나는 마음 졸였다. 내가 종종 명상에 잠겨 그랬듯이, 여하튼 최악의 경우를 상상하면, 그 아이들의 순수함을 흐리게 하는 것은 ─ 그들이 결백하고 그 운명이 예정되어 있다 하더라도 ─ 내가 더욱 위험을 무릅쓰는 이유가 될 뿐이었다. 저항할 수 없는 충동으로 아이들을 붙잡아서 내 가슴에 꼭 끌어안는 순간들이 있었다. 그렇게 하자마자 나는 스스로에게 묻곤 했다. 〈아이들이 이것을 어떻게 생각할까? 너무 많은 것을 드러낸 건 아닐까?〉 얼마만큼 내 마음속을 드러내 보여도 좋을지에 대해 우울하고 복잡한 생각에 빠져들기란 쉬운 일이었다. 하지만 내가 여전히 평화로운 시간을 즐길 수 있었던 진정한 이유는, 그것이 계산된 것일지도 모른다는 가능성이 있을 때조차도 내 친구들의 직접적인 매력이 여전히 효과적인 속임수였기 때문이다. 가끔 아이들에 대한 더욱 예리한 열정을 표출해서 의심을 불러일으킬 수도 있다는 생각이 떠올랐던 것과 마찬가지로, 내가 기억하기로 그 아이들이 겉으로 드러날 정도로 점점 더 애정을 표현하는 데에 이상한 점이 있는 건 않을까 생각하기도 했다.

  아이들은 이 시기에 이상할 정도로 지나치게 나를 좋

아했다. 그것은 결국 늘 몸을 굽혀 안아 준 아이들에게서 나타난 자연스러운 반응일 뿐이라고 생각할 수도 있다. 아이들이 보여 준 나에 대한 아낌없는 존경은 사실 내 불안감을 지우는 데 효력이 있어서, 마치 나 자신에게도 내가 아이들이 어떤 목적을 갖고 그렇게 행동하는지 알아내려는 듯 보이지 않을 정도였다. 내 생각에 아이들은 자신들의 가련한 가정 교사를 위해 그렇게 많은 일을 해주고 싶어 한 적이 없었다. 말하자면, 아이들은 수업을 더욱 열심히 받았는데 이는 당연히 가정 교사를 가장 즐겁게 해주었음은 물론 그 밖에도 기분을 전환시키면서 즐겁고 놀라게 만들었다. 나에게 짧은 글을 읽어 주고 이야기를 해주었으며 제스처 게임을 하고, 동물이나 역사 속의 인물로 변장하여 갑자기 달려들기도 했으며, 무엇보다도 〈유명한 작품의 구절〉을 몰래 암기해서 줄줄 암송하는 것으로 나를 놀라게 했다. 지금 생각해 보면, 내가 왜 그 당시에 아이들의 빽빽한 수업 시간에 엄청나게 많은 사사로운 평을 달고 훨씬 더 사적인 수정을 가했는지 이해할 수 없다. 그 애들은 처음부터 모든 것을 쉽게 배우는 능력을 보여 주었고, 새롭게 출발하면서 그 전반적인 능력은 놀랄 만큼 향상했다. 아이들은 사소한 과제를 주면 마치 그것을 사랑하듯이 받아들였다. 아이들은 강요받지 않아도 재능을 발휘하여 작은 기적 같은 기억력을 보여 주었다. 아이들은 갑자기 호랑이나 로마인, 셰익스피어의 인물, 우주 비행사나 항해사로 나타나기도 했다. 이는 너무 특이한 경우여서, 아마도 내가 지금까지도 달리 설명할 수 없는 어떤 사실과 아마도 크게 관련이 있었을 것이다. 바로 마일스를 다른 학교에 보내는 문제에 있어서 내가 부자연스러울 만큼 무관심했다는 사실 말이다. 기억하기로 나는 당분간 그 문제를 거론하지 않는 데에 만족하였으며, 그 만족감은 아이가 계속 놀랄 만한 영리함을 보여 주고 있다는 느낌에서 비롯되었음이 틀림없다. 아이는 부적당한 가정 교사, 목사의 딸이 망가뜨리기에는 너무 총명했다. 방금 말한, 생각을 엮는 여러 가닥들 중에서 가장 화려하지는 않더라도 가장 기이한 것은, 내가 감히 그것을 풀려고 했다면 얻었을지도 모르는 인상, 즉 마일스가 그의 작은 지적 활동에서 엄청난 자극으로 작용하는 무언가의 영향을 받고 있다는 인상이었다.

하지만 그런 소년이 학업을 미루어도 된다고 쉽게 생각할 수 있다면, 바로 그런 소년이 교장에게서 〈쫓겨났다〉는 것이 정말 불가사의한 일이라는 점 역시 못지않게 특기할 만했다. 덧붙여 말하자면 나는 이제 아이들과 함께 지내면서 — 나는 아이들 곁에서 거의 절대로 떠나지 않으려고 주의했다 — 더 이상 낌새를 챌 수 없었다. 우리는 음악과 사랑, 성공, 그리고 우리만의 연극과 같은 분위기에서 살았다. 아이들 각자의 음악적 감각은 아주 날카로웠는데, 특히 큰아이는 음악을 감지하고 반복하는 데 있어서 놀라운 재주를 갖고 있었다. 교실의 피아노 소리는 온갖 으스스한 환상을 자아냈고, 그것이 시들해지면 구석에서 이야기를 나누다가 둘 중 한 명이 아주 기분 좋아져 밖으로 나갔다가 새로운 모습으로 〈등장〉하곤 했다. 나에게도 남자 형제들이 있었기 때문에 어린 소녀가 노예처럼 소년을 숭배할 수 있다는 것이 새로운 사실은 아니었다. 가장 놀라웠던 점은 나이와 성별, 지력에 있어서 자기보다 열등한 동생에게 그토록 세심하게 배려할 줄 아는 어린 소년이 이 세상에 존재한다는 것이었다. 그들은 놀라우리만큼 한마음이었으며, 그 아이들이 결코 싸우거나 불평한 적이 없다는 정도로 말하는 것은 그들의 다정함에 견주어 볼 때 칭찬을 조잡하게 만드는 것이나 다름없었다. 가끔 내가 거칠어질 때 나는 두 아이들 사이에서 작은 배려의 흔적들을 보았고, 그 배려로 두 아이 중 한 명이 나와 함께 있어 주는 동안 다른 아이는 몰래 나갔다. 모든 술책에는 순진한 면이 있다고 생각한다. 하지만 내 학생들이 나에게 술책을 썼다 하더라도 거기에 상스러운 면은 거의 없었다. 잠잠한 상태가 지난 후 그 상스러움은 다른 부분에서 터져 나왔다.

내가 생각하기에도 정말로 머뭇거리면서 이야기를 하고 있는데, 이제 이야기 속으로 뛰어들어야겠다. 블라이에서 있었던 끔찍한 일을 기록하면서, 나는 가장 자유분

방한 믿음 — 이것에 대해서는 거의 관심이 없다 — 에 도전할 뿐만 아니라, (그리고 이것은 또 다른 문제인데) 나 자신이 겪었던 일을 되풀이하면서 그 끔찍한 길을 다시 끝까지 밀고 나가게 된다. 갑자기 어떤 시간이 닥쳐왔고, 후에 돌이켜 보니 그동안 일어났던 일들이 순수한 고통처럼 느껴진다. 하지만 나는 적어도 그 고통의 핵심에 도달했고, 거기에서 벗어나는 가장 빠른 길은 의심할 여지 없이 앞으로 전진하는 것이었다. 어느 날 저녁 — 그것을 향해 다가가거나 준비된 바도 없이 — 나는 처음 이곳에 도착하던 날 밤 나에게로 내뿜어졌던 인상의 싸늘한 손길을 느꼈다. 이미 언급했듯이 그 인상이 그때는 훨씬 가벼웠기에 이후 내가 머무는 동안 동요를 덜 겪었더라면 아마 내 기억에서 별로 중요하게 여기지도 않았을 것이다. 나는 잠자리에 들지 않고 촛불을 두 개 켜둔 채 앉아서 책을 읽고 있었다. 블라이에는 방 안 가득히 낡은 책들이 있었다. 그중 일부는 지난 세기의 소설들로, 분명 명성은 떨어지지만 아무렇게나 모아 놓은 것은 아니었다. 그 책들은 이 호젓한 집까지 흘러 들어와서 내 젊음의 은밀한 호기심에 호소하고 있었다. 내가 손에 들고 있던 책이 필딩의 『아멜리아』였고, 정신 또한 완전히 또렷했다고 기억한다. 게다가 아주 늦은 시간이라는 막연한 확신이 있었지만 시계를 보기 싫었다는 것도 기억한다. 마지막으로 플로라의 작은 침대 머리맡에 당시의 유행에 따라 드리워진 하얀 커튼이 그 전에 내가 확인했던 대로 어린아이의 완벽한 휴식을 감싸고 있었다고 생각한다. 간단히 말해서, 나는 읽고 있던 책의 작가에 깊은 관심을 갖고 있었지만, 한 페이지를 넘기자 그 매력이 사라져서 책에서 눈을 들어 방문을 뚫어지게 쳐다보았다. 내가 이곳에 도착한 첫날 밤 느꼈던, 이 집 안에 형언할 수 없는 무엇인가가 움직이고 있다는 희미한 느낌이 떠올라서 한순간 나는 귀를 기울였고, 열린 여닫이창으로 들어온 부드러운 바람이 반쯤 올린 블라인드를 막 움직이는 것을 보았다. 그런 다음, 감탄해 줄 누군가가 있었더라면 틀림없이 훌륭하게 보였을 침착한 태도로 나는 책을 내려놓고 일어서서 촛불을 들고 곧장 방에서 걸어 나와 촛불 빛이 거의 닿지 않는 복도에 서서 소리 없이 문을 닫아 잠갔다.

무엇 때문에 결심했고 무엇이 나를 인도했는지 지금은 말할 수 없지만, 나는 촛불을 높이 들고 로비를 따라 똑바로 가서 커다란 계단 모퉁이가 내려다보이는 높은 창문이 보이는 곳까지 왔다. 이 순간 나는 갑자기 세 가지 사실을 알게 되었다. 그것들은 사실 동시에 일어났지만, 연속되는 섬광과도 같았다. 촛불은 한 번 크게 타오르다가 꺼졌고, 나는 커튼이 젖혀진 창문을 통해 이른 새벽의 어둠이 서서히 물러가면서 촛불이 필요 없게 되었음을 알았다. 그다음 순간 나는 촛불 없이도 층계에 누군가가 있다는 것을 알았다. 이렇듯 순서대로 말하고 있지만, 퀸트와의 세 번째 만남으로 내 몸이 경직되기까지는 몇 초도 걸리지 않았다. 유령은 층계참 중간쯤에 도달하여 창문 옆 가장 가까운 곳에 서 있었다. 그곳에서 나를 보자 유령은 갑자기 멈추어 전에 탑과 정원에서 그랬던 것과 똑같이 나를 뚫어지게 바라보았다. 내가 그를 알고 있는 것만큼 그는 나를 잘 알았다. 차갑고 희미한 여명 속에서 높은 유리창과 저 아래 윤이 나는 참나무 계단에 희미한 빛이 감도는 가운데 우리는 똑같이 강렬하게 서로를 마주 보았다. 이제 그는 완전히 살아 있는, 혐오스럽고 위험한 존재였다. 그러나 가장 놀라운 일은 그것이 아니었다. 나는 〈가장 놀라운 일〉이라는 이 표현을 아주 다른 상황을 위해 보류하겠다. 두려움이 완전히 사라져 내 안에 있는 모든 것이 그 유령과 맞서서 찬찬히 살펴볼 수 있는 상황을 위해.

그 특별한 순간이 지난 후 나는 많은 괴로움을 겪었지만 다행히 아무런 공포도 느끼지 못했다. 그리고 그는 내가 무서워하지 않는다는 걸 알고 있었다. 나는 순간적으로 이 사실을 기막히게 알아차렸다. 자신감이 맹렬하게 솟구치면서 나는 1분만 그대로 자리에 버티고 서 있으면 적어도 당분간은 그를 상대할 일이 없을 거라고 느꼈다. 따라서 그 1분 동안 상황은 실제로 인간을 대면하는 것처럼 끔찍했다. 인간을 대면하는 일이었기 때문에, 새벽

시간 모두가 잠들어 있는 집 안에서 어떤 적, 모험가, 범죄자와 같은 인간을 혼자서 맞닥뜨리는 일만큼 끔찍스러웠다. 비록 엄청나게 두려운 순간이었지만 거기에 초자연적인 특징을 부여한 것은 그토록 가까운 장소에서 우리가 완전한 침묵 속에 서로를 오랫동안 응시했다는 점이다. 만일 내가 그런 장소 그런 시간에 살인자를 만났더라면, 우리는 최소한 말이라도 했을 것이다. 현실 세계에서라면 우리들 사이에 무언가가 오갔을 테고, 아무것도 오가지 않았다 하더라도 둘 중 한 명은 움직였을 것이다. 그 순간이 너무 길어서 조금만 더 지속되었더라면 나 자신조차도 스스로 살아 있는지 의심하게 될 지경이었다. 그다음 일어난 일에 대해서는, 침묵 자체가 — 사실 어떤 점에서는 나의 강인함을 입증하는 것이었는데 — 대기가 되어 그 안으로 유령이 사라지는 모습을 보았다고 말할 수밖에 없다. 유령의 이전 모습이었던 그 비천한 인간이 명령을 받고 돌아서는 것을 보기라도 하듯, 나는 분명히 그 유령이 몸을 돌려 사라지는 것을 보았다. 그보다 더 보기 흉할 수 없을 정도로 웅크린 추악한 등을 내가 지켜보는 가운데, 그 유령은 곧바로 계단을 내려가서 다음 모퉁이가 보이지 않는 어둠 속으로 사라졌다.

10

나는 층계 꼭대기에 잠시 머물렀지만, 내 방문객이 사라지자 그가 가버렸음을 곧 깨닫고는 내 방으로 돌아왔다. 켜놓고 간 촛불 빛으로 방에서 내가 제일 먼저 본 것은 플로라의 작은 침대가 비어 있다는 사실이었다. 이 광경을 보자 나는 5분 전만 하더라도 물리칠 수 있었던 공포에 휩싸여서 숨을 죽였다. 나는 그 애가 누워 있었던 곳으로 급히 달려갔다. 작은 실크 침대 덮개와 시트가 헝클어져 있었고 그 위로 위장하려는 듯 흰색 커튼이 앞으로 당겨져 있었다. 그때 내 발소리에 응답하는 소리가 들려와서 나는 말할 수 없는 안도감을 느꼈다. 나는 창문의 블라인드가 움직이는 것을 보았고, 아이가 그 반대편에서 머리를 숙이고 있다가 장밋빛 얼굴로 나타났다. 아이는 그곳에서 아주 순진한 표정으로, 발개진 맨발을 하고 금빛이 감도는 곱슬머리에 작은 잠옷을 걸치고 서 있었다. 아이는 무척 진지해 보였다. 아이가 〈장난꾸러기 선생님, 어디 계셨어요?〉라고 나무라면서 나에게 말하고 있다는 것을 의식했을 때, 이미 확보한 유리한 입장 — 이것이 주는 전율은 굉장했다 — 을 빼앗겼다는 느낌을 그토록 강하게 가진 적이 없었다. 규칙에서 벗어난 아이의 행동을 추궁하는 대신, 내가 비난받고 설명해야 하는 처지에 놓인 것이다. 그 문제에 대해서는 아이 자신이 가장 사랑스럽고 열성적으로 단순하게 설명했다. 아이는 침대에 누워 있다가 갑자기 내가 방을 나간 것을 알고 내게 무슨 일이 일어났는지를 알아보려고 벌떡 일어났다는 것이다. 아이가 다시 나타나자 나는 기뻐서 의자 위로 털썩 주저앉았고 그때 잠깐 약간 어지러움을 느꼈다. 아이는 곧장 나한테 타닥타닥 걸어와서는 내 무릎 위로 몸을 던지고 졸음으로 아직 상기되어 있는 그 놀랍고 작은 얼굴에 촛불 빛을 가득 받으며 안아 달라고 몸을 맡겼다. 갑자기 아이에게서 퍼져 나오는 어떤 엄청난 아름다움 앞에 굴복하는 듯 내가 의식적으로 잠시 눈을 감았던 것을 기억한다. 「창문 밖에서 나를 찾고 있었니?」 내가 말했다. 「내가 뜰에서 걷고 있을 거라고 생각했구나?」

「글쎄요. 누군가 있다고 생각했어요.」 내게 미소를 지으며 이렇게 말할 때 아이의 얼굴빛은 전혀 창백해지지 않았다.

아, 지금도 그 아이의 얼굴을 보는 듯하다! 「그래서 누군가를 보았니?」

「아, 아니요!」 약간 느릿한, 아니라는 그 말에 달콤한 여운이 있었지만 그 애는 횡설수설할 수 있는 아이다운 특권을 한껏 누리면서 거의 화난 듯이 대답했다.

그 순간 나는 신경이 예민한 상태에서 그 아이가 거짓말을 하고 있다고 확신했다. 내가 다시 한 번 눈을 감았던 것은 이 문제를 처리할 수 있는 서너 가지 방법이 한꺼번에 떠올라 눈이 부셨기 때문이다. 그중 한 방법이 잠시 나를 아주 강력하게 유혹했기 때문에 그 힘에 저항하기 위해 나의 어린 소녀를 발작적으로 꽉 잡았지만, 놀랍게도 아이는 소리를 지르거나 무서운 내색 없이 순응했다. 바로 이 자리에서 아이에게 다 털어놓고 끝내는 것이 어떨까? 불빛을 받고 있는 그 아이의 사랑스럽고 작은 얼굴에 직접 다 말하는 것은 어떨까? 〈자, 자, 너는 알고 있어. 네가 그것을 믿고 있다는 것을. 또 내가 그것을 믿고 있는 게 아닌가 하고 이미 네가 의심하고 있다는 걸. 그러니 나에게 솔직하게 고백하는 게 어떻겠니? 그러면 우리가 적어도 그것과 함께 살면서 기이한 운명 가운데 우리가 어디에 있는지 또 그것이 무엇을 의미하는지 어쩌면 배울 수 있을 텐데.〉 안타깝게도 이 간청은 머릿속에 떠오르는 순간 사라졌다. 내가 즉시 그 간청에 굴복할 수 있었더라면, 무슨 일인지 앞으로 밝혀지겠지만, 난 일부러 수고하지 않아도 되었을 것이다. 간청하고 싶은 마음에 굴복하는 대신 나는 다시 벌떡 일어서서 아이의 침대를 바라보며 어쩔 수 없이 중도를 택했다. 「왜 네가 여전히 침대에 있다고 생각하도록 침대 위에 커튼을 끌어당겨 놓았니?」

플로라는 영리한 눈빛을 발하며 생각했다. 그러더니 잠시 후 작은 미소를 멋지게 지어 보이며 말했다. 「선생님이 놀라시지 않도록 하려고요!」

「만일 네 생각대로 내가 밖으로 나갔다면?」

아이는 절대로 당황하지 않았다. 마치 〈마르셋 부인[2]이 누굴까?〉 혹은 〈9 곱하기 9가 얼마지?〉 하는 질문처럼 부적절하다거나 적어도 자신과는 전혀 상관 없다는 듯이 촛불의 불길로 시선을 돌렸다. 「아, 선생님은 돌아오실 거였고 돌아오셨잖아요!」 아이는 꽤 적절하게 대답했다. 잠시 후 플로라가 잠자리에 들었을 때, 나는 아이의 손을 잡고 오랫동안 옆에 가까이 앉아서 내가 돌아온 것이 적절한 행동이었음을 나 스스로가 얼마나 잘 인식하고 있는지 보여 주어야 했다.

그 순간부터 밤마다 내 모습이 어떠했을지는 상상할 수 있으리라. 계속해서 나는 시간을 알 수 없는 늦은 시간까지 앉아 있었다. 그리고 내 룸메이트가 확실하게 잠이 든 순간을 선택해서 몰래 빠져나와 소리 없이 복도를 돌아보았다. 심지어 지난번에 퀸트를 만났던 곳까지 가

---

2 19세기 영국의 저술가로, 아이들을 대상으로 화학, 종교, 경제 등에 대한 교재를 썼다.

보기도 했다. 그곳에서 다시는 그를 만나지 못했고, 다른 어떤 경우에도 집 안에서 그를 보지 못했다고 결론부터 말하는 편이 좋겠다. 하지만 나는 계단 위에서 또 다른 모험을 놓치고 말았다. 한번은 계단 꼭대기에서 아래를 내려다보다가 어떤 여자가 내게 등을 보인 채 계단 아랫부분에 앉아 있는 것을 보았다. 그녀는 몸을 반쯤 웅크린 채 고뇌에 잠긴 모습을 하고 손으로 머리를 감싸고 있었다. 그러나 내가 그곳에 있은 지 한순간도 되지 않아 그 여자는 나를 돌아보지도 않고 사라졌다. 그럼에도 불구하고 나는 그 여자가 어떤 끔찍한 얼굴을 보여 주었을지 정확하게 알았다. 내가 위쪽이 아니라 아래쪽에 있었다면, 과연 내가 위로 올라가기 위해서 최근에 퀸트를 보았을 때와 똑같은 용기를 낼 수 있었을지 의심스럽다. 용기를 발휘해야 할 경우가 계속 이어졌다. 그 남자와 마지막으로 마주친 지 열하루째 되던 날 밤에 — 이제는 날짜를 모두 계산해 두었다 — 위험스러우리만큼 그날 밤과 비슷한 놀라운 일을 경험했다. 그리고 그것은 특별히 예상하지 못했기 때문에 무척 날카로운 충격을 주었다. 그날은 내가 계속해서 밤을 지새우며 경계하느라 지쳐 있던 터라, 긴장을 늦춘 것은 아니지만 예전에 잠들던 시간에 누워도 되겠다고 처음으로 생각한 밤이었다. 나는 곧 잠이 들었고, 후에 알게 되었지만 1시까지 잠을 자고 있었다. 그러나 깨어났을 때는 마치 누군가 나를 손으로 흔들어 깨운 듯 완전히 잠에서 깨어 똑바로 앉아 있었다. 내가 촛불 하나를 켜두었는데, 그것이 이제는 꺼져 있었다. 나는 순간적으로 플로라가 촛불을 껐다고 확신했다. 그런 생각이 들자 벌떡 일어나 어둠 속에서 곧장 그 아이의 침대로 갔지만, 아이는 이미 그곳에 없었다. 창문을 바라보니 상황을 좀 더 선명히 짐작할 수 있었고 성냥불을 켜니 더 완전하게 드러났다.

아이는 또다시 일어나 있었다. 촛불을 끄고, 이번에는 무언가를 바라보거나 대답할 목적으로 블라인드 뒤로 비집고 들어가서 어둠 속을 응시하고 있었다. 지난번에는 아이가 아무것도 보지 못했다는 것을 확인했었다. 그러나 지금은 내가 다시 불을 켜거나 서둘러 슬리퍼를 신고 겉옷을 입어도 그 애가 전혀 동요하지 않는다는 사실이, 무엇인가를 보았다는 것을 입증하고 있었다. 몸을 숨겨 보호받으면서 열중한 상태로 아이는 창틀에 몸을 기대고 — 여닫이창은 바깥쪽으로 열려 있었다 — 무엇인가에 몰두해 있었다. 커다란 달이 고요히 비추어서 아이가 무엇인가를 보는 데 도움을 주었고, 이 사실이 내가 마음을 재빨리 결정하는 데 중요하게 작용했다. 플로라는 우리가 호수에서 만났던 유령과 마주 보고 있었고, 그때에는 할 수 없었던 대화를 지금 나누고 있었다. 내 편에서 조심스럽게 해야 할 일은 아이를 방해하지 않고 복도를 지나 같은 방향으로 나 있는 다른 창문으로 다가

가는 것이었다. 나는 플로라가 내 소리를 듣지 못하도록 하면서 문으로 다가갔다. 방 밖으로 나와 문을 닫은 다음 맞은편에서 그 아이로부터 어떤 소리가 나는지 귀를 기울였다. 복도에 서 있는 동안 나는 플로라의 오빠가 있는 방문을 보았다. 그 방은 열 걸음밖에 떨어져 있지 않았는데, 정확히 말할 수는 없지만 내가 전에 유혹이라고 했던 이상야릇한 충동을 나에게 다시 불러일으켰다. 곧장 마일스의 방 안으로 들어가 창문으로 걸어간다면 어떨까? 어리둥절해하는 소년에게 위험을 무릅쓰고 내 의도를 드러냄으로써 앞으로 남은 그 미스터리에 내 용기의 긴 고삐를 던진다면 어떻게 될까?

이런 생각에 잠겨 나는 그 방의 문턱을 넘으려다 다시 멈추었다. 나는 비정상적일 정도로 귀를 기울였고, 어떤 불길한 일이 일어날지 상상해 보았다. 마일스의 침대도 비어 있을지, 그 아이 또한 은밀하게 무엇인가를 보고 있을지 궁금했다. 깊고 조용한 순간이었고, 그 순간이 지나자 내 충동도 사라졌다. 마일스의 방은 조용했다. 그 아이는 아무것도 모르고 있을 수 있다. 그것은 끔찍한 위험을 무릅쓰는 일이었다. 나는 몸을 돌렸다. 마당에는 어떤 형체가, 무엇인가를 보려고 배회하는 형체가 있었고, 그것은 플로라가 몰두해 있던 방문객이었다. 그 방문객은 마일스에게는 깊은 관심을 갖고 있지 않았다. 나는 다시 망설였지만, 다른 이유에서 단지 몇 초 동안만이었다. 그런 다음 선택했다. 블라이에는 빈방들이 충분히 있었고 따라서 문제는 적당한 방을 하나 고르는 일이었다. 갑자기 내가 오래된 탑이라고 말했던, 저택의 견고한 모퉁이에 있는 낮은 방 — 정원보다는 높지만 — 이 적당하리라는 생각이 떠올랐다. 침실의 위풍을 어느 정도 갖춘 큰 정사각형 모양의 방이었는데, 그로즈 부인이 잘 정돈해 두었지만 엄청난 크기 때문에 불편해서 몇 년 동안 아무도 사용하지 않고 있었다. 나는 종종 그 방에 감탄해 왔던 터라 그 구조를 알고 있었다. 오랫동안 사용하지 않아 싸늘하고 음침한 분위기에 처음에는 망설였으나, 나는 방을 가로질러 아주 조용하게 덧문 하나의 빗장을 열었다. 이렇게 통과하고 난 후 소리 없이 창문 커튼을 열고 유리창에 얼굴을 갖다 대자, 밖의 어둠이 방 안의 어둠보다 훨씬 옅었기 때문에 내가 방향을 제대로 보고 있다는 것을 알 수 있었다. 그리고 더 많은 것을 보게 되었다. 달빛이 어둠을 꿰뚫어 볼 수 있게 해주어서 잔디밭에 있는 한 사람이 보였다. 그 사람은 멀리 있어서 작게 보였지만, 꼼짝도 않고 그곳에 서서 마치 매료된 듯이 내가 나타난 곳을 올려다보고 있었다. 말하자면 똑바로 나를 보고 있다기보다는 분명 내 위에 있는 어떤 것을 보고 있었다. 내 위에 분명 다른 사람이 있었다. 탑 위에 사람이 있었다. 그러나 잔디밭에 있는 형체는 내가 생각했던, 내가 자신만만하게 서둘러 만나려 했던 인물이 아니었다.

잔디밭에 있는 사람은 — 누군지 알아냈을 때 나는 메스꺼움을 느꼈다 — 바로 가엾은 어린 마일스였다.

11

다음 날 늦은 시간이 되어서야 나는 그로즈 부인에게 말을 걸었다. 아이들이 내 시야에서 벗어나지 않도록 엄격하게 감시하느라고 종종 부인을 개인적으로 만나기가 어려웠다. 아이들과 마찬가지로 하인들에게도 은밀한 혼란을 일으킨다거나 불가사의한 일을 논의한다는 의심을 일으키지 않는 것이 중요하다고 각자가 느끼고 있었기 때문에 더욱 그러했다. 나는 특히 부인의 평온한 모습에 크게 안심했다. 부인의 생기 있는 얼굴에는 무시무시한 내 비밀의 어떤 것도 다른 사람들에게 옮길 것 같은 느낌이 없었다. 나는 부인이 나를 절대적으로 믿고 있다고 확신했다. 부인이 나를 믿지 않았더라면, 내게 어떤 일이 일어났을지 모르겠다. 나 혼자서는 그 긴장을 감당할 수 없었기 때문이다. 하지만 부인은 상상력의 결핍이라는 축복을 기리는 웅장한 기념비 같았다. 부인이 우리가 맡은 아이들에게서 아름다움과 상냥함, 행복과 영리함만을 보았다면, 내 고민의 원인을 직접적으로 알지 못할 것이었다. 아이들이 눈에 띄게 초췌해지거나 몸이 망가졌다면, 부인은 틀림없이 그 원인을 알아내느라고 아이들과 똑같이 수척해졌을 것이다. 하지만 현재로서는 크고 하얀 두 팔로 팔짱을 끼고 평소와 다름없는 평온한 표정으로 아이들을 바라보는 부인을 보면서, 나는 아이들이 망가진다 하더라도 그녀는 그 부서진 조각조차 여전히 쓸모 있게 만드는 하느님의 자비에 감사하리라는 것을 느낄 수 있었다. 내 환상의 비약은 부인의 마음속에서 은은히 타오르는 난롯가의 불로 바뀌고 말았다. 그리고 눈에 띄는 사건이 일어나지 않은 채 시간이 흐르고 어린아이들이 결국 스스로 일을 해결할 수 있다고 점점 확신하게 되면서, 나는 아이들의 대리 보호자인 나의 딱한 처지에 부인이 최대한의 근심을 표현하리라는 것을 이미 인식하기 시작했다. 내 쪽에서 보면, 그것은 사태를 확실하게 단순화시키는 일이었다. 세상 사람들이 내 얼굴에서 어떤 이야기도 읽어 내지 못하게 하리라고 장담할 수 있었다. 하지만 이런 상황에서 부인의 표정까지 걱정해야 했다면 엄청난 걱정거리가 더해졌을 터이다.

앞서 이야기한 그 시간에 부인은 내 요청을 받고 테라스로 왔다. 계절이 지나면서 그곳에는 기분 좋은 오후의 햇살이 비치고 있었다. 우리가 그곳에 함께 앉아 있는 동안 우리 앞쪽으로 약간 떨어진 곳, 하지만 원한다면 부를 수 있는 거리에서 아이들이 아주 온순한 태도로 이리저리 걷고 있었다. 아이들은 우리 아래쪽 잔디밭에서 조화롭게 천천히 움직였다. 소년은 걸어가면서 큰 소리로 이야기책을 읽었고 플로라가 이야기를 따라오도록 누이동생의 어깨에 팔을 두르고 있었다. 그로즈 부인은 아주 평온한 표정으로 아이들을 지켜보았다. 그런 다음 장막 뒤의 모습을 알아내기 위해 부인이 조심스럽게 내 쪽으로 몸을 돌렸을 때 그동안 억눌려 있던 지능에 발동이 걸리는 소리를 포착했다. 나는 부인을 섬뜩한 내 이야기를 들어 주는 사람으로 만들었지만, 부인이 내 고통이 주는 중압감을 인내할 수 있었던 것은 묘하게도 내 교양과 역할 등 나의 우월성을 인정했기 때문이었다. 내가 마녀의 수프를 만들고 싶어서 자신 있게 그것을 제안한다면 커다란 빈 냄비를 내놓았을 정도로 부인은 내가 털어놓는 이야기들에 대하여 마음을 송두리째 주었다. 내가 그날 밤에 있었던 사건들을 이야기하면서 마일스가 내게 했던 말을 전하는 지점에 이르렀을 즈음 부인의 태도가 완전히 이런 식으로 굳어졌다. 그때 그렇게 터무니없는 시간에 우연히 지금 마일스가 있는 바로 그 장소에서 그 아이를 본 후 나는 아이를 데리고 오기 위해 내려갔었다. 당시 나는 집 전체가 놀라지 않도록 신중을 기하면서 소란스럽지 않게 바로 그 방법을 택했던 것이다. 이야기를 하는 동안 나는 부인이 약간 의구심을 갖도록 내버려 두었다. 내가 마일스를 안으로 데리고 들어온 뒤 그 애가 나의 결정적이고 명료한 도전에 정말로 뛰어난 영감을 발휘하여 대처했다는 내 느낌을 부인의 동정심에도 성공적으로 전달했으면 하는 나의 작은 바람을 부인이 의심할 수 없게 해놓았다. 달빛이 비치는 테라스에 내가 나타나자마자 마일스는 곧장 나한테 왔다. 그가 나에게 왔을 때 나는 아무 말 없이 아이의 손을 잡아 그를 데리고 어두운 공간을 가로질러 갔고, 퀸트가 그렇게 굶주린 듯이 마일스를 찾아 떠돌던 계단을 올라가서 내가 몸을 떨면서 귀를 기울이던 복도를 따라 아무도 없는 그의 방으로 갔다.

가는 동안 우리 사이에는 아무 말도 오가지 않았다. 나는 마일스가 그 무서운 어린 마음 속에서 무언가 그럴 듯하고 너무 기괴하지 않은 대답을 궁리하고 있는 건 아닌지 궁금했다. 아, 내가 얼마나 궁금해했던지! 분명 그 아이는 꾸며 내느라 힘들었을 터이며, 이번만큼은 아이가 정말로 당황해하는 것을 보고 나는 야릇한 승리의 전율을 느꼈다. 그것은 지금까지 성공적이었던 게임을 위해 놓은 날카로운 덫이었다. 아이는 더 이상 완벽하게 예의 바르게 행동할 수 없었고 또 그런 체할 수도 없었다. 그러니 도대체 아이가 어떻게 곤경에서 벗어날 수 있겠는가? 사실 내 마음속에서는 이런 질문이 열정적으로 고동쳤고, 도대체 내가 어떻게 빠져나가야 하는지에 대한 똑같은 무언의 호소가 일었다. 나 자신의 무시무시한 기록을 이야기하는 데 있어서 지금까지 나타난 모든 위험에 마침내 나는 전에 없이 처음으로 직면하게 된 것이다. 사실 나는 우리가 마일스의 작은 방으로 들어갔을 때 침대에는 잠을 잔 흔적이 없고 창문으로 달빛이 환하게 비쳐서 성냥을 켤 필요가 없을 정도로 방이 선명했던 것을 기억한다. 내가 기억하기로, 흔히 말하듯 정말로 나를 〈손아귀에 넣었음〉을 그 아이가 틀림없이 알고 있다는 생각에 나는 갑자기 힘이 빠져서 침대 가장자리에 주저앉았다. 내가 미신과 공포의 힘을 빌려 아이들을 돌보는 사람들의 범죄 행위와도 같은 오랜 전통을 계속 따르는 한, 그 아이는 자신이 갖고 있는 모든 영리함을 발휘하여 자기가 하고 싶은 것을 할 수 있었다. 그 아이는 정말로 나를 〈손아귀에 넣었고〉 그것도 쪼개진 나뭇가지 사이에 끼워 넣어 꼼짝할 수 없게 만들었다. 아주 희미하게 떨리는 목소리로 이야기를 꺼내서 우리의 완벽한 교류에 그처럼 무시무시한 요소를 처음으로 도입한다면 누가 나를 용서해 줄 것이며, 내가 교수형에 처해지지 않아도 된다는 데에 누가 동의하겠는가? 아니, 아니다. 어둠 속 그곳에서 우리가 잠깐 격렬하게 충돌하는 사이 그 아이가 어떻게 내게 감탄을 불러일으켰는지 그로즈 부인에게 전하려고 애써 봤자 소용없었고, 여기에서 말하려는 것도 그 못지않게 쓸모없는 일이다. 물론 나는 아주 친절하고 자비롭게 대했다. 침대에 기대어 꾸짖으려고 아이를 붙잡고 있었을 때처럼 그 아이의 작은 어깨 위에 부드럽게 손을 올려놓은 적은 한 번도 없었다. 최소한 겉으로는 아이에게 이렇게 말할 수밖에 없었다.

「이제 나한테 말해 봐. 모든 진실을. 왜 밖으로 나갔지? 그곳에서 무엇을 하고 있었어?」

아직도 아이의 눈부신 미소와 아름다운 눈의 흰자위, 어둠 속에서 드러난 빛나는 맑은 치아가 선명하게 떠오른다. 「제가 이유를 말씀드리면 선생님께서 이해하시겠어요?」 이 말을 듣자 가슴이 몹시 두근거렸다. 이 아이가 나에게 이유를 말할까? 나는 그 질문에 다그치는 말을 입 밖에 낼 수 없었고, 막연하게 얼굴을 찡그리며 반복해서 고개를 끄덕이는 것으로만 답했다. 아이는 아주 상냥했고 내가 고개를 끄덕여 보이는 동안 전보다 더욱 어린 요정 왕자처럼 그곳에 서 있었다. 사실 나에게 안도감을 준 것은 아이의 밝은 태도였다. 만일 아이가 정말로 나에게 말을 했다면 그것이 그렇게 대단한 일이었을까? 「글쎄요.」 마침내 아이가 말했다. 「바로 선생님이 이렇게 하도록 하기 위해서 그랬어요.」

「무슨 말이지?」

「기분 전환 삼아, 저를 나쁜 아이로 생각하시도록 그랬어요!」 나는 아이가 달콤하고 즐겁게 이 말을 하고, 게다가 몸을 굽혀 나에게 입맞춤했던 모습을 절대로 잊지 못할 것이다. 이것으로 사실상 모든 일이 끝난 것이나 다름없었다. 나는 아이의 입맞춤에 응했고 아이를 잠시 팔로 안고 있는 동안 울지 않으려고 엄청난 노력을 기울여야 했다. 아이는 내가 더 캐물을 수 없도록 정확하게 해명했다. 그래서 나는 아이의 해명을 받아들인다고 확인하듯이 방 안을 둘러보며 말했다.

「그렇다면 옷도 벗지 않았다는 거니?」

아이의 모습이 어둠 속에서 환하게 빛났다. 「네, 저는 앉아서 책을 읽었어요.」

「언제 아래로 내려갔어?」

「한밤중에요. 제가 나쁠 때는 정말 나쁘거든요!」

「알겠다. 그래, 멋지구나. 그런데 내가 그것을 알게 되리라고 어떻게 확신할 수 있었어?」

「아, 플로라와 미리 짜두었어요.」 그의 대답이 거침없이 울려 퍼졌다! 「플로라가 일어나서 밖을 내다보기로 했거든요.」

「그 애가 그렇게 했지.」 덫에 걸린 사람은 바로 나였다!

「그래서 플로라가 선생님의 잠을 방해했고, 플로라가 무엇을 보고 있는지 알아내려고 선생님도 바라보신 거예요. 선생님도 보셨잖아요.」

「그동안 네가 밤공기로 심한 감기에 걸릴 수도 있는데!」 나는 시인했다. 아이는 성취감에 젖어 말 그대로 꽃이 핀 듯 환하게 빛을 발하며 내 말에 동의했다. 「그게 아니면 제가 어떻게 나쁜 짓을 할 수 있겠어요?」아이가 말했다. 그다음 다시 한 번 서로 꼭 안은 후에 아이가 장난을 위해 끌어들일 수 있었던 모든 타당한 이유들을 내가 인정하는 것으로써 이 사건과 우리의 대담은 끝이 났다.

12

 아침이 되어 다시 생각해 보니 내가 받았던 그 특별한 인상은 부인에게 그리 성공적으로 전달될 수 없는 것으로 드러났다. 그로즈 부인과 헤어지기 전에 아이가 했던 다른 말을 언급함으로써 그것을 강조하긴 했지만 말이다. 「정말로 문제를 해결해 주는 말은 다음의 대여섯 마디에 달려 있어요.」 내가 부인에게 말했다. 「〈제가 무엇을 할 수 있을지 생각해 보세요!〉 아이는 자신이 얼마나 착한지를 나에게 보여 주기 위해 이런 말을 던졌어요. 아이는 자신이 무엇을 〈할 수 있을지〉 완전히 알고 있어요. 그 애가 학교에서 아이들에게 맛보여 준 것이 바로 그거예요.」

 「세상에, 선생님이 변하셨군요!」 내 친구가 소리쳤다.

 「내가 변한 게 아니에요. 단지 상황을 이해했을 뿐이에요. 네 사람은 틀림없이 계속 만나고 있어요. 지난 며칠 동안 당신이 하룻밤이라도, 어느 아이하고라도 같이 있었다면 분명히 알게 되었을 거예요. 더 많이 지켜보고 기다릴수록 난 더 확실하게 느끼게 되었어요. 달리 확인시켜 줄 것이 없더라도 두 아이가 계획적으로 입을 다물고 있다는 점이 그걸 입증하고 있어요. 그 애들은 단 한 번도, 말실수로라도 옛 친구들 중 누구도 언급한 적이 없어요. 마일스가 자신이 학교에서 쫓겨난 일을 언급하지 않는 것과 같아요. 그래요, 우리가 여기 앉아서 저 아이들을 바라보고 있고, 아이들은 저곳에서 우리에게 마음껏 과시하고 있는 거예요. 하지만 동화 속 세계에 빠져 있는 체하는 동안에도 아이들은 그들에게 돌아온 죽은 사람의 환영에 빠져 있어요. 마일스는 플로라에게 책을 읽어 주고 있는 것이 아니랍니다.」 내가 선언했다. 「저 아이들은 그들에 대해 이야기하고 있어요. 끔찍한 일에 대해 말하고 있어요! 내가 미친 사람처럼 말하고 있다는 것도 알아요. 내가 미치지 않았다는 것이 오히려 놀라운 일이죠. 내가 지금까지 목격한 일은 당신이라도 그렇게 만들어 놓았을 거예요. 하지만 그것 때문에 오히려 내 의식이 더욱 명확해져서 다른 것들도 파악할 수 있게 되었어요.」

나의 맑은 정신이 틀림없이 끔찍하게 보였을 테지만, 그 의식의 희생자인 매력적인 아이들은 다정하게 붙어서 이리저리 오가며 내 동료에게 무언가 의지할 만한 것을 주었다. 나의 열정적인 호소에도 흔들리지 않고 두 눈으로 아이들을 응시하고 있는 부인이 얼마나 단단하게 그 생각을 붙들고 있는지 나는 느꼈다. 「어떤 것들을 파악하게 되셨나요?」

「나를 즐겁게 해주고 매료시켰지만, 지금 돌아보니 사실은 아주 미묘하게 나를 당혹스럽고 고통스럽게 만들었던 것들이죠. 이 세상 사람들 같지 않은 아이들의 아름다움과 자연스럽지 못할 정도로 착한 심성 말이에요. 그것은 수법이에요.」 나는 말을 계속했다. 「계략이고 사기지요!」

「그 귀여운 아이들이요?」

「아직 사랑스러운 아이들인데 그럴 리 있겠느냐는 말이죠? 그래요. 미친 생각처럼 들리겠지만!」 이 말을 입 밖으로 꺼내는 행동 자체가 나로 하여금 정말로 그 일을 추적하도록, 그것을 쫓아가서 한데 엮어 놓도록 도와주었다. 「그 애들은 착했던 게 아니에요. 마음이 다른 데 가 있었을 뿐이에요. 아이들과 함께 사는 일이 쉬웠던 것은 아이들이 그들 나름대로의 삶을 살고 있기 때문이에요. 아이들은 내 것이 아니에요. 우리 것도 아니죠. 그 애들은 그 남자와 그 여자의 소유물이에요!」

「퀸트와 그 여자의?」

「퀸트와 그 여자의 것이에요. 그들은 아이들에게 접근하고 싶어 해요.」

아, 이 말에 가엾은 그로즈 부인은 아이들을 얼마나

유심히 살펴보았던가!

「그런데 무슨 목적 때문이죠?」

「그 끔찍한 시절에 두 사람이 아이들에게 불어넣어 준 온갖 사악한 것들을 사랑하기 때문이죠. 애들에게 사악한 것들을 권하고 악마 같은 짓을 계속하기 위해서 그자들이 돌아온 거예요.」

「맙소사!」 내 친구가 숨죽여 말했다. 이 외침은 평소와 다름없는 것이었지만, 나쁜 시절에 — 지금보다 더 나쁜 시절이 있었으니까 — 일어났음이 틀림없는 일에 대한 나의 증거를 부인이 정말로 받아들인다는 표시였다. 그 두 악당들이 얼마나 타락했었는지 부인이 경험한 대로 솔직하게 시인할 때 그것만큼 내 짐작을 정당화시켜 주는 것은 없었다. 부인이 잠시 후 꺼낸 말은 기억을 더듬어 낸 결과에서 온 것이 분명했다. 「그들은 악한 자들이었어요! 하지만 그들이 지금 무엇을 할 수 있겠어요?」 부인이 말을 이었다.

「할 수 있느냐고요!」 내가 너무 큰 소리로 말을 하는 바람에 마일스와 플로라가 조금 떨어진 곳에서 지나가다가 걸음을 잠시 멈추고 우리를 쳐다보았다. 「그들이 충분히 하고 있지 않나요?」 나는 낮은 목소리로 물었고, 아이들은 우리에게 미소 짓고 고개를 끄덕이며 손을 들어 키스를 보내고 순진한 체하는 모습으로 되돌아갔다. 그것 때문에 우리는 잠시 멈추었다. 그리고 내가 이어 말했다. 「그자들이 애들을 파멸시킬 수 있어요!」 이 말에 내 동료는 얼굴을 돌렸지만, 침묵으로 질문을 던졌고 따라서 나는 좀 더 명확하게 대답해야 했다. 「그자들은 아직 어떻게 해야 할지 모르고 있어요. 하지만 열심히 노력하고 있어요. 그자들은 건너편에서만, 말하자면 저 너머에서만 나타났어요. 낯선 곳과 높은 곳, 탑 꼭대기, 지붕, 창문 밖, 건너편 연못의 가장자리에서만 나타났어요. 하지만 두 사람 모두 그 거리를 좁히고 장애물을 극복하려는 교활한 의도를 갖고 있어요. 따라서 유혹자들이 성공하는 것은 시간 문제일 뿐이에요. 위험을 계속 암시하기만 하면 되니까요.」

「아이들이 오도록?」

「그리고 그렇게 하는 과정에서 파멸하도록!」 그로즈 부인이 천천히 일어났고, 내가 신중하게 덧붙였다. 「물론 우리가 막을 수 없다면요!」

내가 자리에 앉아 있는 동안 부인은 내 앞에 선 채 곰곰이 생각하는 표정이 역력했다. 「아이들의 삼촌이 막아야 합니다. 그분이 아이들을 데리고 가셔야 해요.」

「그럼 누가 주인님에게 그렇게 하라고 하죠?」

부인은 먼 곳을 유심히 바라보고 있다가 이제 멍한 얼굴을 나한테 떨구었다. 「선생님이 하셔야죠.」

「주인님의 집이 악에 물들었고 어린 조카들이 미쳤다고 편지를 쓰란 말인가요?」

「아이들이 정말 그렇다면요, 선생님?」

「그리고 나 자신도 미쳤다면, 그런 뜻인가요? 그분의 신뢰를 받고 있고 그분에게 아무런 걱정거리를 주지 않는 것을 가장 중요한 의무로 알고 있는 사람이 그런 편지를 보낸다면 멋진 소식이겠군요.」

그로즈 부인은 다시 아이들을 보다가 생각에 잠겼다. 「네, 주인님은 걱정을 싫어하시죠. 그게 큰 이유였어요.」

「저 악마들이 그렇게 오랫동안 주인님을 속인 이유요? 틀림없어요. 그분의 무관심이 끔찍했겠지만. 어쨌든 나는 악마가 아니니까 주인님을 속여서는 안 돼요.」

내 동료는 잠시 후에 최종적인 대답으로 다시 앉아서 내 팔을 잡았다. 「어쨌든 주인님이 선생님에게 오시도록 하세요.」

나는 부인을 뚫어지게 보았다. 「나에게요?」 나는 부인이 어떤 일을 할지 갑자기 두려웠다. 「〈그분〉을요?」

「그분이 여기 계셔야 해요. 그분이 도와주셔야 해요.」

나는 재빨리 일어섰다. 틀림없이 부인에게 어느 때보다도 이상한 표정을 보여 주었을 것이다. 「내가 주인님께 방문해 달라고 요청하는 것을 상상하는 건가요?」 아니, 내 얼굴을 바라보면서 부인은 분명히 상상할 수 없었다. 그 대신 ― 여자의 마음은 여자가 읽어 낼 수 있으므로 ― 부인 자신도 내가 내다보는 것을 간파할 수 있었다. 혼자 남겨지는 것에 대한 체념을 더 이상 견디지 못하고 그분이 보아 주지 않는 내 매력에 그의 관심을 불러 일으키기 위해 내가 꾸며 놓은 멋진 계략을 그분이 조롱하고 재미있어 하며 경멸하리라는 것을 말이다. 부인은 내가 주인을 섬기고 고용 조건을 고수하면서 얼마나 자랑스러워했는지 알지 못했다. 사실 아무도 몰랐다. 그럼에도 불구하고 부인은 내가 그녀에게 준 경고의 의미를 파악했다. 「만약 부인이 정신이 나가서 나 대신 그분께 호소한다면……」

부인은 정말 겁에 질렸다. 「그러면요, 선생님?」

「나는 즉시 그분과 당신을 떠나겠어요.」

13

 아이들과 어울리는 것은 괜찮았다. 하지만 아이들에게 말을 건네는 것은 전과 같지 않아서 내 힘으로는 감당할 수 없는 엄청난 노력이 필요했고, 친밀함에 있어서는 이전처럼 극복할 수 없는 어려움을 주었다. 이러한 상황이 한 달간 지속되고 새롭게 악화되면서 무엇보다도 내 학생들 편에서 약간 빈정대는 듯한 의식이 점점 더 날카로워지는 특이한 분위기가 감돌았다. 그 당시와 마찬가지로 지금도 확신하지만, 그것은 나의 끔찍한 상상만이 아니었다. 더듬어 짐작해 보건대 아이들은 내 곤경을 알고 있었고 어떤 의미로는 이 묘한 관계가 오랫동안 우리 주변의 분위기를 이뤄 오고 있었다. 아이들이 놀렸다든가 저속한 짓을 했다는 뜻은 아니다. 그들이 처한 위험은 그것이 아니었기 때문이다. 오히려 내가 말하는 바는 우리 사이에 이름 붙일 수도, 만질 수도 없는 요소가 다른 어떤 것보다도 더 커져서, 무언의 합의가 없었더라면 그것을 그렇게 잘 피할 수 없었으리라는 뜻이다. 그것은 마치 순간순간 우리가 갑자기 중단해야 하는 화제에 들어가 막다른 골목이라고 생각하는 그곳에서 갑작스레 몸을 돌려 나올 때, 경솔하게 열었던 문을 꽝 소리를 내며 닫음으로써 서로 놀라 바라보도록 만드는 것 같았다. 늘 그렇듯 문을 닫는 소리는 의도했던 것보다 더 큰 소리를 내기 때문이다. 모든 길은 로마로 통한다. 거의 모든 학문 분야나 대화의 주제가 금지된 영역을 비켜 갔다는 생각이 드는 때가 있었다. 금지된 영역은 죽은 사람이 되돌아올 수 있는가, 그리고 특히 어린아이들의 잃어버린 친구들에 관해서 아이들의 기억에 남아 있을 수 있는 것이 무엇인가 하는 문제였다. 어떤 날에는 두 아이 중 한 명이 눈에 보이지 않게 다른 아이를 팔꿈치로 살짝 찌르면서 〈선생님이 이번에는 그렇게 할 거라고 마음먹었어. 하지만 그렇게 하지 못하실걸!〉 하고 말했다고 맹세할 수도 있다. 〈그렇게 한다〉는 것은 예컨대 내 교육을 받도록 아이들을 준비시켜 놓은 그 여성을 어떤 식으로든 한 번은 직접 언급하는 일이었다. 아이들은 나 자신의 삶에 일어난 여러 사건들에 대해서 끊이지 않는 유쾌한 호기심을 갖고 있었고, 나는 반복해서 내 이야기들로 아이들을 즐겁게 해주었다. 아이들은 나에게 일어났던 모든 일을 알게 되었고, 나의 가장 사소한 모험담, 내 형제자매들의 이야기, 집에서 기르는 고양이와 개뿐만 아니라 내

아버지의 변덕스러운 성격과 우리 집의 가구 배치, 우리 마을 노파들의 대화까지 세세한 상황과 함께 알게 되었다. 이야기를 빨리빨리 하고 언제 앞의 이야기로 다시 되돌아가야 할지 본능적으로 알기만 하면, 한 이야깃거리에 다른 이야깃거리를 이어서 말할 거리가 충분했다. 아이들은 그들 나름의 방식으로 이야기를 꾸며 내는 내 능력과 기억의 줄을 잡아당겼다. 후에 그런 경우를 생각해 보았을 때, 내가 몰래 감시당하고 있다고 의심을 하게 된 것도 이 점 때문이었을 것이다. 우리가 조금이라도 안심할 수 있었던 이야깃거리는, 어떤 경우든 내 생활과 과거, 내 친구들에 관한 것뿐이었다. 이런 상태에서 아이들은 이따금 아주 엉뚱하게 갑자기 친근한 내 기억들을 들추어냈다. 가령 뚜렷한 연관성도 없이 나는 이미 얘기했던 구디 고슬링[3]의 말을 새롭게 반복하거나, 목사관에 있던 조랑말의 영리함에 대해서도 했던 이야기를 다시 자세하게 확인시켜 주었다.

부분적으로는 이 시기에, 또 어떤 부분에 있어서는 꽤 다른 시기에 내 문제가 이제 방향을 잡아 가면서 곤경이라고 부를 만한 상황이 가장 분명하게 드러났다. 유령과 다시 마주치지 않고 여러 날이 흘러갔다는 사실이 틀림없이 내 불안감을 진정시키는 데 도움이 되었고 또 그렇게 보였을 것이다. 두 번째 밤, 층계참에 있던 여자의 존

---

[3] 가정 교사의 고향 사람 또는 고향 집에 있는 하인을 가리키는 듯하다.

재를 가볍게 스친 이후로 나는 집 안에서건 밖에서건 보지 않는 편이 더 나을 법한 것은 아무것도 보지 못했다. 퀸트와 우연히 마주치리라 예상했던 모퉁이도 여러 군데 있었고, 음산해서 제셀 양이 나타나기 좋았음 직한 상황도 많이 있었다. 여름이 왔다가 지나갔다. 블라이에 가을이 내려앉아 불빛을 반쯤이나 꺼버렸다. 잿빛 하늘 아래 꽃들이 시들고 텅 빈 공간에 죽은 나뭇잎들이 흩어져 있는 그곳은 온통 구겨진 포스터로 뒤덮인, 공연이 끝난 직후의 극장과도 같았다. 대기의 상태, 소리와 적막이 이어지는 상황, 유령이 나타나기에 적합한 순간에 대한 형언할 수 없는 인상들은 내게 충분히 오랫동안 지속되어서, 그 6월의 저녁 집 밖에서 내가 퀸트를 처음 보았을 때, 그리고 다른 순간에 창문을 통해 그를 본 후 그를 찾아 관목 사이를 헛되이 돌아다녔을 때의 분위기를 다시 느끼게 해주었다. 나는 징후들과 징조들을 인식했고 그 순간과 그 장소도 알아차렸다. 하지만 징조들만 보이고 거기에 따르는 실체 같은 것이 없이 텅 비어 있어서 마음의 평온을 유지할 수 있었다. 감수성이 무뎌지기는커녕 오히려 그런 감성이 아주 특별하게 더욱 깊어진 젊은 여자를 평온하다고 부를 수 있다면 말이다. 호숫가에서 플로라와 겪었던 그 끔찍한 장면에 대해 그로즈 부인과 이야기를 나눌 때, 나는 그 순간부터 힘을 유지하기보다는 힘을 잃는 것이 더 고통스러울 거라고 말했었고, 그렇게 말함으로써 부인을 어리둥절하게 만들었었다. 그때 나는 마음속으로 생생하게 품고 있던 생각을 표현한 것이었다. 아이들이 정말로 보았든 보지 않았든 간에 아직 명확하게 입증되지 않았으므로, 나 자신을 일종의 안전장치로 삼아 완전히 노출시키는 편이 더 좋다는 뜻이었다. 나는 드러날 수 있는 최악의 상태와 마주하겠다는 각오가 되어 있었다. 그때 내가 흘끗 보았던 위험은, 아이들의 눈이 활짝 열려 있는 동안 내 눈은 닫혀 있을지도 모른다는 것이었다. 글쎄, 내 눈은 감겨 있었고, 그것이 당장은 하느님께 감사하지 않으면 오히려 불경스러운 최고의 행복한 상태인지도 모른다. 그러나 슬프게도 하느님께 감사하기에는 어려움이 있었다. 학생들의 비밀에 대해 확신을 갖지 않아도 되었더라면 나는 온 마음을 다해 감사드렸을 것이다.

내 강박 관념의 기이한 변화 단계를 지금 어떻게 회상할 수 있을까? 우리가 함께 있을 때 문자 그대로 내 앞에서 ― 하지만 그것을 인지할 수 있는 나의 직접적인 감각은 닫힌 채 ― 아이들은, 내가 기꺼이 맹세하건대 자신들이 알고 있는 방문객들을 맞아 환영했다. 그때 직접적인 상처가 회피하는 데서 올 상처보다 더 클 수 있으리라는 가능성 때문에 주저하지 않았더라면 나는 고양된 감정을 터뜨리고 말았을 것이다. 〈그자들이 여기 있어, 그자들이 왔다고, 어리고 가엾은 애들아〉라고 소리쳤을 것이다. 〈이제 너희들도 그걸 부인할 수 없겠지!〉 가엾은 아이들은 더욱 친밀하고 부드러운 태도로 그것을 부인했고, 안이 환히 들여다보이는 그 친밀함과 부드러움 속에는, 마치 강물에서 물고기가 번뜩이듯이 자기네들의 유리한 입장에서 비롯된 조롱이 드러났다. 그 충격은 어느 날 밤, 사실 내가 의식하고 있던 것보다 훨씬 더 깊이 내 안으로 파고들었다. 그날 밤 별빛 아래서 퀸트나 제셀 양을 찾으려고 밖을 내다보다가 나는 그곳에서 내가 잠자리를 보살펴 주었던 마일스를 보았다. 아이는 사랑스러운 시선으로 우리 위쪽 흉벽에 있는 퀸트의 섬뜩한 유령을 올려다보았고, 유령은 그 시선을 즐겼다. 아이는 그 시선을 그곳으로부터 곧장 내게로 향했다. 만약 그것이 두려움의 문제라면 이번 경우에 내가 발견한 것은 다른 무엇보다 나를 더 겁먹게 만들었다. 나는 겁에 질린 상태에서 결론에 도달했다. 그 결론이 나를 너무 괴롭혀서 때때로 나는 방에 혼자 틀어박혀 내가 요점에 도달할 수 있는 방법을 직접 소리 내어 말했다. 그것은 환상적인 안도감을 주고 동시에 절망감을 더해 주기도 했다. 방 안에서 이리저리 궁리하며 여러 각도에서 그 문제에 접근했지만, 나는 끔찍한 이름들을 언급하면서 언제나 좌절했다. 그 이름들이 내 입술로 발음되지 못하고 사라지자, 나는 그 이름을 입 밖에 내어 그것이 흉악한 것을 상징하도록 만들어야 한다고 혼자 중얼거렸다. 지금까지 어떤 교실에서도 찾아볼 수 없었을 만큼 본능적이며 미묘한 관계를 파괴한다 하더라도 말이다. 〈저 아이들은 침묵을 지키는 예의가 있는데, 너는 신뢰받고 있으면서도 비열하게 떠들어 대다니!〉라고 중얼거리며 나는 안색이 붉어지는 게 느껴져서 두 손으로 얼굴을 감쌌다. 이런 비밀스러운 일이 있은 후에 나는 전보다 더욱 말이 많아졌다. 계속 수다스럽게 말을 하다가 마침내 놀랍고 뚜렷한 정적의 순간이 다가왔다. 나는 그 정적을 달리 뭐라고 부를 방도가 없다. 적막 속으로 기이하고 아찔하게 들어 올려지거나 헤엄쳐 들어가는 것 — 나는 적절한 단어를 찾으려고 애쓰고 있다! — 또는 모든 삶의 중지라고 해야 할까. 그 적막은 우리가 그 순간 열중해서 내고 있던 크고 작은 소음과는 무관한 것이었고, 유쾌한 웃음소리나 빠른 암송, 커다란 피아노 연주 소리 사이로 들을 수 있었다. 그때 다른 사람들, 아웃사이더들이 그곳에 있었다. 비록 천사는 아니지만 그들은 프랑스인들이 표현하듯 〈스치고 지나갔고〉, 머무는 동안 나한테는 괜찮다고 생각했던 것보다 더 사악한 메시지나 더 생생한 이미지를 어린 희생자들에게 전달할지도 모른다는 두려움으로 나를 떨게 만들었다.

가장 떨쳐 버리기 힘들었던 것은 내가 무엇을 보았든 간에 마일스와 플로라가 더 많은 것, 말하자면 과거 그들의 끔찍한 교제에서 비롯된 무시무시하고 추측할 수 없는 많은 것들을 보았으리라는 섬뜩한 생각이었다. 당분간 그런 것들은 자연스럽게 표면에 남아 있었고, 우리는 각자가 느꼈던 오싹함을 큰 소리로 부인했다. 우리 셋은 잦은 반복에 따라 아주 훌륭하게 훈련되어 있어서 매번 거의 자동적으로 아주 동일한 동작에 의해 사건을 종결지었다. 놀랍게도 아이들은 어떤 경우든지 전혀 엉뚱한 때에 내게 습관적으로 키스했고, 우리가 여러 차례의 위험을 무사히 통과하도록 도움을 준 소중한 질문을 결코 빠뜨리지 않았다. 「그분이 언제 올 것 같아요? 우리가 편지를 써야 한다고 생각하지 않으세요?」 어색함을 없애는 데 이 질문처럼 좋은 게 없다는 것을 우리는 경험으로 알았다. 물론 〈그분〉은 할리 가에 사는 아이들의 삼촌을 뜻했다. 우리는 그분이 언제든지 이곳에 도착해서 우리와 어울릴 것이라는 수없이 많은 추측 속에서 살았다. 그런 추측에 그분만큼 근거를 적게 제공한 사람도 없었지만, 기댈 수 있는 그런 추측이라도 갖고 있지 않았더라면 우리는 겉으로 보기에 가장 훌륭한 태도를 서로에게 보여 주지 않았을 것이다. 그분은 아이들에게 결코 편지를 쓰지 않았다. 그것은 이기적일 수도 있지만, 그분이 나를 신뢰하고 있음을 나타내는 칭찬의 일부이기도 했다. 한 남자가 한 여자에게 최고의 경의를 표하는 방법은 자신의 안락이라는 신성한 법칙을 더욱 신나게 향유하는 것에 불과할 때가 많기 때문이다. 그래서 편지 쓰는 일은 그저 즐거운 작문 연습일 뿐이라고 나의 어린 친구들을 이해시켰을 때 나는 그분에게 어려움을 호소하지 않겠다는 서약의 정신을 수행했다고 생각했다. 그 편지들은 부치기에 너무 아름다워서 내가 간직해 두었다. 지금까지도 나는 그 편지들을 갖고 있다. 이것은 사실 그분이 언제라도 우리에게 올 것이라는 가정에 나 자신이 끊임없이 시달리는 신랄한 결과만 더할 뿐이었다. 마치 우리의 어린 친구들은 그분이 오는 것이 나에게 무엇보다도 난처한 일이라는 것을 아는 듯했다. 더군다나 돌이켜보건대 나의 긴장과 아이들의 승리에도 불구하고 이 모든 일에 있어서 내가 아이들에게 한 번도 화를 내지 않았다는 단순한 사실보다 더 특이한 일은 없는 것 같다. 지금 생각해 보면, 사실 그 당시에 아이들은 정말로 사랑스러운 존재였으므로 나는 아이들을 미워하지 않았었다! 하지만 안도감이 더 오랜 시간 후에 찾아왔더라면, 마침내 분노로 인해 내 속마음이 드러났을까? 안도감이 생겼으니 그것은 거의 문제가 되지 않았다. 안도감이라 부르고 있기는 하지만, 그것은 팽팽하게 잡아당긴 줄을 툭 끊거나 질식할 것처럼 더운 날 갑자기 폭풍우가 몰아칠 때 느끼는 안도감에 불과했다. 그것은 적어도 변화였고 그 변화는 갑자기 다가왔다.

14

 어느 일요일 아침, 교회로 가는 길이었다. 내 옆에는 어린 마일스가 걷고 있었고 그의 누이동생은 우리 앞 잘 보이는 곳에서 그로즈 부인과 함께 걷고 있었다. 상쾌하고 청명한 날이었으며, 당분간 계속된 그와 비슷한 날들이 처음 시작된 날이었다. 전날 밤에 서리가 약간 내린 데다 맑고 예리한 가을 공기로 교회 종소리가 유쾌하게 들렸다. 묘하게도 우연히 떠오른 생각으로 인해 그 순간 내가 보호하고 있는 어린아이들의 유순함에 특히 매우 고마운 느낌이 들었다. 왜 아이들은 매정하리만치 항상 그들과 함께 있으려 하는 나에게 한 번도 화를 내지 않았을까? 이런저런 일들로 인해 내가 소년을 거의 내 손아귀에 넣었으며, 우리 일행을 내 앞에 배치하는 모습에서 내가 저항의 위험에 대비하는 것처럼 보일 수도 있겠다는 생각이 더욱 절실하게 느껴졌다. 나는 일어날 수 있는 기습과 탈출을 감시하는 간수와도 같았다. 그러나 이 모든 것, 즉 아이들의 기막힌 순종은 가장 깊은 심연에 있는 사실들을 특별하게 배열한 데 지나지 않았다. 돈을 잘 쓰고, 멋진 조끼라든가 사내아이의 당당한 태도가 무엇인지를 알고 있는 삼촌의 재단사가 만들어 준 일요일 정장으로 차려입은 마일스에게는 독립을 누릴 수 있는 자격과 그의 성별과 상황에 의해 주어진 권리가 너무 분명하게 각인되어 있어서, 그가 갑자기 자유를 위해 싸우기라도 했다면 나는 아무 말도 못 했을 것이다. 그런 혁명이 확실하게 일어난다면 마일스에게 어떻게 대처해야 할지, 나는 정말 우연히 생각하고 있었다. 그것을 혁명이라고 표현하는 이유는, 그가 하는 말로 인해서 어떻게 내 끔찍한 연극의 마지막 막이 오르고 또 비극적 결말로 치닫는지를 이제 알기 때문이다. 「그런데, 선생님, 대체 언제 제가 학교로 돌아가게 될까요?」 아이가 쾌활하게 물었다.

여기에 옮겨 놓으니 이 말은 위험하게 들리지 않는데, 달콤하고 높은 일상적인 어조로 말할 때 특히 그렇다. 아이는 자기와 대화를 나누는 사람들 모두에게, 무엇보다도 자신의 영원한 가정 교사에게 마치 장미꽃을 던지듯이 물음을 던졌다. 그 말투에는 항상 사람을 〈멈칫하게〉 만드는 무언가가 있었고, 어쨌든 나는 너무 크게 멈칫한 탓에 마치 공원에 있는 나무 한 그루가 쓰러져 길을 가로막고 있는 것처럼 갑자기 걸음을 멈추었다. 그 순간 우리 사이에는 무언가 새로운 일이 일어났고, 아이는 내가 그것을 인식하였음을 완벽하게 알고 있었다. 아이는 평소와 다름없이 솔직하고 매력적으로 보이면서도 내가 그것을 인식할 수 있게 만들 수 있었다. 처음에 내가 대답할 말을 찾지 못하는 것을 보고 자신이 유리한 입장에 있다는 것을 아이가 이미 알고 있음이 느껴졌다. 대답할 말을 찾는 데 너무 시간이 걸리자 아이는 잠시 후에 계속 무언가를 암시하는 듯하면서도 모호한 미소를 지으며 천천히 말했다. 「아시잖아요, 사랑하는 선생님, 남자아이가 숙녀와 항상 함께 있다는 것이 어떤 것인지!」 그 아이는 나에게 항상 〈사랑하는 선생님〉이라고 말했다. 내가 학생들에게 불어넣어 주고 싶어 했던 감정을 애정이 담긴 이 친근한 말보다 더 정확하게 표현할 수 없었을 것이다. 이것은 아주 공손하면서 편안한 표현이었다.

그러나 아, 그 순간 나는 할 말을 찾아야 한다고 느꼈다! 시간을 벌기 위해 웃으려고 애썼던 것을 기억한다. 또한 아이가 나를 바라보는 아름다운 얼굴에서 내가 얼마나 추하고 이상하게 보였는지 알 수 있었다. 「그리고 언제나 같은 숙녀하고 있다는 것 말이지?」 내가 대답했다.

아이는 움찔하지도, 눈을 깜박이지도 않았다. 사실 우리 사이에서는 모든 것이 다 드러나 있었다. 「아, 물론 그분은 유쾌하고 〈완벽한〉 숙녀예요. 하지만 결국 전 남자애예요, 모르시겠어요? 말하자면 제가 커가고 있다고요.」

나는 아주 친절한 태도로 이 부분에서 잠시 머뭇거렸다. 「그래, 너는 커가고 있지.」 아, 하지만 나는 무력감을 느꼈다!

아이가 어떻게 내 기분을 알고, 그걸 이용해 장난할 수 있었을까 하는 가슴 아픈 생각을 나는 오늘날까지 간직하고 있다. 「제가 지금까지 아주 착한 애가 아니었다고는 말씀하실 수 없겠죠?」

나는 아이의 어깨에 손을 얹었다. 계속 걸어가는 편이 훨씬 더 나을 거라고 느꼈지만 그렇게 할 수 없었다. 「그래, 그렇게 말할 수는 없지, 마일스.」

「그 하룻밤만 제외하고요!」

「그 하룻밤?」 나는 아이처럼 솔직하게 보일 수 없었다.

「제가 아래로 내려와 집 밖으로 나갔던 날 밤 말이에요.」

「아, 그래. 그런데 네가 왜 그랬는지 생각이 나지 않는구나.」

「잊어버리셨어요?」 아이는 어린애답게 비난하듯 귀엽게 과장하면서 말했다. 「제가 그런 짓을 할 수 있다는 것을 선생님께 보여 주기 위해서였어요!」

「아, 그래, 네가 그렇게 할 수 있었지.」

「그리고 다시 할 수도 있어요.」

나는 어쩌면 정신을 차릴 수 있을 것 같다고 느꼈다. 「물론이지. 하지만 너는 하지 않을 거야.」

「물론 그런 일은 다시 안 할 거예요. 그건 아무것도 아니었어요.」

「아무것도 아니었어.」 내가 말했다. 「이제 가야겠다.」

아이는 다시 나와 함께 걷기 시작했고, 내 팔에 손을 끼었다. 「그러면 제가 언제 돌아가게 될까요?」

나는 그 말을 이리저리 생각해 보면서 매우 책임감 있는 태도를 취했다. 「학교에서 아주 행복하게 지냈니?」

아이는 잠시 생각했다. 「아, 저는 어느 곳에서나 행복해요!」

「그렇다면, 네가 이곳에서도 행복하다면!」 나는 떨리는 목소리로 말했다.

「그러나 그게 전부가 아니잖아요! 물론 선생님은 많은 것을 알고 계시지만……」

「하지만 너도 거의 그만큼은 알고 있다는 거니?」 마일스가 말을 멈추었을 때 나는 위험을 무릅쓰고 물었다.

「제가 원하는 것의 절반도 알지 못해요!」 마일스는 정직하게 고백했다. 「하지만 그건 별로 큰 문제가 아니에요.」

「그러면 문제가 뭐지?」

「글쎄, 저는 세상을 더 많이 보고 싶어요.」

「그래, 알겠다.」 우리는 교회가 보이는 곳에 도착했다. 그리고 블라이 식구들 몇 명을 포함해서 교회로 가고 있는 사람들, 문 주위에 모여 우리가 안으로 들어가는 것을 보고 있는 여러 사람들이 보였다. 나는 발걸음을 재촉했다. 우리 사이의 문제가 훨씬 더 커지기 전에 교회로 들어가고 싶었다. 나는 아이가 한 시간 이상 입을 다물고 있어야 한다고 간절하게 생각했고, 신자석이 비교적 어두컴컴하기를, 또 내가 방석에 무릎을 구부리고 정신적인 도움을 받기를 원했다. 나는 아이가 나를 막 몰아넣으려고 하는 혼란과 말 그대로 경주를 벌이는 것 같았다. 하지만 우리가 교회 안뜰로 들어가기 전에 아이가 이렇게 말했을 때 나는 그가 경주에서 이겼음을 느꼈다.

「전 저와 비슷한 사람들을 원해요!」

이 말을 듣고 나는 앞으로 튀어 나갈 뻔했다. 「너랑 비슷한 사람들은 많지 않을 거야, 마일스!」 나는 웃음을 터뜨렸다. 「아마 귀여운 플로라 말고는!」

「정말로 저를 여자애와 비교하시는 거예요?」

이 말에 나는 몹시 힘이 빠졌다. 「그러면 너는 우리의 귀여운 플로라를 사랑하지 않니?」

「제가 플로라와 선생님을 사랑하지 않는다면, 만약 그러지 않는다면!」 그 아이는 점프하기 위해 뒤로 물러나듯이 말을 반복했지만 생각을 멈추어 버렸다. 교회 대문 안으로 들어간 후에 아이가 팔로 나를 눌러서 우리는 불가피하게 다시 걸음을 멈출 수밖에 없었다. 그로즈 부인과 플로라는 이미 교회 안으로 들어갔고 다른 신도들도 뒤따라 들어간 터라 우리는 빽빽하게 늘어선 오래된 묘비들 사이에 둘만 잠시 남아 있었다. 우리는 교회 문에서 뻗어 나온 길 위에 서 있는 낮은 장방형 테이블 모양의 묘비 옆에서 걸음을 멈추었다.

「그래, 만일 네가 그러지 않는다면?」

내가 대답을 기다리는 동안 아이는 묘비들을 바라보았다. 「글쎄, 선생님은 아시잖아요!」 그러나 아이는 움직이지 않고 있다가 이윽고 어떤 말을 꺼내서, 나를 마치 갑작스럽게 휴식을 취하려는 사람처럼 석판 위에 털썩 주저앉게 만들었다. 「제 삼촌도 선생님처럼 생각하실까요?」

나는 현저히 느껴질 정도로 오랫동안 가만히 있었다. 「내가 무슨 생각을 하는지 네가 어떻게 알지?」

「아, 물론 저는 몰라요. 생각해 보니 선생님은 제게 말씀하신 적이 없어요. 하지만 제 말은 삼촌이 알고 계신가 하는 거예요.」

「무엇을 알고 계시느냐는 거니, 마일스?」

「제 진로에 대해서요.」

이 질문에 대해 내 주인을 조금이나마 희생시키지 않고서는 대답할 수 없음을 나는 재빨리 인식했다. 그러나 블라이에서 우리 모두가 충분히 희생하고 있었으므로 그것은 사소한 희생이라는 생각이 들었다. 「삼촌은 그다지 신경 쓰시는 것 같지 않아.」

이 말에 마일스는 나를 쳐다보며 서 있었다. 「그러면 삼촌이 신경을 쓰도록 만들 수 있다고 생각하지 않으세요?」

「어떤 방법으로?」

「삼촌을 내려오시게 해서요.」

「하지만 누가 그분을 내려오시게 하지?」
「제가 할게요!」 소년은 아주 밝고 강하게 말했다. 아이는 그런 표정이 담긴 시선으로 나를 다시 바라본 다음 혼자 교회 안으로 들어갔다.

15

내가 마일스를 따라 들어가지 않은 순간부터 사실상 모든 일이 결정된 셈이었다. 애처롭게도 그것은 내 마음의 동요에 굴복한 것이지만, 내가 이를 알고 있었다 해도 어찌된 일인지 스스로를 회복시킬 힘이 없었다. 나는 그저 묘비 위에 앉아 우리의 어린 친구가 나에게 했던 말에 충분한 의미를 덧붙여 해석해 보았다. 그 의미를 완전히 파악했을 때쯤, 나는 예배에 참석하지 않은 것에 대해서 내 학생들과 나머지 예배 참석자들에게 그처럼 늦게 나타나기가 창피했다는 핑곗거리를 생각해 두었다. 무엇보다도 나는 마일스가 나에게서 무엇인가를 알아냈으며, 이렇게 볼썽사납게 주저앉은 내 모습을 그 증거로 생각했을 거라고 혼자 중얼거렸다. 마일스가 알아낸 점은 내가 무엇인가를 무척 두려워하고 있으며, 아마도 이 두려움을 이용하면 자신의 목적을 위해 더 많은 자유를 얻을 수 있으리라는 것이었다. 내가 두려워하는 것은 그가 학교에서 퇴학당한 이유라는 그 끔찍한 문제를 처리해야 하는 일이었다. 그것이 그 배후에 쌓인 무시무시한 문제였기 때문이다. 엄밀히 말하자면 지금 내가 원하는 해결책은 아이의 삼촌이 내려와 나와 함께 이런 문제들을 처리하는 것이었다. 하지만 나는 그 상황에 따르는 추함과 고통을 직면할 수 없어서 그저 꾸물거리며 하루하루 살아갈 뿐이었다. 나로서는 무척 당황스럽게도 소년은 지극히 당연한 입장이었고, 나에게 이렇게 말할 수 있는 처지였다. 「제 학업이 이처럼 중단된 이상한 사태를 선생님께서 제 보호자와 함께 해결하거나, 아니면 어린 소년에게 이토록 부자연스러운 생활을 선생님과 함께 지속할 것을 더 이상 기대하지 마세요.」 나와 관련된 이 특별한 소년에게서 정말 부자연스러웠던 점은 이처럼 갑작스럽게 자신의 의식과 계획을 드러내는 것이었다.

나는 사실 이 점에 압도되어 교회 안으로 들어가지 못했다. 나는 망설이고 서성거리면서 교회 주변을 걸었다. 마일스와의 관계에 있어서 내가 이미 치유할 수 없을 정도로 상처를 입었다고 생각했다. 따라서 아무것도 수습할 수 없었고, 신자석으로 비집고 들어가 소년의 옆에 앉는 것에도 극도의 노력이 필요했다. 아이는 전보다 훨씬 더 자신 있게 내 팔짱을 끼고는 나로 하여금 한 시간 동안 그곳에서 우리가 나누었던 이야기에 대한 그의 생각을 말없이 세세하게 생각하도록 만들 것이었다. 아이가 도착한 이후 처음으로 나는 아이에게서 달아나고 싶었다. 나는 동쪽 높은 창문 아래 멈추어 선 채 예배 드리는 소리를 들으면서, 조금이라도 자극을 받으면 완전히 나를 압도할 것 같은 충동에 사로잡혔다. 영영 달아나 버리는 것으로 내 시련을 쉽게 끝낼 수도 있었다. 이제 여기 기회가 주어졌다. 아무도 나를 막을 사람이 없었다. 나는 모든 일을 포기하고 등을 돌려 달아날 수 있었다. 몇 가지 준비를 하기 위해 서둘러서 다시 집으로 돌아가기만 하면 되었다. 하인들 대부분이 예배에 참석하고 있어서 사실상 집은 거의 비어 있었으니. 다시 말해 내가 필사적으로 달아난다 해도 아무도 나를 비난할 수 없었다. 정찬 때까지만 피하는 거라면 달아나는 것이 무슨 의미가 있겠는가? 두세 시간 있으면 정찬 때가 되고, 식사가 끝날 즈음 — 예리한 내 추측에 따르면 — 내 어린 학생들이 내가 보이지 않았던 데 대해 놀란 척하며 순진하게 물을 것이다.

「어떻게 된 거예요, 나쁜 선생님? 도대체 왜 우리를 그렇게 걱정하도록 만들고, 우리가 딴생각하게 만드셨어요? 왜 우리를 교회 문 앞에 버리고 가셨어요?」 나는 그런 질문도, 질문할 때 아이들이 보여 줄 거짓 가득한 사랑스러운 눈길도 대면할 수 없었다. 하지만 그것이 바로 내가 대면해야 하는 것이므로, 앞으로 벌어질 일을 선명하게 떠올리면서 나는 마침내 몸을 움직였다.

그 순간만 보자면, 나는 달아난 셈이었다. 나는 곧장 교회 안뜰 밖으로 나와서 골똘히 생각에 잠긴 채 공원을 가로질러 되돌아갔다. 집에 도착할 무렵 나는 도망가기로 거의 마음을 굳혔다. 입구와 집 안에 일요일의 적막이 감돌고 아무도 보이지 않자 지금이 기회라는 생각이 들었다. 이런 식으로 재빨리 움직인다면 소란도 일으키지 않고 말없이 떠날 수 있을 것이다. 그러나 급히 떠나는 모습이 눈에 띌 테고 이동 수단도 해결해야 할 큰 문제였다. 홀에서 여러 가지 어려움과 장애를 생각하며 괴로워하다가 계단 발치에 주저앉았던 것을 기억한다. 가장 낮은 계단에 갑자기 주저앉아, 그곳에서 바로 한 달 전 캄캄한 밤에 사악한 것들로 인해 풀이 죽은 상태에서 끔찍한 여자의 유령을 보았던 것이 혐오감과 함께 떠올랐다. 이 생각에 나는 몸을 바로 세울 수 있었다. 그리고 나머지 계단을 걸어 올라갔다. 혼란스러운 마음으로 교실로 향했는데, 그곳에는 내가 갖고 가야 할 소지품들이 있었다. 하지만 문을 연 순간 닫혀 있던 내 눈이 번쩍 뜨이는 것을 느꼈다. 내가 목격한 것을 앞에 두고 비틀거리다가 나는 다시 저항하는 자세를 취했다.

내 책상에 어떤 사람이 청명한 정오의 햇살을 받으면서 앉아 있는 것이 보였다. 전에 경험한 적이 없었더라면, 처음 본 순간 나는 그 사람을 집에 남아서 일을 하거나 사람들이 보지 않는 드문 기회를 이용해 교실 책상과

펜과 잉크, 종이를 빌려 애인에게 편지를 쓰기 위해 엄청난 노력을 기울이고 있는 하녀라고 생각했을 것이다. 책상에 팔을 기대고 있었음에도 피곤한 기색이 역력했고, 손으로 머리를 받친 모습이 힘들어 보였다. 그러나 이 점을 인식한 순간, 내가 들어갔는데도 그녀의 자세에는 이상하게도 변함이 없다는 것을 의식하게 되었다. 그러다가 문득 자세를 바꾸어 자기 존재를 드러내는 행동을 취하면서 그녀의 정체가 섬광처럼 드러났다. 내 소리를 듣지 못한 것처럼 그 여자는 무관심과 초연함이 뒤섞인, 형언할 수 없을 만큼 커다란 우울함을 지닌 채 자리에서 일어났고, 나에게서 열 걸음쯤 떨어진 곳에 사악한 내 전임자의 모습으로 서 있었다. 수치스럽고 비극적인 존재로서 그녀는 내 앞에 온전히 모습을 드러냈다. 그러나 내가 응시하면서 기억하기 위해 그 모습을 담아 두려고 할 때 끔찍한 인상은 사라져 버렸다. 검은 옷을 입어서 한밤처럼 어두운 모습으로 수척한 아름다움과 말할 수 없는 비애를 지닌 채, 마치 내게 그녀의 책상에 앉을 권리가 있는 것과 마찬가지로 자신에게도 내 책상에 앉을 권리가 있다고 말하는 듯 그 여자는 오랫동안 나를 바라보았다. 이런 순간이 지속되는 동안 침입자는 바로 나라는, 정말 오싹한 느낌이 들었다. 이런 느낌에 대한 거친 저항의 표시로 나도 모르게 그 여자에게 〈이 끔찍하고 보잘것없는 여자야!〉라고 실제로 소리를 질렀다. 그 소리는 열린 문을 통해 긴 복도와 텅 빈 집으로 울려 퍼졌다. 그녀는 내 소리를 들은 듯 나를 쳐다보았지만, 나는 정신을 가다듬고 기분을 새롭게 했다. 다음 순간 방 안에는 아무것도 없었다. 햇빛과 내가 여기 머물러야 한다는 의식 외에는.

16

 사람들이 돌아와 불만을 나타낼 것이라고 예상했기 때문에, 그들이 내가 예배에 참석하지 않은 것에 대해 아무 말도 않고 신중하게 있는 것을 보자 나는 새삼스레 당황스러웠다. 아이들은 명랑하게 나를 비난하거나 끌어안지도 않았고, 내가 자기들을 저버린 것에 대해서도 아무런 언급을 하지 않았다. 그로즈 부인 역시 아무 말도 하지 않는 것을 보고 나는 잠시 부인의 묘한 표정을 살폈다. 아이들이 어떤 식으로든 부인을 끌어들여 그 입을 막은 것이 아닌지 확인하기 위해서였다. 그러나 나는 우선 단둘이 있게 된 후에 그 침묵을 깨뜨리기로 했다. 그 기회는 차를 마시기 전에 찾아왔다. 나는 가정부의 방에서 부인과 5분간 함께 있었다. 어스름한 빛이 비치고 갓 구운 빵 냄새가 풍기는 가운데 깨끗하게 청소되고 반짝반짝 윤이 나는 방 안에서 나는 부인이 고통이 깃든 평온한 모습으로 난로 앞에 앉아 있는 것을 보았다. 아직도 나는 이렇게 부인의 가장 좋은 모습을 떠올린다. 어슴푸레한 빛이 비치는 방 안에서 등받이가 꼿꼿한 의자에 앉아 불길을 마주 보고 있는 〈수납장〉의 크고 깨끗한 이미지, 닫아서 잠근 다음에는 꼼짝 않고 있는 서랍의 이미지 말이다.

「아, 맞아요. 아이들이 내게 아무 말도 하지 말라고 부탁했어요. 물론 함께 있는 동안 아이들을 기쁘게 해주려고 약속했지요. 그런데 선생님은 어떻게 되신 거예요?」

「그저 산책하러 나갔던 거예요. 친구를 만나러 돌아와야 했어요.」 내가 말했다.

부인은 놀라운 표정을 지었다. 「친구라고요? 선생님이?」

「아, 그래요, 두 명 있어요!」 나는 웃었다. 「그런데 아이들이 이유를 말해 주던가요?」

「선생님이 우리를 두고 간 것에 대해 언급하지 말라는 이유 말인가요? 네, 선생님이 그걸 더 좋아하실 거라고 말하더군요. 그게 더 좋으세요?」

내 표정은 부인을 슬프게 했다. 「아니요, 훨씬 더 나빠요!」 그러나 잠시 후 나는 덧붙였다. 「내가 왜 그것을 더 바랄지 아이들이 말하던가요?」

「아뇨, 마일스 도련님은 〈우리는 선생님이 좋아하시는 것만 해야 돼!〉라고만 말했어요.」

「그 아이가 정말로 그랬으면 좋겠네요! 플로라는 뭐라고 했나요?」

「플로라 아가씨는 아주 상냥했어요. 〈아, 물론, 물론이야!〉라고 말했죠. 그래서 저도 똑같이 말했어요.」

나는 잠시 생각했다. 「당신도 아주 상냥했겠지요. 당신과 아이들이 주고받은 이야기를 모두 상상할 수 있어요. 하지만 마일스와 나는 이제 서로 모든 것을 다 털어놓았어요.」

「모든 것을 털어놓았다고요?」 내 동료가 나를 뚫어지게 쳐다보았다. 「하지만 무엇을 말인가요, 선생님?」

「모든 것을. 상관없어요. 나는 마음을 정했어요. 나는 집에 돌아와서 제셀 양과 이야기를 했어요.」 내가 계속했다.

그런 투로 말을 꺼내기 전에, 이 무렵 나는 벌써 그로즈 부인을 문자 그대로 쥐락펴락하는 버릇이 들어 있었다. 그래서 그 순간에도 부인이 내 말의 신호에 용감하게 눈을 껌벅이고 있는 동안 부인을 비교적 확고하게 장악할 수 있었다. 「대화라고요! 그 여자가 말을 했다는 건가요?」

「한 것이나 마찬가지예요. 집에 돌아와 교실에서 그 여자를 발견했어요.」

「그 여자가 뭐라고 했나요?」 망연자실한 채 솔직하게 묻는 그 선량한 부인의 목소리가 아직도 귀에 들리는 듯하다.

「고통을 당하고 있다고!」

내가 묘사하고 있는 제셀 양에 대한 모습을 마저 그리

면서 실제로 부인의 입을 딱 벌리게 만든 것은 바로 이 말이었다. 「죽은 자의 고통요?」 부인이 말을 더듬었다.

「죽은 자, 저주받은 자의 고통. 바로 그 때문에 아이들과 함께 나누려고……」 이 끔찍한 생각에 나까지 말을 더듬었다.

그러나 상상력이 부족한 내 친구는 계속 내 말을 이어 갔다. 「아이들과 함께 나눈다고요?」

「그 여자는 플로라를 원해요.」 이 점을 알려 주었을 때 만약 내 마음이 확고하지 않았더라면 부인은 내게 등을 돌려 버렸을 것이다. 나는 여전히 부인을 장악하면서 내 마음이 확고함을 보여 주었다. 「하지만 이미 말했듯이 그건 문제 되지 않아요.」

「선생님이 결심하셨기 때문인가요? 그런데 무슨 결심을 하신 거죠?」

「모든 것을요.」

「〈모든 것〉이라니, 무슨 의미죠?」

「아이들 삼촌을 부르러 보내는 거예요.」

「아, 선생님, 제발 그렇게 하세요.」 내 친구가 소리쳤다.

「아, 그렇게 할 거예요. 꼭 하겠어요! 그게 유일한 방법이에요. 당신에게 말했듯이 마일스와 이야기하면서 〈드러난 것〉은 이거예요. 그렇게 하기를 내가 두려워한다고 그 아이가 생각한다면, 그리고 그것으로 자신이 무엇인가를 얻는다고 생각한다면, 그것이 그 애의 착각이었음을 스스로가 알게 되리라는 거죠. 그래요, 아이의 삼촌에게 여기 이 자리에서 — 그리고 필요하다면 아이 앞에서 — 보고하겠어요. 만일 다시 학교에 보내는 일에 대해 내가 아무 일도 하지 않았다는 비난을 받게 된다면……」

「그러면요, 선생님?」 내 동료는 나를 다그쳤다.

「글쎄, 끔직한 이유가 있으니까요.」

이제는 분명히 너무 많은 이유가 있었기 때문에 내 가엾은 동료가 잘 이해하지 못한다고 해도 용서할 만한 일이었다. 「어떤 이유죠?」

「아이의 학교에서 온 편지요.」

「그걸 주인님께 보여 주실 건가요?」

「즉시 그것을 보여 주었어야 했어요.」

「아, 안 돼요!」 그로즈 부인은 단호하게 말했다.

「학교에서 쫓겨난 아이 문제를 해결하는 일은 떠맡을 수 없다고 그분에게 말하겠어요.」 나는 냉정하게 말을 이었다.

「무엇 때문에 그렇게 됐는지 우린 전혀 모르잖아요!」 그로즈 부인이 소리쳤다.

「못된 짓을 했기 때문이죠. 다른 무슨 이유가 있겠어요? 그렇게 영리하고 아름답고 완벽한데. 그 애가 멍청한가요? 지저분한가요? 병약한가요? 성격이 나쁜가요? 그 아이는 아주 훌륭해요. 그러니 그런 이유일 수밖에 없어요. 그게 모든 것을 밝혀 줄 거예요. 결국……」 나는 말했다. 「아이들 삼촌의 잘못이죠. 이곳에 그런 사람들을 내버려 두었으니!」

「주인님은 사실 그자들을 전혀 알지 못했어요. 잘못은 저한테 있어요.」 부인의 안색은 완전히 창백해져 있었다.

「당신이 고통받는 일은 없을 거예요.」 내가 대답했다.

「아이들도 고통을 받아서는 안 돼요!」 부인이 힘주어 대답했다.

나는 잠시 그대로 있었다. 우리는 서로를 바라보았다. 「그렇다면 내가 그분에게 무슨 말을 해야 하나요?」

「선생님은 아무 말도 하실 필요 없어요. 제가 말씀드릴게요.」

나는 이 말을 곰곰이 생각해 보았다. 「당신이 편지를 쓰겠다는 말인가요?」 부인이 글을 쓸 줄 모른다는 것을 기억하고 나는 말을 돌렸다. 「어떻게 연락을 하려고요?」

「제가 토지 관리인에게 말하고 그가 편지를 쓰면 돼요.」

「그에게 우리 이야기를 쓰게 한다는 말인가요?」

내 질문에 의도하지 않았던 빈정거림이 담겨 있어서 부인은 잠시 약간 풀이 죽었다. 부인의 눈에 다시 눈물이 글썽였다. 「아, 선생님, 선생님이 쓰세요!」

「좋아요, 오늘 밤에 쓰겠어요.」 마침내 나는 대답했고, 이 말을 끝으로 우리는 헤어졌다.

17

 저녁에 나는 편지의 서두를 썼다. 날씨가 다시 바뀌어서 세찬 바람이 불어 댔다. 옆에는 플로라가 평화롭게 잠들어 있는 내 방에서 램프 빛 아래 나는 텅 빈 종이를 앞에 두고 오랫동안 앉아 세차게 내리는 빗소리와 돌풍이 덜커덕대는 소리에 귀를 기울였다. 마침내 나는 촛불을 들고 복도로 나갔다. 그러고는 복도를 가로질러 마일스의 방 앞으로 가 잠시 귀를 기울였다. 끝없이 계속되는 강박관념에 사로잡혀서 나는 아이가 잠을 자고 있지 않은 기척을 들으려고 했다. 곧 어떤 기척을 느꼈지만, 내가 기대했던 형태는 아니었다. 아이의 목소리가 낭랑하게 울려 퍼졌다. 「거기 계시죠? 들어오세요.」 어둠 속에서 쾌활한 목소리가 들려왔다!
 촛불을 들고 안으로 들어가자 아이가 완전히 깨어 있는 상태로 편안하게 침대에 누워 있는 모습이 보였다. 「그런데, 무엇을 하시려는 참이었나요?」 아이가 하도 사근사근하게 물어보았기 때문에, 나는 갑자기 그로즈 부인이 있었더라면 무언가 〈잘못〉되었다는 증거를 찾으려고 해도 헛수고였을 것이라는 생각이 떠올랐다.

나는 촛불을 들고 아이 위로 몸을 구부렸다. 「내가 밖에 있는 줄 어떻게 알았지?」

「물론 선생님 발소리를 들었어요. 선생님이 아무런 소리도 내지 않았다고 생각하세요? 기병대 소리 같았어요!」 아이는 예쁘게 웃었다.

「그러면 잠들지 않았었니?」

「별로 잠이 오지 않았어요! 잠이 깨어 누워서 생각하고 있었어요.」

나는 일부러 촛불을 조금 떨어진 곳에 놓고, 아이가 다정하게 손을 내밀기에 침대 가장자리에 앉았다. 「무슨 생각을 하고 있었는데?」 내가 물었다.

「사랑하는 선생님, 선생님 생각이 아니면 도대체 무슨 생각을 하겠어요?」

「아, 네가 그렇게 나를 그렇게 생각해 주다니 자랑스럽긴 한데, 그렇게까지 할 필요는 없어! 난 네가 잠을 자는 편이 더 좋거든.」

「선생님도 아시겠지만, 저는 우리들의 묘한 문제에 대해서도 생각하고 있어요.」

나는 아이의 작고 단단한 손이 차가워지는 것을 느꼈다. 「마일스, 묘한 문제라니?」

「선생님이 저를 가르치는 방식이요. 그 밖에 다른 것들도요!」

나는 잠시 숨을 죽였고, 희미하게 빛나는 작은 촛불로도 아이가 베개에 누워 미소를 지으며 나를 올려다보는 것을 충분히 볼 수 있었다. 「다른 것들이라니 무슨 뜻이지?」

「선생님은 알고 계시잖아요, 아시잖아요!」 내가 아이의 손을 잡고 서로의 눈을 계속 보고 있는 동안 내 침묵이 그의 비난을 시인하는 것으로 여겨지고, 그 순간 현실 세계에서 아마도 우리의 관계처럼 터무니없는 것은 없으리라 느끼면서도, 나는 잠시 아무 말도 할 수 없었다. 「분명히 너는 학교로 다시 돌아갈 거야.」 내가 말했다. 「그 문제가 너를 괴롭힌다면 말이야. 하지만 이전 학교는 아니고, 더 좋은 다른 학교를 찾아야지. 그렇게 말도 안 하고 그 문제에 대해 한 번도 말한 적이 없는데, 네가 괴로워했다는 것을 내가 어떻게 알 수 있었겠니?」 그 순간, 내 말에 귀를 기울이는 아이의 맑은 얼굴은 소아 병동에 있는 간절한 어린 환자 같은 호소력을 그 부드러운 하얀 윤곽에 담고 있었다. 그 유사성을 생각하며, 나는 아이의 치료에 도움을 줄 간호사나 자선 단체의 수녀가 될 수 있다면 내가 가진 모든 것을 버릴 수 있을 것 같은 생각이 들었다. 글쎄, 지금의 상황에서라도 아마 도움을 줄 수 있을지 모른다! 「네가 나한테 학교에 대해 한마디도 말한 적이 없다는 걸 알고 있지? 내 말은 전에 다니던 학교 말이야, 어떤 식으로든지 언급한 적이 없지?」

아이는 의아하게 생각하는 듯했지만 여전히 사랑스러운 미소를 지었다. 하지만 분명 시간을 끌고 기다리면서 자신을 이끌어 줄 사람을 원하고 있었다. 「제가 얘기하지 않았나요?」 그 아이를 도울 사람은 내가 아니라, 내가 만났던 그것이었다!

아이로부터 이 말을 들었을 때 아이의 목소리와 어떤 표정 때문에 지금까지 겪어 보지 못한 고통으로 나는 마음이 아팠다. 자신에게 씌인 마법에 걸려 순수하면서도 일관성 있는 역할을 하기 위해 그의 조그만 두뇌가 당황스러워하고 지략을 짜내느라 고심하는 모습을 지켜보는 일이란 말할 수 없을 만큼 애처로웠다. 「네가 다시 돌아온 때부터 절대로 말하지 않았어. 나한테 너의 선생님과 친구들에 대해서, 또 학교에서 일어난 사소한 일에 대해서도 언급한 적이 없었어, 마일스. 그곳에서 일어났을지도 모르는 어떤 일에 관하여 나한테 넌지시 암시한 적도 없었지, 절대로. 그러니 내가 얼마나 아무것도 모르는 상태인지 상상할 수 있겠지? 오늘 아침 네가 그런 식으로 말을 꺼낼 때까지, 내가 너를 본 처음 순간부터 너는 예전의 생활에 대해 거의 언급한 적이 없었어. 그래서 네가 지금의 생활에 아주 잘 적응하는 것처럼 보였지.」 아이의 비밀스러운 조숙함 ─ 혹은 내가 감히 절반밖에 표현할 수 없는 사악한 영향력을 무엇이라고 부르든지 간에 ─

을 절대적으로 확신하고 있었으므로, 나는 아이의 내적인 고통이 희미하게 암시되었음에도 놀랍게도 더 나이든 사람에게 하듯 아이에게 접근할 수 있었고, 아이를 나와 지적으로 동등한 사람인 양 대할 수 있었다. 「네가 지금 상태로 계속 있고 싶어 한다고 생각했어.」

이 말에 아이가 약간 얼굴을 붉히는 듯이 보였다. 어쨌든 아이는 약간 피곤한 회복기의 환자처럼 힘없이 머리를 가로저었다. 「아니에요…… 아니에요. 저는 떠나고 싶어요.」

「블라이에 싫증이 났니?」

「아니요, 저는 블라이가 좋아요.」

「그러면……?」

「아, 선생님은 남자아이가 원하는 게 어떤 건지 아시잖아요!」

나는 스스로 마일스처럼 잘 알지 못한다고 느꼈고, 그래서 임시방편을 찾았다. 「삼촌에게 가고 싶니?」

이 말에 아이는 다시 비꼬듯 달콤한 표정을 지으며 베개 위에서 몸을 움직였다. 「아, 선생님은 그런 말로 피해 갈 수 없어요!」

나는 잠시 입을 다물었다. 생각해 보니 이제 얼굴이 붉어진 쪽은 나였다. 「애야, 내가 피하고 싶어 하는 게 아냐!」

「선생님이 그렇게 하고 싶어도 할 수 없어요. 할 수 없어요, 할 수 없다고요!」 아이는 아름다운 얼굴로 날 바라보며 누워 있었다. 「삼촌이 내려오셔서 선생님과 함께 모든 일을 완벽하게 처리하셔야 해요.」

「우리가 그렇게 하면……」 나는 활기차게 대답했다. 「틀림없이 너는 꽤 먼 곳으로 보내질 거야.」

「그게 바로 제가 꾸미고 있는 일이라는 걸 선생님은 모르시겠어요? 선생님께서 삼촌에게 말씀하셔야 할 거예요. 선생님께서 어떻게 해서 그 모든 것을 중단시켰는지에 대해 삼촌에게 아주 많은 것을 말씀하셔야 할 거예요.」

마일스가 아주 의기양양해하며 이 말을 했기 때문에 나는 그 순간 아이에게 좀 더 맞설 수 있었다. 「마일스, 그렇게 되면 네가 삼촌에게 얼마나 많은 이야기를 해야 할까? 삼촌이 너한테 여러 가지를 물어보실 텐데!」

아이는 이 말을 곰곰이 생각해 보았다. 「그러시겠죠. 그런데 어떤 것들을 물어보실까요?」

「나에게 결코 말한 적 없는 것들이지. 너를 어떻게 해야 할지 결정하기 위해서 말이야. 삼촌이 너를 돌려보낼 수는 없을 테니까……」

「다시 돌아가고 싶지 않아요!」 아이가 갑자기 끼어들었다. 「전 새로운 곳을 원해요.」

마일스는 놀랄 만큼 침착하고도 흠잡을 데 없이 명랑하게 이 말을 했다. 의심할 여지 없이, 바로 이 어조 때문에 나는 아이가 석 달이 지난 후 이런 식으로 허세를 부리면서 더 많은 불명예를 안고 다시 돌아올 수도 있다는 강렬한 슬픔, 즉 어린아이에게는 어울리지 않는 비극을 느꼈다. 그것을 견딜 수 없으리라는 생각에 압도되어 나는 자제력을 잃었다. 나는 마일스에게 몸을 던져 부드러운 연민에 사로잡힌 채 아이를 끌어안았다. 「귀여운 우리 마일스, 귀여운 우리 마일스!」

내 얼굴을 아이의 얼굴 가까이 갖다 대자 마일스는 너그러운 태도로 내 키스를 받아들였다. 「네, 선생님.」

「내게 하고 싶은 말이 아무것도, 정말 아무것도 없니?」

아이는 약간 고개를 돌려 벽 쪽을 향한 채 아픈 아이들이 그러듯이 자기 손을 들어 바라보았다. 「선생님께 말씀드렸잖아요. 오늘 아침에 말씀드렸어요.」

아, 그 애가 얼마나 가여웠던지! 「그저 내가 너를 괴롭히지 않기를 바란다고?」

마치 내가 자신을 이해한다는 것을 알고 있다는 듯 아이는 이제 나를 바라보았고, 〈저를 혼자 내버려 두세요〉라고 아주 부드럽게 대답했다.

이 말에는 야릇한 위엄이 감돌아서 그로 인해 나는 아이를 감았던 팔을 풀어 주었지만, 천천히 몸을 일으키며 그 옆에서 머뭇거렸다. 내가 결코 그 아이를 괴롭히고 싶어 하지 않았음은 하느님이 아실 것이다. 하지만 내가 이 말을 듣고 아이에게서 등을 돌린다면 이는 곧 아이를 저버리는 것이고, 더 진실하게 말하자면 아이를 잃는 것이라고 느꼈다. 「삼촌에게 보낼 편지를 막 쓰기 시작했어.」

내가 말했다.

「그러면 편지를 다 쓰세요!」

나는 잠시 기다렸다. 「전에 무슨 일이 있었지?」

아이는 나를 다시 올려다보았다. 「전이라뇨?」

「네가 돌아오기 전에. 그리고 네가 가기 전에.」

아이는 잠시 말이 없었지만, 내게서 눈을 떼지 않았다. 「무슨 일이 있었느냐고요?」

이 말을 내뱉는 목소리에서, 나는 처음으로 사실대로 말하겠다고 동의하는 의식의 미묘한 떨림을 감지한 것 같았다. 그래서 침대 옆에 무릎을 꿇고 다시 한 번 아이를 소유할 수 있는 기회를 붙잡고자 했다. 「귀여운 우리 마일스, 귀여운 우리 마일스, 내가 얼마나 너를 돕고 싶어 하는지 네가 안다면! 그뿐이야, 단지 그뿐이란다. 네게 고통을 주거나 잘못을 저지르느니 차라리 내가 죽는 편이 낫겠어. 네 머리카락 한 올이라도 다치게 하느니 차라리 내가 죽겠어. 귀여운 우리 마일스.」 너무 지나치긴 했지만, 나는 그 말까지 털어놓았다. 「내가 너를 구원할 수 있도록 나를 도와줘!」 이 말을 한 직후 내가 너무 지나쳤음을 깨달았다. 내 호소에 대한 대답이 즉시 나타난 것이다. 하지만 그것은 이상한 돌풍과 냉기, 휙 몰아치는 얼어붙은 공기, 사나운 바람으로 창문이 부서질 만큼 방이 크게 흔들리는 형태로 나타났다. 소년은 크고 높은 소리로 비명을 질렀지만 충격적인 다른 소리들에 묻혀서 아이 가까이에 있던 나에게조차 그것이 해방의 소리인지 공포의 소리인지 분명하게 구분되지 않았다. 다시 벌떡 일어선 나는 주위가 깜깜하다는 것을 알아차렸다. 우리는 잠시 그 상태로 있었고, 그동안 나는 주변을 둘러보았다. 내려진 커튼은 움직이지 않았고 창문도 꽉 닫혀 있었다. 「저런, 촛불이 꺼졌네!」 나는 그제서야 소리쳤다.

「제가 불어서 껐어요, 선생님!」 마일스가 말했다.

18

다음 날 수업이 끝난 후 그로즈 부인은 잠시 시간을 내서 나한테 조용히 말했다. 「편지 쓰셨어요, 선생님?」

「네, 썼어요.」 하지만 나는 그때 봉하고 주소를 적은 내 편지가 아직 주머니 안에 있다는 말을 덧붙이진 않았다. 심부름꾼이 마을로 가기 전에 편지를 부칠 시간이 충분히 있을 것이었다. 한편 내 학생들로 말하자면, 이날 아침처럼 똑똑하고 모범적으로 행동한 적이 없었다. 마치 그 애들 모두 최근에 일어난 작은 마찰을 그럴듯하게 무마하려고 마음먹은 것 같았다. 아이들은 나의 빈약한 지식 너머로 솟구쳐 올라가 현기증 날 정도의 수학적 묘기를 부렸고, 전보다 더 활기차게 지리와 역사에 대한 농담을 했다. 특히 마일스는 자신이 얼마나 쉽게 나를 무안하게 만들 수 있는가를 보여 주고 싶어 하는 것이 분명했다. 내 기억에 이 아이는 정말 어떤 말로도 표현할 수 없는 아름다움과 고통 속에서 살고 있었다. 그 아이가 드러내는 모든 충동에는 그 자신만의 독특함이 있었다. 아무것도 모르는 사람의 눈에는 솔직함과 자유로움 그 자체로 보이는 이 작은 아이가 이보다 더 영리하고 더 특별한 어린 신사였던 적이 없었다. 경험이 많은 내 눈조차 속아 넘어가서 놀라운 감정으로 주시하게 될까 봐 언제나 경계해야 했다. 또한 그렇게 어린 신사가 처벌을 받을 만한 어떤 짓을 했을까 하는 수수께끼를 계속 생각하기도 하고 동시에 부정하기도 하면서 딴 곳을 바라보거나 낙담의 한숨을 쉬는 것을 억제해야만 했다. 내가 알고 있던 그 어두운 불가사의에 의해 온갖 사악한 상상력이 그 아이에게 펼쳐졌었다고 가정하면, 내 내면의 온갖 정의감은 그러한 상상력이 실제 행위로 꽃필 수도 있었으리라는 증거를 찾아내고 싶어 했다.

아무튼 그 끔찍한 날의 오찬 후, 그 아이가 나한테 와서 30분간만 연주를 해도 괜찮겠냐고 물었을 때처럼 아이의 어린 신사다운 면모가 드러나 보인 적은 없었다. 사울 왕을 위해 현금을 연주했던 다윗도 이처럼 적절한 때를 파악하는 섬세한 감각을 보여 줄 수 없었으리라. 그것은 문자 그대로 솜씨와 아량을 매혹적으로 과시하는 태도였고, 솔직히 이렇게 말한 것이나 다름없었다. 「우리가 즐겨 읽는 이야기에 나오는 진정한 기사라면 자신의 유리한 입장을 지나치게 내세우지 않을 거예요. 지금 선생님이 무슨 의도를 갖고 계신지 알아요. 선생님을 혼자 내버려 둔 채 따라다니지 않으면, 선생님은 더 이상 나를 걱정하거나 감시하지 않으실 뿐만 아니라 저를 선생님 가까이에 두지도 않고 제가 마음대로 왔다 갔다 하도록 내버려 두실 생각이시겠죠. 자, 보시다시피 저는 〈왔어요〉. 하지만 가지는 않아요! 앞으로 그럴 시간이 많으니까요. 저는 선생님과 함께 있는 것이 정말 즐거워요. 제가 원칙을 위해 맞섰다는 것을 선생님께 보여 드리고 싶을 뿐이에요.」 내가 이러한 호소에 저항했는지, 아니면 그 아이 손을 잡고 함께 다시 공부방으로 갔는지 어쨌는지는 상상에 맡기겠다. 마일스는 낡은 피아노 앞에 앉아서 지금까지와는 다르게 피아노를 연주했다. 그 아이가 축구공을 차는 편이 더 나았다고 생각하는 사람이 있다면, 그 의견에 전적으로 동의한다고 말할 수 있을 뿐이다. 내가 아이의 연주에 영향을 받아 헤아리지 못할 만큼 시간이 흐른 다음 앉은 자리에서 잠이 들었다는 이상한 생각이 들어 벌떡 일어났기 때문이다. 점심시간이 지난 후였고, 교실의 난롯가 옆에 있었지만, 나는 실제로 전혀 잠든 것이 아니었다. 훨씬 더 나쁜 일을 저지르고 말았다. 나는 잊고 있었다. 그동안 플로라는 어디에 있었을까? 내가 마일스에게 묻자 그 아이는 피아노를 조금 더 치다가 〈글쎄요, 선생님, 제가 어떻게 알겠어요?〉라고 말할 뿐이었다. 그러고는 갑자기 행복한 웃음을 터뜨리더니 곧 목소리로 반주를 하듯이 앞뒤가 맞지 않는 엉뚱한 노래를 길게 불렀다.

 나는 곧장 내 방으로 갔지만, 그의 여동생은 그곳에 없었다. 아래층으로 내려가기 전에 나는 다른 방을 몇 군데 들여다보았다. 플로라가 아무 곳에도 없어서 나는 그 애가 분명 그로즈 부인과 함께 있으리라 추측하고 안심한 채 부인을 찾으러 갔다. 전날 저녁에 보았던 곳에서 그로즈 부인을 찾았지만, 부인은 다급한 내 물음에 당황하고 겁에 질린 채 모른다고 대답했다. 부인은 식사를 마친 후 내가 두 아이를 모두 데리고 갔다고 생각했고, 그 추측에 있어서는 부인이 옳았다. 특별한 조건 없이 어린 여자아이가 내 시야 밖으로 벗어나도록 허용한 것은 처음이었기 때문이다. 물론 플로라가 하녀들과 같이 있을 수도 있으므로 놀란 기색 없이 아이를 찾아보는 일이 시급했다. 우리는 즉시 이 일을 분담했다. 하지만 각자 맡은 일을 마치고 10분 뒤 홀에서 만났을 때 서로에게 할 수 있는 이야기라고는, 소란을 피우지 않고 조심스레 찾아보았지만 플로라의 흔적을 발견하는 데 완전히 실패했다는 말뿐이었다. 다른 사람들의 시선에서 벗어나 잠시 우리는 말없이 놀라움을 교환했다. 나는 내가 처음 주었던 놀라움에 부인이 얼마나 높은 이자를 붙여서 나에게 되갚는지를 느낄 수 있었다.

 「그 애는 선생님이 찾아보지 않은 위층 방들 중 하나에 있을 거예요.」 곧 부인이 말했다.

「아뇨. 그 애는 멀리 있어요.」 나는 결론을 내렸다. 「그 애는 밖으로 나갔어요.」

그로즈 부인이 뚫어지게 쳐다보았다. 「모자도 쓰지 않고요?」

자연스럽게 나도 의미심장한 표정을 지었다. 「그 여자도 항상 모자를 쓰지는 않잖아요?」

「그 여자가 플로라와 함께 있다고요?」

「그 여자가 플로라와 함께 있어요!」 나는 단언했다. 「그들을 찾아야 해요.」

나는 동료의 팔에 손을 올려놓았지만, 부인은 사태에 대한 그런 설명을 듣고서 순간적으로 내 손길에 반응을 보이지 않았다. 오히려 부인은 그 자리에서 자신의 불안감을 곱씹고 있었다. 「마일스 도련님은 어디 계세요?」

「아, 그 아이는 퀸트와 같이 있어요. 그들은 교실에 있을 거예요.」

「맙소사, 선생님!」 나 스스로 의식하고 있었지만, 내 의견과 함께 내 어조도 이처럼 침착하고 확고한 적이 없었다고 생각한다.

「속임수를 부린 거예요.」 나는 계속 말했다. 「아이들은 그들의 계획을 성공적으로 이루어 냈어요. 플로라가 나갈 동안 마일스가 나를 조용히 붙들어 놓을 가장 신성한 방법을 찾아낸 거예요.」

「〈신성〉하다고요?」 그로즈 부인이 어리둥절해서 되물

었다.

「그럼 악마 같다고 해두죠!」 나는 거의 유쾌하다시피 한 태도로 대답했다. 「마일스는 자기를 위해서도 방법을 마련해 놓았어요. 하지만 갑시다!」

부인은 어두운 표정으로 무기력하게 위층을 올려다보았다.

「도련님을 두고 가실 거예요?」

「퀸트와 함께 있도록 할 거냐고요? 네. 이제 나는 그런 것에 신경 쓰지 않아요.」

부인은 항상 내 손을 잡는 것으로 이런 순간을 끝냈고, 그때도 역시 그런 식으로 나를 제지할 수 있었다. 하지만 갑작스러운 나의 체념에 잠시 숨을 몰아쉬더니 〈선생님이 쓰신 편지 때문인가요?〉라고 간절하게 말했다.

나는 대답 삼아 재빨리 편지를 더듬어 찾아내 꺼내 든 다음 그로즈 부인이 잡고 있던 손을 풀고 걸어가서 커다란 복도 탁자 위에 그것을 내려놓았다. 「루크가 편지를 갖고 갈 거예요.」 내가 돌아오면서 말했다. 나는 현관에 도착해서 문을 열고 벌써 층계참에 내려섰다.

내 동료는 아직도 머뭇거렸다. 전날 밤과 이른 아침에 몰아치던 폭풍이 잦아들었지만, 오후는 축축한 잿빛이었다. 부인이 현관에 서 있는 동안 나는 마찻길로 내려갔다. 「머리에 아무것도 쓰지 않고 가세요?」

「아이가 아무것도 쓰지 않았는데 내가 어떻게 신경을

쓰겠어요? 옷을 차려입을 시간이 없어요.」 내가 소리쳤다. 「꼭 그렇게 해야겠다면 나 혼자 가겠어요. 그동안 위층을 살펴보세요.」

「그들과 함께 있으라고요?」 아, 이렇게 말하자마자 가없은 부인은 재빨리 나를 따라왔다!

19

 우리가 곧장 향한 곳은 블라이에서 〈호수〉라고 부르는 곳이었다. 여행한 적이 없는 내 눈에도 그곳은 별로 눈에 띄지 않는, 물이 가득 퍼져 있는 곳이었지만 그렇게 불릴 만했다. 호수라든가 하는 곳에 대해 내가 아는 것은 별로 없었다. 어쨌든 내가 몇 번인가 내 학생들의 인도하에, 우리가 사용하도록 그곳에 매어 둔 바닥이 평평한 낡은 보트를 타고 호수 표면과 마주했을 때, 나는 그 폭과 흔들거림에 깊은 인상을 받았었다. 보통 보트를 타는 장소는 집에서 반 마일 떨어진 곳이었지만, 나는 플로라가 어디에 있건 집과 가까운 곳은 아닐 거라고 확신했다. 그 아이는 작은 모험을 위해서라도 몰래 빠져나간 적이 없었다. 우리가 연못가에서 그 엄청난 일을 겪었던 날 이후로, 나는 함께 산책을 하는 동안 플로라가 가장 좋아하는 곳을 눈여겨보았었다. 이 때문에 나는 이제 그로즈 부인에게 아주 확실한 방향을 제시할 수 있었다. 방향을 알아차리자, 부인은 새삼 당혹스러워할 때 보이곤 하던 저항감을 떨쳐 냈다. 「선생님, 물가로 가시는 건가요? 아가씨가 호수에 있다고 생각하세요?」

「그런 것 같아요. 하지만 어느 곳이라도 물이 아주 깊지는 않아요. 내 판단으로는 얼마 전 내가 당신에게 말한 그 유령을 함께 보았던 장소에 플로라가 있을 가능성이 가장 커요.」

「아가씨가 보지 못한 척했을 때 말이죠?」

「놀랄 만큼 침착한 태도로 그랬지요! 그 애가 혼자 다시 가보고 싶어 한다고 난 항상 생각했어요. 그런데 이제 오빠가 일을 도와준 거예요.」

그로즈 부인은 걸음을 멈춘 곳에 여전히 그대로 서 있었다. 「도련님과 아가씨가 정말 그자들에 대해 이야기한다고 생각하세요?」

나는 이 말에 자신 있게 대답할 수 있었다! 「그 애들은 우리가 들으면 소름 끼칠 말한 이야기를 할 거예요.」

「만일 아가씨가 그곳에 있다면······.」

「그러면요?」

「그럼 제셀 양도 있을까요?」

「의심할 여지가 없어요. 직접 보게 될 거예요.」

「아, 사양할래요!」 내 친구가 이렇게 외치며 너무 확고하게 서 있었으므로 나는 어쩔 수 없다고 받아들이고는 혼자 곧장 걸어갔다. 그러나 내가 연못가에 도착했을 무렵 부인은 바로 내 뒤에 있었다. 부인이 염려한 대로 나에게 무슨 일이 일어나더라도 내 옆에 가까이 있는 편이 그녀에겐 가장 위험이 적다고 생각한 것 같았다. 마침내 호수의 가장 넓은 부분에 도달했을 때 아이의 모습이 보이지 않자 부인은 안도의 한숨을 내쉬었다. 내가 플로라를 보고 가장 놀라움을 느꼈던 그곳, 가까운 쪽의 둑에도 아이의 흔적은 없었다. 20야드 정도의 호수 가장자리를 제외하고 울창한 관목 숲이 연못까지 쭉 이어져 내려오는 반대편 가장자리에도 아무것도 보이지 않았다. 타원형 모양의 이 연못은 길이에 비해 폭이 너무 좁아서 양쪽 끝이 눈에 보이지 않으면 초라한 강처럼 보이기도 했다. 우리는 텅 빈 수면을 바라보았고, 그때 나는 친구의 눈빛에서 어떤 암시를 느꼈다. 부인의 눈빛이 무엇을 의미하는지 알아차리고 나는 부정하듯 고개를 흔들면서 대답했다.

「아니, 아니에요. 기다려 보세요! 플로라가 보트를 타고 간 거예요.」

내 동료는 보트를 매어 두는 텅 빈 곳을 응시하더니 다시 호수를 가로질러 바라보았다. 「그렇다면 보트는 어디 있는데요?」

「보트가 보이지 않는다는 것이 가장 확실한 증거예요. 플로라가 보트를 타고 건너간 다음, 어딘가에 숨겨 둔 거예요.」

「그 애 혼자서요?」

「그 애는 혼자 있는 게 아니에요. 그리고 이럴 때 그 애는 어린아이가 아니라 나이 든 노련한 여자 같아요.」 내가 물가를 살피는 동안 그로즈 부인은 내가 조성한 그 기괴한 분위기 속으로 다시 순순히 뛰어들었다. 나는 연못의 우묵한 곳이 만들어 놓은 작은 은신처에 보트가 완벽하게 감추어져 있을 거라고 말했다. 움푹 들어간 그곳은 튀어나온 둑과 물가 근처에서 자라는 수풀에 가려 이쪽 편에서는 잘 보이지 않았다.

「하지만 보트가 저곳에 있다면, 도대체 아가씨는 어디 있는 거죠?」 내 동료가 걱정스럽게 물었다.

「바로 그걸 우리가 알아내야죠.」 그러고서 나는 더 걷기 시작했다.

「여기를 돌아간다고요?」

「물론이죠, 멀긴 하지만. 10분쯤 걸릴 거예요. 하지만 그 아이가 걷고 싶어 하지 않을 만큼 멀기는 해요. 플로라는 곧장 건너갔으니까요.」

「세상에나!」 내 친구가 다시 소리쳤다. 내 추리 과정은 부인에게 언제나 너무 어려웠다. 이번에도 그 추리에 질질 끌려 부인이 내 뒤를 따라왔던 것이다. 우리가 반쯤 돌아왔을 때 — 움푹 파인 땅 위로 우거진 수풀이 뒤덮인 길을 따라 걷는 구불구불하고 지루한 여정이었다 — 나는 부인이 숨을 돌리도록 걸음을 멈추었다. 부인이 나에게 큰 도움이 된다고 확신시키며, 나는 고마운 마음에서 한 팔로 부인을 부축했다. 이렇게 다시 출발한 지 몇 분도 채 지나지 않아서 우리는 보트가 있을 거라고 예상했던 지점에 도달했고, 마침내 그곳에 보트가 놓여 있는 것을 보았다. 가능한 한 눈에 띄지 않도록 의도적으로 울타리 말뚝에 매어 놓은 것이다. 그 울타리 말뚝은 배에서 내려오기 쉽도록 물가까지 이어져 내려와 있었다. 두 개의 짧고 두꺼운 노가 꽤 안전하게 끌어올려진 모습을 보고, 나는 어린 여자아이가 하기에는 무척 놀라운 솜씨라고 생각했다. 그러나 이 무렵 나는 너무 오랜 기간을 놀라운 일들 가운데서 살아왔고 너무나 많이 더 빠른 장단에 맞추느라 숨을 헐떡여 왔기 때문에 그런 일로 놀라지 않았다. 울타리에 나 있는 문을 통과하자 곧 약간의 간격을 두고 훨씬 탁 트인 곳이 나타났다. 우리는 동시에 외쳤다. 「저기 있어요!」

약간 떨어진 풀밭에서 플로라가 우리 앞에 선 채 마치 자신의 공연이 이제 끝났다는 듯 미소를 짓고 있었다. 하지만 다음 순간 아이는 몸을 쭉 구부려서 마치 바로 그 일을 하러 온 것인 양 시들어 버린 크고 흉한 고사리 가지를 꺾었다. 나는 플로라가 관목 숲에서 방금 나왔다고 확신했다. 플로라는 한 발자국도 움직이지 않은 채 우리를 기다렸고, 우리는 즉시 아주 엄숙하게 그 아이에게 다가갔다. 플로라는 계속 미소를 지었고 마침내 우리는 마주 섰다. 이때의 대면은 아주 불길한 침묵 속에서 이루어졌다. 그로즈 부인이 먼저 입을 열었다. 부인은 무릎을 꿇고 아이를 가슴으로 끌어당겨서 작고 부드럽고 나긋나긋한 몸을 오랫동안 끌어안았다. 이러한 격렬함이 조용히 지속되는 동안 나는 지켜볼 수밖에 없었다. 내 동료의 어깨 너머로 나를 흘끗 쳐다보는 플로라의 얼굴을 보자 나는 더욱 유심히 그 모습을 지켜보았다. 이제 그 얼굴은 진지했고 웃음기가 사라져 있었다. 하지만 그 표정을 보는 순간 그로즈 부인과 아이의 단순한 관계를 부러워하면서 나는 더욱 커다란 고통을 느꼈다. 이렇게 시간이 흐르는 동안 우리 사이에는 더 이상 아무 일도 일어나지 않았고, 다만 플로라가 그 우스꽝스러운 고사리를 다시 땅에 떨어뜨렸을 뿐이었다. 플로라와 나는 사실상 무언중에 이제 핑계를 댈 필요가 없다고 서로에게 말한 셈이었다. 그로즈 부인이 마침내 일어나 아이의 손을 잡은 채 여전히 내 앞에 서 있었다. 우리가 말없이 나눈 독특한 교감은 아이가 나를 바라보는 솔직한 시선에서 더욱 두드러지게 나타났다. 그 시선은 〈죽어도 말하지 않겠다〉고 얘기하고 있었다.

호기심 어린 솔직한 표정으로 나를 훑어보면서 먼저 말을 꺼낸 쪽은 플로라였다. 그 아이는 모자를 쓰지 않은 우리의 모습에 놀랐다. 「모자는 어디에 있어요?」

「네 모자가 있는 곳에 있지!」 내가 즉시 대답했다.

벌써 명랑함을 되찾은 플로라는 이 말이 충분한 대답이 된다고 여기는 것 같았다. 「그런데 마일스는 어디 있죠?」 아이가 계속 말했다.

이렇게 말하는 어린아이의 앙증맞은 용기에는 나를 꼼짝 못 하게 하는 무엇인가가 있었다. 아이에게서 나온 이 몇 마디 말은 칼집에서 꺼낸 칼날의 번쩍거리는 섬광처럼, 내가 오랫동안 높이 치켜들고 있던 철철 넘치는 잔, 말을 꺼내기도 전에 홍수처럼 넘쳐흐르는 듯 느껴졌던 잔을 엎어 버리는 것만 같았다. 「네가 말하면 나도 말해 줄게……」 나도 모르게 이 말이 나왔지만 떨려서 말이 중단되고 말았다.

「무엇을요?」

그로즈 부인의 긴장감이 강렬하게 전해져 왔지만, 이젠 너무 늦었다. 나는 당당하게 그 말을 꺼냈다. 「나의 귀염둥이, 제셀 양은 어디 있지?」

20

 교회 묘지에서 마일스와 함께 있었을 때와 마찬가지로 모든 일이 닥쳐왔다. 나는 우리 사이에서 그 이름이 결코 입 밖에 나온 적이 없었다는 사실을 강조했었다. 그런데 아이가 재빨리 고통스러운 얼굴로 노려보면서 그 이름을 받아들이는 모습을 보니, 내가 침묵을 깨뜨린 것을 유리창을 깨뜨리기라도 한 듯 여기는 것 같았다. 바로 이 순간 내 폭력이 가하는 일격을 막으려는 듯 그로즈 부인이 질러 대는 비명 소리가 끼어들었다. 그것은 겁에 질린, 혹은 상처 입은 짐승의 비명 소리 같았고, 곧 내가 놀라서 숨 가쁘게 내는 소리로 이어져 완결되었다. 나는 동료의 팔을 잡았다. 「그 여자가 저기 있어요. 저기요!」

 제셀 양이 지난번과 똑같이 반대편 둑 위에 서 있었다. 돌이켜 보건대, 그때 내가 처음 느낀 감정은 증거를 포착했다는 짜릿한 기쁨이었다. 그 여자가 그곳에 있었으니 내 말이 사실이라는 점이 확증된 것이다. 그 여자가 그곳에 있었으니 나는 잔인한 것도, 미친 것도 아니었다. 그 여자는 겁에 질린 불쌍한 그로즈 부인을 향해 보란 듯이 그곳에 나타나 있었지만, 무엇보다도 플로라를 상대로 거기 있었다. 나에게 일어났던 기괴한 시간들 중에서 — 비록 창백하고 탐욕스러운 악마이긴 하지만 그 여자도 알아차리고 이해하리라 느끼면서 — 내가 의식적으로 말없이 감사의 뜻을 전했던 그 순간처럼 특별한 순간은 없었다. 그 여자는 내 친구와 내가 조금 전 떠나온 자리에 똑바로 서 있었다. 길게 뻗친 그녀의 욕망에는 악의가 꽉 들어차 있었다. 처음에 생생하게 느껴졌던 모습과 감정은 몇 초 지속되었다. 그동안 그로즈 부인이 눈을 깜박거리며 내가 손으로 가리키는 건너편을 멍하게 바라보는 모습으로 부인도 마침내 그것을 목격했다는 사실을 확인하고, 나는 돌연 아이에게로 시선을 돌렸다. 플로라가 그 일에 대해 보인 반응은 나를 놀라게 했다. 사실 단순히 살짝 동요하는 모습을 보았더라면 훨씬 덜 놀랐을 것이다. 아이가 직접적으로 경악스러운 표정을 지으리라고는 예상하지 않았기 때문이다. 우리의 추적이 사실 그 아이로 하여금 준비를 하고 경계 태세를 갖추도록 만들었기 때문에, 아이는 조금이라도 비밀을 드러내 보일 만한 점은 다 감추었을 것이다. 따라서 나는 예상하지 못했던 특이한 기색을 처음 보면서 동요했다. 플로라는 작고 발그스레한 얼굴을 찡그리지도 않고, 심지어 내가 알려 준 유령이 있는 쪽은 바라보는 척도 하지 않고, 그 대신 다만 냉혹하고 조용하면서 침착한 표정, 내 마음을 읽어 내서 나를 비난하고 판단하는 듯한, 지금까지 볼 수 없었던 새로운 표정으로 나를 대했다. 이것은 한 어린 여자아이를 놀라운 존재로 바꾸어 놓는 충격이었다. 아이가 유령을 고스란히 보고 있다는 확신이 그 어느 때보다도 굳건했지만, 나는 아이의 냉정함에 크게 놀랐으며 또한 나 자신을 즉시 변호해야 할 필요를 느끼고 유령을 증거로 강력하게 내세웠다. 「그 여자가 저기 있잖아, 가엾은 플로라. 저기, 저기, 저기 말이야. 나를 아는 것처럼 저 여자도 잘 알고 있잖아!」 나는 조금 전 그로즈 부인에게 플로라가 이럴 때에는 아이가 아니라 나이 든 노련한 여자 같다고 말했었다. 이렇게 알려 주었음에도 불구하고 플로라가 양보나 시인의 기색 없는 눈빛으로 나에게 더욱더 심오한, 정말로 갑작스럽게 확고한 비난의 표정을 보였을 때 아이에 대한 나의 묘사가 옳다는 것이 아주 확실해졌다. 이때쯤 나는 — 이 모든 일을 짜 맞추어 보면 — 무엇보다도 그 아이의 태도라고 부를 만한 것에 더욱 소름이 끼쳤고, 동시에 그로즈 부인과도 아주 힘들게 겨루어야 한다는 점을 의식하게 되었다. 다음 순간 부인은 발개진 얼굴을 하고서 충격을 받았다는 듯이 크게 항의하며 갑자기 높은 목소리로 반대 의견을 내뱉기만 할 뿐 그 밖의 모든 사실을 지워 버렸다. 「정말 기겁할 일이네요, 선생님! 도대체 무엇이 보인다는 말씀이세요?」

부인이 말하는 동안에도 똑똑히 보이는 그 끔찍한 존재는 희미해지지 않고 대담하게 서 있었다. 나는 재빨리 부인을 꼭 붙잡을 뿐이었다. 그 여자는 1분가량, 내가 동료를 붙들고 계속 유령 쪽으로 밀어 대면서 손으로 유령의 존재를 가리키는 동안에도 그대로 서 있었다. 「우리가 보듯이 저 여자가 보이지 않는다는 거예요? 지금 보이지 않는다는 말인가요? 지금도? 저 여자는 타오르는 불길처럼 큰데! 보기만 하세요, 부인, 보세요!」 내가 그랬던 것처럼 부인은 그쪽을 보았고, 자기한테는 유령이 보이지 않는다는 것에 대한 안도와 나를 향한 동정이 뒤섞인, 부정과 혐오와 연민이 담긴 깊은 신음 소리를 내면서 자신이 할 수만 있다면 내 편을 들어 주고 싶다는, 그 순간에도 나에게 감동적이었던 느낌을 전했다. 나에게는 당연히 그런 지지가 필요했다. 나는 부인의 눈이 절망적으로 닫혀 있음을 알리는 이 증거에 심한 타격을 받아서 내 처지가 끔찍하게 무너져 내리는 것을 느꼈고, 안색이 창백한 내 전임자가 지금 서 있는 곳에서 나의 패배를 재촉하는 것을 느끼고 또 보았기 때문이다. 그리고 나는 무엇보다도 플로라의 그 깜찍하고 놀라운 태도에서 이 순간부터 무엇과 맞서게 될지를 꿰뚫어 보았다. 그로즈 부인은 이러한 플로라의 태도에 즉시 전적으로 동조했고, 나의 파멸감을 통해 혼자만의 커다란 승리감에 휩싸이는 동안에도 갑자기 숨 가쁘게 아이를 안심시켰다.

「그 여자는 저기 없어요, 아가씨. 저곳에는 아무도 없어요. 아무것도 보이지 않죠, 아가씨! 불쌍한 제셀 양은 죽어서 땅에 묻혀 있는데, 어떻게 가엾은 제셀 양이 나타날 수 있겠어요? 우리는 알아요, 그렇죠, 아가씨?」 그러면서 부인은 횡설수설 아이에게 호소했다. 「전부 실수이며 걱정이고 농담일 뿐이에요. 될 수 있는 대로 빨리 집에 돌아가요!」

이 말을 듣자 플로라는 신기하게도 재빨리 예의 바른 태도로 반응했다. 그리고 그로즈 부인이 기운을 차리면서 두 사람은, 말하자면 다시 결합했고 충격에 휩싸인 채로 나와 대립했다. 플로라는 불만이 담긴 작은 얼굴로 계속 나를 쏘아보았다. 그 순간에도 나는 아이가 우리 친구의 치맛자락을 꼭 붙들고 그곳에 서 있는 동안, 비할 데 없이 아름다운 그 어린애다운 모습이 갑자기 희미해지면서 완전히 사라진 듯 보이는 것에 대해 하느님께 용서를 구했다. 이미 말했듯이 아이는 말 그대로 끔찍할 정도로 냉정했다. 아이는 상스러워지고 거의 추하게 변했다. 「선생님이 무슨 말씀을 하시는지 모르겠어요. 저는 아무도 보이지 않아요. 아무것도 보이지 않아요. 한 번도 본 적이 없어요. 선생님은 잔인해요. 전 선생님이 싫어요!」 거리의 천박하고 버릇없는 어린 계집애처럼 이렇게 말한 후에 플로라는 그로즈 부인을 더욱 꼭 끌어안고 부인의 치맛자락에 그 끔찍한 조그만 얼굴을 파묻었다. 이런 자세로 아이는 분노에 차서 거의 울부짖다시피 했다.「나를 데려가 줘요, 데리고 가요. 저 여자에게서 나 좀 데리고 가요!」

「나에게서?」내가 숨을 헐떡였다.

「선생님 말이에요. 바로 선생님요!」아이가 소리쳤다.

그로즈 부인조차 당황한 표정으로 나를 보았다. 그러는 동안 나는 건너편 둑에서 그 거리 너머로 우리의 목소리를 감지하려는 듯 움직이지 않고 뻣뻣하게 가만히 선 채 나에게 도움이 아닌 재앙을 가져다주기 위해 그곳에 생생하게 드러나 있는 그 존재와 교감을 나누는 것 외에는 할 일이 없었다. 그 불행한 아이는 신랄한 한 마디 한 마디를 어딘가 외부로부터 얻어 낸 듯이 정확하게 말했다. 모든 것을 인정해야만 한다는 완전한 절망감에 휩싸여 나는 아이에게 슬프게 고개를 가로저을 수밖에 없었다.「지금까지 내가 의심을 품고 있었다면 이제는 그 의심이 모두 사라져 버릴 때가 됐어. 나는 비참한 진실과 더불어 지내 왔고, 이제 그 진실은 나를 꼼짝 못 하게 둘러싸고 있어. 물론 나는 너를 잃었어. 나는 그걸 막으려 했고, 너는 그 여자의 지시에 따라 ─ 나는 다시 연못을 가로질러 지옥의 증인을 바라보았다 ─ 나의 방해에 대처하는 쉽고 완벽한 방법을 알게 되었지. 나는 최선을 다

했지만 너를 잃고 말았어. 안녕.」 그로즈 부인을 향해 나는 명령조로 〈가세요, 가요!〉라고 거의 미친 듯이 소리쳤다. 이 말에 쫓겨서 그로즈 부인은 아주 고통스러워하면서도 어린 여자아이에게 말없이 사로잡힌 채, 부족한 분별력에도 불구하고 어떤 끔찍한 일이 일어났으며 무엇인가 붕괴해서 우리를 삼켜 버렸다는 것을 분명하게 확신하고는 최대한 빨리 우리가 왔던 길로 되돌아갔다.

내가 혼자 남겨졌을 때 처음에 어떤 일이 일어났는지에 대해서는 기억나지 않는다. 다만 15분쯤 지나서 고약한 냄새를 풍기는 습기와 거친 느낌이 내 고통을 서늘하게 파고들어 와 내가 땅에 엎드린 채 격렬한 슬픔에 몸을 맡겼다는 것만을 알 수 있었다. 고개를 들었을 때는 날이 거의 저물었던 것으로 보아 틀림없이 그곳에서 오랫동안 누워 소리치며 흐느껴 울었을 것이다. 나는 일어나서 어스름한 땅거미 사이로 잿빛 연못과 귀신이 출몰하는 텅 빈 물가를 잠시 바라보았다. 그러고 나서 집으로 다시 돌아가기 위해 황량하고 힘겨운 길을 걸었다. 내가 연못의 울타리 문에 도달했을 때에는 놀랍게도 보트가 사라져 보이지 않았다. 그래서 나는 상황을 마음대로 조정하는 플로라의 놀라운 능력을 새삼스레 생각하게 되었다. 플로라는 아무 말 없이, 또한 그처럼 괴이한 단어가 거짓말 같은 느낌을 주지 않는다면 한마디 덧붙이고 싶은데, 가장 만족스러운 합의하에 그로즈 부인과 그날 밤을 함께 보냈다. 집으로 돌아와서는 두 사람 다 볼 수 없었지만, 좋은 일인지 나쁜 일인지 모를 일종의 보상처럼 마일스를 여러 번 보았다. 나는 마일스를 너무 많이 보아서 — 보았다는 말 이외의 다른 표현을 사용할 수 없다 — 과거 어느 때보다도 더 많이 본 것 같았다. 내가 블라이에서 보낸 어떤 저녁도 이날 저녁처럼 불길한 징조가 깃든 적은 없었다. 그럼에도 불구하고, 내 발치에서 벌어진 엄청난 놀라움의 심연에도 불구하고, 퇴색해 가는 현실 속에는 특이하게도 달콤한 슬픔이 그대로 배어 있었다. 집에 도착했을 때 나는 마일스를 찾아보려고도 하지 않았다. 곧장 내 방으로 가서 옷을 갈아입고 플로라와의 관계의 결렬을 보여 주는 실질적인 증거를 한눈에 파악했을 뿐이었다. 그 아이의 작은 소지품들이 다 치워져 있었던 것이다. 나중에 평소처럼 하녀가 교실의 난롯가로 차를 가져다주었을 때 나는 다른 학생에 대해서는 아무것도 묻지 않았다. 이제 마일스는 자유를 얻었고 끝까지 자유롭게 지낼 수 있을 것이다! 그 애는 정말로 자유를 누렸다. 그 아이가 8시에 방 안으로 들어와서 말없이 내 옆에 앉은 것도 그 자유의 일부였다. 차를 치우고 나서 나는 촛불을 끄고 의자를 더 가까이 끌어당겼다. 나는 지독한 추위를 느꼈고 다시는 따뜻해지지 않을 것만 같았다. 마일스가 나타났을 때 나는 난로의 불빛을 받으며 생각에 잠겨 앉아 있었다. 아이는 마치 나를 바라보는 듯 문 옆에 잠시 멈추었다가 ― 나와 생각을 나누려는 듯이 ― 난로의 다른 쪽으로 와서 의자에 몸을 파묻었다. 우리는 아무 말 없이 그곳에 앉아 있었다. 하지만 나는 아이가 나와 함께 있고 싶어 한다고 느꼈다.

21

 새로운 날이 완전히 밝기도 전, 방에서 눈을 뜨자 그로즈 부인이 더 나쁜 소식을 가지고 내 침대 옆에 와 있었다. 플로라가 열이 너무 많이 나서 곧 병이 날 것 같다는 얘기였다. 그 아이는 극도로 불안한 밤을 보냈는데, 그것은 아이의 예전 가정 교사가 아니라 전적으로 현재 가정 교사에 대한 두려움에서 비롯된 것이었다. 아이는 제셀 양이 어쩌면 그곳에 다시 나타날지도 모른다는 것에 대해서가 아니라, 내가 나타나는 것에 대해 분명하고 격렬하게 적의를 드러냈다. 나는 곧 침대에서 일어났다. 물어보고 싶은 것이 아주 많았다. 내 친구가 이제 나를 새로이 대하겠다는 분명한 태세를 갖추었으므로 더욱 그러했다. 나와 비교해서 아이가 어느 정도 진실하다고 생각하는지 부인에게 묻자마자 나는 부인의 마음을 느낄 수 있었다. 「플로라가 어떤 것을 보았거나 본 적이 있다는 것을 계속 부정하던가요?」

내 방문객이 느끼고 있던 고통은 정말 컸다. 「아, 선생님, 그건 제가 아가씨에게 추궁할 수 있는 문제가 아니에요! 그래야 할 필요도 없는 것 같고요. 그것 때문에 아가씨는 완전히 나이가 들어 버렸어요.」

「아, 이제 플로라를 확실히 알 것 같아요. 무엇보다 그 아이는 마치 자신이 신분 높은 사람이라도 되는 듯 자신의 정직성, 말하자면 자신의 품위에 가해진 비난에 분개하고 있는 거예요. 〈제셀 양이에요 — 그 여자!〉 아, 그 아이가 〈점잖은 숙녀〉라뇨, 건방진 아이 같으니! 어제 그곳에서 그 아이는 나한테 더할 나위 없이 이상한 인상을 주었어요. 그런 인상은 처음이에요. 내가 그 비밀에 발을 들여놓은 거죠! 그 애는 두 번 다시 나에게 말을 걸지 않을 거예요!」

무시무시하고 분명치 않은 말이었지만, 내 얘기에 그로즈 부인은 잠시 입을 다물었다. 그런 다음, 확신하건대 부인은 무언가를 숨기면서도 솔직하게 내 요점을 인정했다. 「아가씨는 정말 다시 말하려 하지 않을 거예요. 그 점에 대해 우쭐하는 태도를 보였거든요!」

「바로 그 태도가 실제로 지금 그 아이에게 문제가 되는 거지요.」 내가 요약해서 말했다.

나는 내 방문객의 얼굴에서 아이의 그런 태도와 다른 많은 것들을 짐작할 수 있었다! 「아가씨는 틈만 나면 선생님이 들어오시는지 물어봐요.」

「알겠어요, 알아요.」 나 역시 나름대로 그 일을 짐작하고도 남음이 있었다. 「플로라가 그렇게 끔찍한 존재와 친하다는 사실을 부인하는 것 말고 어제 이후로 제셀 양에 대해 한마디라도 했나요?」

「한마디도 하지 않았어요, 선생님. 물론 선생님도 아시겠지만……」 내 친구가 덧붙였다. 「바로 그때, 그 장소엔 적어도 아무도 없었다고 호숫가에서 아가씨한테 들었어요.」

「물론이지요. 그렇다면 당신은 당연히 아직도 그 아이의 말을 믿고 있군요.」

「저는 아가씨의 말에 반박하지 않아요. 달리 제가 무엇을 할 수 있겠어요?」

「전혀 없지요! 당신이 상대하는 사람은 가장 영리한 어린애랍니다. 그자들이 그 아이들 — 내 말은 그들의 두 친구들 — 을 자연이 빚어 놓은 것보다 훨씬 더 영리하게 만들어 놓았어요. 자연은 가지고 놀기에 좋은 재료니까요! 이제 플로라는 불평거리가 생겼으니 끝까지 그걸 이용할 거예요.」

「네, 선생님. 그런데 무슨 목적으로요?」

「삼촌에게 나를 처리해 달라는 거죠. 그 아이는 삼촌에게 나를 저질스러운 사람인 것처럼 말할 거예요!」

그로즈 부인의 얼굴에서 선명하게 떠오르는 그 장면을 보고 나는 주춤거렸다. 부인은 잠시 그들이 함께 있는 장면을 뚜렷이 보고 있는 듯한 표정을 지었다.

「그런데 주인님은 선생님을 아주 높이 평가하시잖아요!」

「이제 분명해졌는데, 그분은 그것을 아주 묘한 방식으로 입증하지요! 하지만 그건 문제 되지 않아요. 플로라가 원하는 건 물론 나를 제거하는 일이에요.」

내 동료는 용기 있게 동의했다. 「다시는 선생님을 보려고도 하지 않을 거예요.」

「그래서 지금 당신이 온 건 내 길을 가라고 재촉하기 위해서인가요?」 그러고서 나는 대답할 틈도 주지 않고 부인의 말을 가로막았다. 「더 좋은 생각이 있어요. 곰곰이 생각해서 나온 거예요. 내가 떠나는 것이 타당할 수도 있겠죠. 일요일에는 거의 그렇게 할 뻔도 했어요. 그런데 그러면 안 되겠어요. 가야 할 사람은 당신이에요. 당신이 플로라를 데리고 가야 해요.」

이 말을 듣고 내 방문객은 생각에 잠겼다. 「도대체 어디로……?」

「여기서 멀리 떨어진 곳으로. 그들로부터 멀리 떨어진 곳으로. 무엇보다도 이제는 내게서 멀리 떨어진 곳으로. 그 아이의 삼촌에게로 곧장 가세요.」

「단지 선생님을 고자질하기 위해서요?」

「아니, 〈단지〉가 아니에요! 게다가 나한테 나 스스로를 구제할 방법을 맡기는 거죠.」

부인은 여전히 어리둥절해했다. 「선생님을 구제할 방

법이 뭔데요?」

「우선 당신의 충직함이에요. 그다음은 마일스의 충직함이고요.」

부인은 나를 유심히 보았다. 「그럼 선생님은 도련님이…… 안 그럴 거라고 생각하세요?」

「기회가 있다 하더라도 나에게 맞서지 않을 거라고 생각하느냐고요? 그래요, 아직 그렇게 생각하려고 해요. 어쨌든 시도해 보고 싶어요. 가능한 빨리 그 애의 여동생을 데리고 떠나고 나를 그 애와 단둘이 있게 해줘요.」 나는 내 안에 아직 남아 있던 용기에 스스로도 놀랐고, 따라서 내게 용기가 있다는 확실한 증거를 보여 주었음에도 불구하고 부인이 주저하는 것에 약간 더 당황했다. 「물론 한 가지 일이 남아 있어요.」 나는 계속 말을 이었다. 「플로라가 가기 전까지는 두 아이가 잠시라도 서로 만나서는 안 돼요.」 말을 꺼내고 보니, 플로라가 연못에서 돌아온 순간부터 격리되어 있었음에도 불구하고 이미 늦었을지도 모른다는 생각이 들었다. 나는 걱정스럽게 물었다. 「그 아이들이 벌써 서로를 보았나요?」

이 말을 듣고 부인은 얼굴을 붉혔다. 「아, 선생님, 제가 그 정도로 바보는 아니에요! 서너 번 아가씨를 두고 나와야 했던 경우가 있었지만 매번 하녀 한 명과 같이 있게 했고, 지금 아가씨가 혼자 있긴 하지만 안전하게 문을 걸어 두었어요. 하지만…… 하지만!」

너무 많은 일들이 있었다.

「그런데 뭐죠?」

「어린 신사분에 대해서는 확신하세요?」

「나는 당신 말고는 아무것도 확신하지 못해요. 하지만 어제저녁 이후로 새로운 희망이 생겼어요. 마일스가 내게 마음을 털어놓고 싶어 하는 것 같아요. 그 아이가 — 가엾고 예민한 아이! — 말을 하고 싶어 한다고 믿어요. 어제저녁 난롯가에서 아무 말 없이, 그 애는 마음을 털어놓을 순간이 다가오는 듯 두 시간 동안 나와 함께 앉아 있었어요.」

그로즈 부인은 창문을 통해 날이 점점 잿빛이 되어 가는 것을 유심히 보았다. 「그 순간이 왔나요?」

「아니요, 계속 기다렸지만 그 순간은 오지 않았어요. 침묵을 깨지 않고 누이동생의 상태나 부재에 대한 희미한 암시조차 없이 우리는 잘 자라는 키스를 했어요. 달라진 게 없어요.」 나는 계속 말했다. 「아이들 삼촌이 플로라를 만난다 해도 마일스까지 보여 드릴 수는 없어요. 마일스에겐 시간이 더 필요해요. 무엇보다도 상황이 너무 악화되었으니까요.」

이 점에 있어서 내 친구는 이해할 수 없을 정도로 내키지 않는 듯 보였다. 「시간이 더 필요하다니, 무슨 뜻이죠?」

「글쎄, 하루나 이틀 정도. 그 얘기를 털어놓을 시간이 필요해요. 그러면 마일스가 내 편이 될 거예요. 당신도 그 일이 중요하다는 것을 알겠지요. 아무 성과가 없다면 나는 실패하게 돼요. 최악의 경우라도 당신은 런던에 도착하자마자 당신이 할 수 있는 일을 다 해서 나를 도와줄 수 있어요.」 이렇게 말했지만, 부인은 다른 이유들로 계속해서 약간 얼떨떨한 상태였기 때문에 나는 다시 그녀를 도왔다. 「정말로 당신이 가기 싫은 게 아니라면 말이지요.」 나는 이렇게 말을 끝냈다.

나는 부인의 얼굴에서 마침내 결심이 서는 것을 볼 수 있었다. 부인은 맹세라도 하듯이 나에게 손을 내밀었다. 「가겠어요. 제가 갈게요. 오늘 아침에 가겠어요.」

나는 아주 공정한 태도를 보이고 싶었다. 「만일 당신이 좀 더 기다리고 싶다면 플로라에게 내 모습을 보이지 않겠다고 약속하겠어요.」

「아뇨, 아뇨. 장소 자체가 문제예요. 아가씨가 이곳을 떠나야 해요.」 부인은 무거운 눈초리로 잠시 나를 응시한 다음, 나머지 말을 털어놓았다.

「선생님 생각이 옳아요. 선생님, 저는……..」

「네?」

「저는 여기 머무를 수 없어요.」

이 말과 함께 부인이 나를 바라보는 표정으로 나는 여러 가지 가능성을 생각하게 되었다. 「어제 이후로 당신도 보았다는 뜻인가요?」

부인은 위엄 있게 고개를 가로저었다. 「전 들었어요!」

「들었다고요?」

「아가씨에게서요. 끔찍한 말을요! 저곳에서요!」 부인은 비극적인 안도감이 섞인 한숨을 내쉬었다. 「맹세코, 선생님, 아가씨가 놀라운 얘길 해요!」 그 기억을 되살리자 부인은 말을 더 잇지 못했다. 부인은 갑작스럽게 울음을 터뜨리면서 소파에 털썩 주저앉았고, 내가 전에도 보았던 것처럼, 모든 슬픔을 터뜨렸다.

나는 나대로 전혀 다른 방식으로 마음껏 감정을 드러냈다. 「오, 하느님, 감사합니다!」

이 말을 듣고 부인은 다시 벌떡 일어나 신음하면서 눈물을 닦았다.

「감사하다고요?」

「내가 옳았음을 증명해 주니까요!」

「정말 그래요, 선생님!」

이보다 더한 강조는 바랄 수도 없었지만, 나는 일단 기다렸다. 「플로라의 상태가 그렇게 끔찍한가요?」

내 동료는 어떻게 표현해야 할지 모르는 것 같았다. 「정말로 충격적이었어요.」

「나에 대한 이야기였나요?」

「선생님에 대한 이야기예요. 선생님이 아셔야 하니까 말씀드리는데, 어린 숙녀가 하기에는 너무 지나친 말들이었어요. 아가씨가 어디서 그런 말들을 들었는지 모르겠어요.」

「플로라가 나한테 퍼붓는 그 소름 끼치는 얘기들요? 짐작이 가요!」 나는 갑자기 틀림없이 의미심장하게 들렸을 웃음을 터뜨렸다.

그 웃음소리는 내 친구를 더욱 심각하게 만들 뿐이었다. 「글쎄, 아마 저도 짐작할 수 있어야겠죠. 전에 들은 적이 있는 얘기니! 하지만 그걸 참을 수가 없어요.」 가엾은 부인은 말을 계속하면서 내 화장대 위에 있는 시계를 흘끗 보았다. 「저는 그만 가야겠어요.」

그러나 나는 부인을 붙잡았다. 「아, 당신이 참을 수 없다면······!」

「어떻게 아가씨와 같이 지낼 수 있느냐는 뜻인가요? 바로 그래서예요. 아가씨를 보내야 해요. 여기서 먼 곳으로. 그들에게서 멀리 떨어진 곳으로······.」

「플로라가 달라지겠지요? 자유로워지겠지요?」 나는 이제 거의 기쁜 마음으로 부인을 붙잡았다. 「그렇다면 어제의 그 일에도 불구하고, 당신은 믿고 있군요.」

「그런 일들 말인가요?」 부인의 표현 방식으로 미루어 보건대, 그런 일들에 대한 그녀의 단순한 묘사를 더 이상 자세하게 캐물을 필요는 없었다. 부인은 이전과는 달리 모든 것을 보여 주었다. 「믿어요.」

그렇다. 다행스러운 일이었다. 우리는 여전히 서로 협력하고 있었다. 이 점에 대해 계속 확신할 수 있다면 나는 다른 일이 일어나도 거의 개의치 않으리라. 이전에 내가 비밀을 털어놓을 사람을 필요로 했을 때와 마찬가지로, 재난 앞에서 그녀에겐 나의 도움이 필요할 것이다. 내 친구가 나의 정직성을 보장한다면 나는 나머지 모든 것을 책임질 것이다. 그럼에도 불구하고 부인과 헤어지려는 순간 나는 약간 당황스러움을 느꼈다. 「갑자기 생각이 났는데, 한 가지 기억해야 할 사항이 있어요. 놀라운 소식을 전할 내 편지가 당신보다 먼저 런던에 도착할 거예요.」

그제야 나는 부인이 얼마나 요점을 피해 둘러대 왔는지, 그리고 그러다가 급기야 얼마나 지쳐 버렸는지를 알게 되었다. 「선생님 편지는 그곳에 도착하지 않을 거예요. 그 편지는 가지도 않았어요.」

「그렇다면 편지가 어떻게 되었나요?」

「누가 알겠어요! 마일스 도련님이…….」

「그 아이가 갖고 갔단 말인가요?」 나는 숨이 넘어갈 듯 말했다.

부인은 머뭇거렸지만 곧 망설임을 극복했다. 「어제 제가 플로라 아가씨와 함께 돌아왔을 때 그 편지는 선생님이 둔 곳에 없었어요. 저녁 늦게 루크에게 물어볼 기회가 있었는데, 그는 편지를 본 적도 만진 적도 없다고 했어요.」 이 말을 듣고 우리는 서로 마음속의 더 깊은 추측을 나눌 수 있을 뿐이었다. 거의 의기양양하게 〈아시겠지요?〉 하면서 추측을 처음 끄집어낸 쪽은 그로즈 부인이었다.

「네, 마일스가 내 편지를 가져갔다면 아마 편지를 읽고 없애 버렸겠죠.」

「그 밖에 다른 일은 모르시나요?」

나는 서글픈 미소를 지으며 부인을 잠깐 보았다. 「이제는 당신 눈이 내 눈보다 더 활짝 뜨인 것 같군요.」

정말로 그렇다는 것이 곧 확인되었다. 하지만 부인은 그것을 드러내며 여전히 얼굴을 붉히고 있었다. 「도련님이 학교에서 무슨 일을 저질렀는지 이제 알겠어요.」 부인은 단순하면서도 날카롭게, 거의 우스꽝스러운 환멸을 띠고 고개를 끄덕였다. 「도련님이 훔친 거예요!」

나는 이 말을 심사숙고하면서 더욱 공정한 태도를 유지하려고 노력했다. 「글쎄, 어쩌면.」

부인은 내 침착한 반응이 의외라는 듯한 표정이었다. 「도련님이 편지를 훔쳤어요!」

부인은 결국 별 대수로울 것도 없는 내 침착함의 이유를 알지 못했다. 그래서 나는 그 이유를 자랑스럽게 드러냈다. 「그렇다면 이번 경우보다 좀 더 큰 목적이 있었기를 바라야겠군요! 어쨌든 내가 어제 탁자에 올려놓았던 편지는 아이에게 별로 도움이 되지 않았을 거예요.」 나는 계속 말했다. 「거기에는 면담 요청만 적혀 있었으니까요. 그 아이는 그처럼 하찮은 일을 위해 그렇게까지 행동한 것에 대해 이미 많이 부끄러워하고 있었나 봐요. 어제

저녁 그 애가 마음속에 품고 있던 것은 바로 고백해야겠다는 생각이었어요.」 나는 그 순간 상황을 정확하게 파악하고 모든 것을 이해한 듯 느꼈다. 「떠나세요, 우리를 두고 떠나세요.」 나는 벌써 문가로 가서 부인을 재촉하고 있었다. 「마일스에게서 그 얘기를 들어 봐야겠어요. 아이는 나와 대면하게 될 테고 고백할 거예요. 고백하면 그 애는 구원받게 되는 거죠. 그리고 그 아이가 구원받으면……」

「그러면 선생님이 구원받는 거죠?」 친애하는 부인은 이렇게 말하며 나에게 입을 맞추었고, 나는 부인과 작별했다. 「도련님이 아니더라도 제가 선생님을 구하겠어요!」 부인이 가면서 소리쳤다.

22

 하지만 부인이 떠나자마자 난 당장 부인이 그리워졌고, 실제로 커다란 위기가 닥쳤다. 마일스와 단둘이서만 있는 게 어떠할지 미리 생각했었더라면 내가 적어도 대책을 세웠을 것임을 즉시 깨달은 것이다. 사실 블라이에 머무는 동안, 그로즈 부인과 나의 어린 학생을 실은 마차가 이미 대문 밖으로 빠져나간 것을 알았을 때처럼 불안에 시달린 적이 없었다. 이제 나는 초자연적인 요소들과 대면해야 한다고 혼자 중얼거렸다. 그날 온종일 스스로의 나약함과 싸우는 동안 내가 지나치게 성급했었다는 생각이 들었다. 지금까지 내가 겪었던 것보다 더욱 어려운 상황에 놓였기 때문이다. 다른 사람들의 얼굴에 혼란스럽게 반영된 위기를 보는 것은 처음이었기 때문에 더욱 그러했다. 이번 일로 당연히 사람들은 놀라서 눈이 휘둥그레졌다. 어떤 말로도 내 동료의 갑작스러운 행동을 설명하기에는 부족했다. 하녀들과 하인들은 멍한 표정을 지었고, 이 때문에 신경이 날카로워졌던 나는 마침내 이것을 실제적인 도움으로 이용할 필요가 있다고 느꼈다. 간단히 말해서 키를 꽉 움켜잡아 완전한 침몰을 모면할 수 있었던 것이다. 그날 아침 나는 조금이라도 견디어 내기 위해 아주 당당하고 냉담한 태도를 취했다. 내가 여러 책임을 맡고 있다는 생각을 기꺼워했으며, 혼자 남겨졌어도 나 스스로가 상당히 강인하다는 것을 남들이 알도록 행동했다. 이런 태도로 나는 한두 시간 동안 집 안 구석구석을 돌아다녔는데, 틀림없이 어떤 공격에도 대처할 태세가 되어 있는 사람처럼 보였을 것이다. 나의 태도에 영향을 받을 수도 있는 사람들을 위해서, 나는 고통스러운 마음으로 과시하듯 돌아다녔다.

정찬 시간이 될 즈음, 이런 태도에 가장 영향을 받은 듯 보이는 사람은 바로 어린 마일스임이 드러났다. 돌아다니는 동안 나는 아이를 볼 수 없었다. 그러나 그렇게 돌아다님으로써, 그 아이가 전날 플로라를 위해 피아노 앞에 앉아 나를 속이고 우롱함으로써 우리 관계에서 일어난 변화를 더욱 공공연히 알리게 되었다. 플로라가 방 안에만 있다가 떠남으로써 그 변화가 도장 찍히듯 확실히 알려지게 되었고, 이제 우리가 교실에서 규칙적으로 수업하던 일과를 지키지 않는 것으로 변화는 시작되었다. 아래층으로 내려오던 중 방문을 열었을 때 이미 마일스는 사라지고 없었다. 나는 아래층에서 그 아이가 두 명의 하녀들을 옆에 두고 그로즈 부인 그리고 누이동생과 함께 아침 식사를 했음을 알았다. 그다음 아이는 산책을 하겠다며 밖으로 나갔다. 내 직무의 갑작스러운 변화에 대한 마일스의 솔직한 의견을 이보다 더 잘 표현할 수는 없다고 생각했다. 아이가 이제 나의 직무가 무엇으로 이루어지도록 허용할는지는 아직 두고 보아야 할 문제였다. 한 가지 가식을 떨쳐 버린 것에 대해 특히 나 자신은 적어도 미묘한 안도감을 느꼈다. 표면으로 드러난 많은 일들 중에서도 아마 가장 두드러지게 표면화된 부분은 내가 그 아이에게 가르칠 것이 아직 남아 있다는 허구를 계속 유지하는 일이 모순이라고 말해도 지나친 얘기가 되지 않는다는 점이었다. 아이가 말없이 속임수를 써서 나 자신보다도 더 내 체면을 위해 배려했으며, 이 때문에 나는 아이의 진정한 능력이 발휘되는 곳에서 그 아이와 상대하려고 애쓰는 처지에서 나를 벗어나게 해달라고 아이에게 호소해야 했음이 확연히 드러났다. 어쨌든 아이는 이제 자유를 누리게 되었고, 나는 다시 그 자유를 간섭하지 않을 것이다. 게다가 전날 밤 교실로 아이가 찾아왔을 때도 나는 방금 전까지 보낸 시간에 대해 아이에게 도전하거나 암시하는 발언을 하지 않음으로써 그런 의도를 충분히 보여 주었다. 그 순간부터 나는 다른 생각들을 많이 했다. 하지만 아이가 마침내 내게 왔을 때, 겉보기엔 지금까지 일어난 일들이 어떤 오점이나 그

늘도 드리우지 않은 그 아름답고 어린 존재를 보면서 나의 다른 생각들을 적용하는 것이 얼마나 어려운지, 내 문제가 얼마나 쌓여 있는지를 절실하게 느꼈다.

내가 그동안 이 집을 위해 일구어 온 고상한 위엄을 보여 주고자, 나는 아래층으로 불리는 곳에서 마일스와 함께 식사할 수 있도록 준비해 달라고 말했다. 그래서 나는 그 육중하고 화려한 방에서 마일스를 기다리고 있었다. 그 무서웠던 첫 번째 일요일, 이 방의 창문 밖에서 나는 그로즈 부인으로부터 진실이라고 부르기엔 부족한 어떤 것에 대한 암시를 얻었었다. 이제 여기에서 — 전에도 여러 번 느꼈었는데 — 스스로 엄격한 의지를 발휘할 수 있느냐에 내 마음의 평정이 달려 있다는 걸 새롭게 느꼈다. 내가 다루어야 하는 문제가 혐오스럽게도 자연에 위배되는 것이라는 진실에서 가능한 한 고개를 돌려야 한다는 의지 말이다. 내가 계속 살아갈 수 있었던 것은 〈자연〉을 신뢰하고 그것을 참작함으로써, 그리고 나의 기괴한 시련을, 물론 이례적이고 불쾌한 방향이지만 결국 공정한 대결을 위해, 즉 평범한 인간의 도덕성이라는 나사를 한 번 더 조이기를 요구하는 압력으로 여김으로써 가능했다. 그럼에도 불구하고 자기 자신, 다시 말해 온전한 자연을 제공하려는 이러한 시도보다 더 빈틈없는 솜씨를 요하는 것은 없으리라. 일어난 일에 대한 언급을 피하기 위하여 내가 어떻게 그 조건의 일부라도 이용할 수 있겠는가? 한편으로, 그 무시무시한 모호함 속으로 다시 뛰어들지 않고 어떻게 그것을 언급할 수 있겠는가? 얼마간의 시간이 흐른 뒤 일종의 해답이 떠올랐으며, 그것은 나의 어린 동료에게서 간혹 생기는 일을 재빨리 포착함으로써 분명하게 확인되었다. 이전 수업 시간에 종종 그랬듯이 이번에도 아이는 나를 편하게 해줄 뭔가 교묘한 방법을 찾아낸 것 같았다. 우리가 고독을 나눌 때, 지금까지는 없었던 그럴듯한 광채를 띠고 갑작스럽게 드러난 사실에 어떤 단서가 있지 않았을까? 그렇게 재능이 많은 아이가 (이제 다가온 소중한 기회의 도움으로) 절대적 지능으로부터 얻어 낼 수 있는 도움을 마다하는 것이 터무니없다는 사실 말이다. 자신을 구하기 위해서가 아니라면 무엇 때문에 지성이 주어졌겠는가? 그자들이 아이의 마음에 닿기 위해서 아이의 겉모습을 헤집고 뻣뻣한 팔을 뻗는 모험을 감행하지 않을까? 우리가 식당에서 얼굴을 마주하고 앉았을 때 아이가 정말 나에게 방법을 보여 준 것 같았다. 식탁에는 구운 양고기가 놓여 있었고 나는 하녀들의 시중을 거절했다. 마일스는 앉기 전에 주머니에 손을 넣고 잠시 선 채 고깃덩어리를 바라보며 그것에 대해 우스운 소리를 하려는 것 같았다. 하지만 아이는 곧 이렇게 말을 꺼냈다. 「사랑하는 선생님, 그 애가 정말로 아주 많이 아픈가요?」

「플로라말이니? 그렇게 심하지 않으니까 곧 좋아지겠

지. 런던에 있으면 회복될 거야. 블라이는 더 이상 그 애한테 맞지 않아. 이리 와서 양고기를 먹으렴.」

마일스는 재빨리 내 말에 따랐고 조심스럽게 접시를 자기 자리로 갖고 가서 앉은 다음 계속 말했다. 「블라이가 그렇게 갑자기 그 아이한테 맞지 않게 되었나요?」

「네가 생각하듯 그렇게 갑작스러운 일은 아니었어. 그렇게 되고 있다는 걸 난 알고 있었거든.」

「그렇다면 왜 이전에 그 아이를 보내지 않으셨어요?」

「이전이라니?」

「여행하기 힘들 만큼 아프기 전이요.」

나는 재빨리 대답했다. 「플로라가 여행하기 힘들 만큼 아픈 건 아냐. 여기 더 오래 머물렀더라면 그렇게 되었을지도 모르지. 지금이 적절한 시기야. 여행을 하면 그 영향력이 흩어져서 — 아, 나는 얼마나 당당했는지! — 없어지게 될 거야.」

「네, 알겠습니다.」 마일스 역시 그 문제에 대해 당당했다. 아이는 도착한 날부터 내가 야단스레 참견하지 않아도 되게끔 만든 그 매혹적인 〈식사 예절〉로 식사를 시작했다. 아이가 학교에서 쫓겨난 이유가 무엇이건 간에, 식사 예절이 추했기 때문은 아니었다. 항상 그렇듯이 오늘도 마일스의 태도에는 비난할 점이 없었지만, 평소보다 의식적이었던 것은 분명했다. 도움 없이 쉽게 알게 된 것들보다 더 많은 것들을 당연하게 받아들이려고 애쓰는 모양이 역력했다. 아이는 자신의 상황을 가늠하면서 평화로운 고요 속으로 빠져들었다. 우리의 식사는 아주 간단히 끝났다. 나는 먹는 시늉만 했으며, 곧 음식을 치우도록 했다. 하녀들이 식탁을 치우는 동안 마일스는 다시 작은 주머니에 손을 넣은 채 내게 등을 돌리고 서 있었다. 아이는 선 채 언젠가 나를 움찔 놀라게 한 유령이 나타났던 그 넓은 창문 밖을 내다보고 있었다. 하녀가 옆에 있는 동안 우리는 계속 침묵을 지켰다. 엉뚱하게도 문득 신혼여행 중인 젊은 부부가 여관에서 시종이 옆에 머무는 동안 수줍음을 느끼고 말없이 있는 것 같다는 생각이 들었다. 시종이 우리를 두고 나가자 비로소 아이가 몸을 돌렸다.「그런데, 이제 우리만 남았네요!」

23

「그런 셈이지.」 내 미소는 창백했을 것이다. 「완전히 그런 것은 아니야. 우린 그걸 바랄 수도 없지.」 내가 계속 말했다.

「네, 저도 그렇게 생각해요. 물론 우리에게는 다른 사람들도 있어요.」

「우리에게 다른 사람들이 있다고……. 정말로 다른 사람들도 있지.」 내가 동의했다.

「하지만 다른 사람들이 있어도…….」 아이는 이렇게 대꾸하면서 여전히 주머니에 손을 넣은 채 내 앞에 서 있었다. 「그 사람들이 대단히 중요한 건 아니에요, 그렇죠?」

나는 이 말을 최대한 나에게 유리하도록 해석했지만 왠지 기운이 빠지는 느낌이었다. 「그건 네가 무엇을 〈대단히〉라고 생각하는지에 달렸어!」

「그래요, 모든 일엔 조건이 있죠!」 마일스가 순순히 수긍하는 태도로 말했다. 하지만 이 말을 하면서 아이는 다시 창문을 바라보았고 곧 모호하고 불안하게, 생각에 잠긴 발걸음으로 창가로 갔다. 그러고는 그곳에서 이마를 유리창에 대고 잠시 서서 내가 알고 있던 따분한 관목숲과 11월의 단조로운 풍경을 바라보았다. 나는 언제든 〈일〉하는 척할 수 있었으므로 일거리를 갖고 소파에 앉았다. 고통의 순간, 즉 아이들에게 내가 보지 못하는 어떤 사물을 볼 능력이 주어져 있음을 인식하는 순간마다 반복해서 그랬던 것처럼, 소파에서 〈일거리〉로 마음을 가라앉히면서 나는 최악의 사태에 대비하는 습관을 충실히 이행하고 있었다. 그러나 당혹스러워하는 아이의 뒷모습에서 무언가 의미를 캐내려고 할 때, 갑자기 내게 어떤 특이한 인상이 떠올랐다. 그것은 바로 이제는 내가 제외되지 않았다는 인상이었다. 이 추측은 곧 예리하게 그 강도를 더해 갔고, 오히려 마일스야말로 제외된 자라는 직감과 결부된 듯 느껴졌다. 커다란 유리창의 틀과 그 네모난 모양은 아이에게 일종의 실패를 나타내는 이미지였다. 어쨌든 마일스가 안에 갇혀 있거나 밖으로 내쫓긴 듯 보인다는 느낌이 들었다. 아이는 감탄할 만한 태도를 유지하고 있었지만 편안해 보이지는 않았다. 나는 희망으로 가슴이 두근거리는 가운데 이 사실을 받아들였다. 아이는 유령이 출몰하는 유리창 너머로 보이지 않는 무언가를 찾고 있던 것은 아니었을까? 그리고 이 모든 과정에서 그러한 능력이 일시적으로 상실되는 것을 처음으로 경험한 게 아니었을까? 처음으로, 정말 처음으로 겪는 일이었으리라. 나는 그것을 놀라운 전조라고 생각했다. 겉으로 드러내지 않도록 조심하긴 했지만, 아이는 불안해했다. 아이는 하루 종일 불안해했고, 여느 때처럼 상냥한 태도로 식탁에 앉아 있는 동안에도 그 사태에 대해 설명하기 위해 사소하고 묘한 재주를 모두 발휘해야 했다. 마침내 아이가 몸을 돌려 나와 마주하게 되었을 땐 이 재주가 거의 바닥난 듯 보였다. 「블라이가 제게 잘 맞아서 기뻐요!」

「이 스물네 시간 동안에 이전보다 훨씬 더 많이 블라이를 둘러본 것 같구나. 즐거운 시간이었기를 바란다.」 나는 용감하게 말했다.

「네, 지금까지는 즐거웠어요. 몇 마일 떨어진 곳까지 모두 둘러보았어요. 이렇게 자유로웠던 적은 없었어요.」

아이에겐 정말 자기 나름대로의 방식이 있었고, 나는 아이를 따라가려고 노력할 뿐이었다. 「그래, 자유로워서 좋니?」

아이는 미소를 지으며 그곳에 서 있었다. 그러다가 마침내 〈선생님도 그러세요?〉라고 두 단어로 물었다. 내가 지금까지 들었던 두 단어로 된 말 중에서 가장 큰 의미가 담긴 물음이었다. 그러나 내가 미처 그 물음에 대답할 겨를도 없이 아이는 자신의 무례함을 무마해야 한다고 느낀 듯 계속 말했다. 「이 말을 받아들이는 선생님의 태도보다 더 매력적인 것은 없을 거예요. 우리 둘만 남게 되면 대체로 혼자인 쪽은 물론 선생님이니까요. 하지만 선생님이 특별히 신경 쓰시지 않았으면 좋겠어요!」

「너를 상대해야 하는 일 말이니?」 내가 물었다. 「애야, 내가 어떻게 신경 쓰지 않을 수 있겠니? 네 친구로서의 권리는 모두 포기했지만 — 넌 내가 닿을 수 없는 곳에 있으니까 — 난 적어도 그걸 아주 즐기고 있단다. 그렇지 않으면 내가 무엇 때문에 계속 머물러 있겠니?」

마일스는 나를 더 똑바로 쳐다보았고, 이제 더욱 심각해진 아이의 표정은 내가 지금껏 본 모습 가운데 가장 아름답게 느껴졌다. 「선생님이 머물러 계시는 이유가 단지 그것 때문인가요?」

「물론이지. 너에게 더 가치 있는 어떤 일이 너를 위해 이루어질 때까지, 나는 네 친구로서 너에게 엄청난 관심을 가지고 계속 머물러 있는 거야. 이 말에 놀랄 필요는 없어.」 내 목소리는 너무 떨려서 억제하기가 거의 불가능한 것 같았다. 「폭풍우가 치던 날 밤 내가 네 침대 위에 앉아서 너를 위해서라면 이 세상에서 못 할 일이 아무것도 없다고 말했던 것 기억하니?」

「네, 기억해요!」 마일스는 그 나름대로 더욱 눈에 띄게 불안해하며 어조를 조절해야 했다. 그러나 아이는 나보다 훨씬 더 잘해 내서 심각한 가운데서도 큰 소리로 웃으며 우리가 유쾌하게 농담을 하고 있는 듯 굴었다. 「생각해 보니 그건 그저 선생님을 위해서 제가 무엇인가를 하도록 만들기 위한 것이었어요.」

「부분적으로는 네가 무엇을 하도록 만들려는 것이었지.」 나는 인정했다. 「하지만 알다시피 너는 그것을 하지 않았어.」

「아, 맞아요.」 마일스는 겉으로는 아주 밝고 열성적으로 말했다. 「선생님께서는 제가 선생님께 무엇인가를 말해 주기를 바라셨어요.」

「맞아. 솔직하게 얘기해 봐. 네 마음속에 품고 있는 생각을 말이야.」

「아, 그러면 선생님은 그것 때문에 지금까지 머물러 계신 거군요?」

아이는 명랑하게 말했지만 그 안에서 분노의 섬세한 떨림을 여전히 감지할 수 있었다. 그러나 나는 그 희미한 항복의 암시가 준 충격을 표현할 수 없다. 마치 내가 열망해 왔던 무언가가 마침내 이루어졌지만 단지 나를 놀라게 하는 데 그치려는 것 같았다. 「글쎄, 맞아. 남김없이 다 털어놓는 게 좋겠지. 바로 그것 때문이었어.」

마일스가 너무 오랫동안 말을 하지 않고 있었기에, 나는 그것이 내 행동의 전제가 되는 가설을 부정하기 위해서라고 생각했다. 하지만 아이는 마침내 이렇게 말했다. 「지금, 여기에서요?」

「이보다 더 나은 장소나 시간은 없을 것 같은데.」 아이는 불안하게 주변을 둘러보았다. 나는 아이에게서 긴박한 공포가 엄습하고 있다는 첫 번째 징후를 본 듯한, 전에 없던 묘한 인상을 받았다. 아이는 갑자기 나를 두려워하는 듯했는데, 어쩌면 나를 두려워하도록 만드는 것이 가장 좋을지도 모른다는 생각이 들었다. 하지만 아주 고통스럽게 노력하다가, 엄격한 태도를 취하려 하는 것이 쓸데없는 일이라고 느끼면서 나는 다음 순간 거의 기괴하리만큼 부드러운 목소리로 말했다. 「그래서, 다시 밖으로 나가고 싶니?」

「네!」 아이는 당당하게 나를 향해 미소 지었고, 그 애처로운 용기는 아이의 얼굴이 실제로 고통으로 붉어짐으로써 더욱 부각되었다. 아이는 자신이 가져온 모자를 집어 들고 빙빙 돌리고 있었는데, 그 행동으로 나는 목표에 거의 도달하려는 순간 스스로 하고 있는 일이 잘못된 것이라는 공포를 느꼈다. 어쨌든 내가 했던 일은 폭력적인 행동이었다. 나에게 아름다운 교제의 가능성을 보여 주었던 작고 무력한 아이에게 조야함과 죄의식을 강요하는 게 아니라면 무엇이었겠는가? 그토록 섬세한 존재에게 순전히 낯설고 어색한 상황을 만들어 내다니, 비열한 일 아니었던가? 그 당시에는 가능하지 않았던 명백함을 이제 나는 우리가 처했던 상황에서 읽어 낼 수 있다. 이후 다가올 고뇌를 예고하는 불꽃으로 우리의 흐릿한 눈이 이미 타오르고 있는 광경이 지금도 보이는 듯하므로. 우리는 감히 서로 맞붙지 못하는 투사들처럼 공포와 망설임으로 주위를 맴돌았다. 그러나 우리의 두려움은 서로를 위한 것이었다! 그 때문에 우리는 좀 더 오랫동안 유보했고, 상처 입지 않을 수 있었다. 「모든 것을 말씀드리겠어요.」 마일스가 말했다. 「선생님이 원하시는 것은 무엇이든지 말하겠어요. 선생님은 저와 함께 계실 거고 우리 모두 괜찮을 거예요. 제가 선생님께 말씀드리겠어요. 말씀드릴게요. 그런데 지금은 아니에요.」

「왜 지금은 안 된다는 거지?」

나의 집요함에 아이는 나에게서 등을 돌려 말없이 다시 창가로 갔고, 우리 사이에는 바늘 떨어지는 소리라도 들릴 만한 침묵이 흘렀다. 그러고 나서 아이는 툭 터놓고 상대해야 할 어떤 사람이 밖에서 기다리고 있다는 듯한 태도로 다시 내 앞에 섰다. 「저는 루크를 만나야 해요.」

나는 아직까지 마일스로 하여금 그런 야비한 거짓말을 하도록 몰아간 적이 없었다. 그래서 그만큼 수치심을 느꼈다. 그러나 끔찍한 일이긴 해도 아이의 거짓말이 내 진실을 만들어 냈다. 나는 생각에 잠겨 뜨개질로 몇 개의 고리를 만들었다. 「그러면 루크에게 가봐. 난 네가 약속한 것을 기다릴게. 다만 그 보답으로 나가기 전에 한 가지 아주 사소한 부탁을 들어줘.」

아이는 충분히 성공을 거두었으므로 사소한 것은 흥정할 수 있다고 여기는 것 같았다. 「아주 사소한 거라고요?」

「그래, 전체에서 일부분에 불과한 거야. 말해 줘.」나는 뜨개질에 몰두하면서 무뚝뚝하게 말했다.「어제 오후에 복도 탁자 위에 놓인 내 편지를 가져갔니?」

24

 주의력이 심하게 분산되었다고밖에 묘사할 수 없는 어떤 일로 인해 나는 마일스가 이 질문을 어떻게 받아들였는지 잠시 이해하지 못했다. 충격으로 처음에 나는 곧장 자리에서 일어나 단지 맹목적인 동작으로 아이를 붙잡아 가까이 끌어당겼고, 가장 가까이 있는 가구에 기대려고 하다가 넘어지면서도 본능적으로 아이의 등을 창문 쪽으로 돌렸다. 내가 이곳에서 이미 상대했던 유령이 우리에게 완전히 모습을 드러낸 것이다. 마치 감옥 앞의 보초처럼 피터 퀸트가 눈앞에 나타났다. 다음 순간 그가 밖에서부터 창문으로 다가오는 것을 보았고, 이어 창문 가까이에서 안쪽을 노려보며 그가 다시 한 번 저주받은 그 하얀 얼굴을 방에 들이대고 있다는 것을 알았다. 그 순간 내가 결심했다고 한다면, 그 광경을 보았을 때 마음속에서 어떤 일이 일어났는가를 아주 거칠게 표현하는 것에 불과하다. 하지만 어떤 여자도 그처럼 당황한 상태에서 그렇게 짧은 시간 안에 행동 능력을 되찾은 경우는 없었을 거라고 믿는다. 눈앞에 있는 존재에 대해 엄청난 공포를 느끼면서도 떠오른 생각은 내가 보고 직면한 것을 마주하면서 아이만큼은 알지 못하게 해야 한다는 것이었다. 나는 내 의지로 아주 훌륭하게 그 일을 해낼 수 있다는 영감을 받았다. 그것을 영감이라는 이름 말고는 달리 부를 수 없다. 그것은 인간의 영혼을 놓고 악마와 싸우는 것과 같았으며, 이런 상황을 제대로 인지하게 되었을 때 나는 팔 하나 닿는 거리에 떨리는 손으로 붙잡고 있는 인간 영혼의 사랑스러운 어린 이마에 땀방울이 이슬처럼 맺혀 있는 것을 보았다. 내 얼굴 가까이 있는 그 얼굴은 유리창에 기대고 있는 얼굴만큼이나 창백해졌다. 곧 그 얼굴에서 낮지도 희미하지도 않지만 훨씬 멀리 떨어진 곳으로부터 들려오는 듯한 어떤 소리가 흘러나왔고, 나는 그 소리를 향기로운 냄새처럼 들이마셨다.

「그래요. 제가 그걸 가져갔어요.」

이 말에 나는 기쁨의 신음 소리를 내며 아이를 감싸고 가까이 끌어당겼다. 아이를 가슴에 안고 그 작은 몸의 갑작스러운 열기에서 작은 심장이 엄청나게 고동치는 것을 느끼는 동안에도 나는 창문 가까이 있는 존재에 시선을 고정시켰고, 그것이 움직이면서 자세를 바꾸는 모습을 보았다. 나는 그것을 보초에 비유했지만, 짧은 순간 그것이 천천히 선회하는 모습은 좌절한 짐승이 배회하는 듯 보였다. 나는 이제 막 되살아난 내 용기가 너무 커져서 지나치게 발산되지 않도록, 말하자면 내 불길을 가려야 했다. 그동안 얼굴은 다시 창가로 다가와 노려보았고, 그 악당은 감시하면서 기다리려는 듯 뚫어지게 보고 있었다. 이제 그에게 도전할 수 있다는 자신감과, 아이가 아무것도 모르고 있다는 분명한 확신으로 나는 물러서지 않았다. 「왜 그것을 가져갔지?」

「선생님께서 저에 대해 뭐라고 말씀하셨는지 보려고요.」

「편지를 뜯어보았니?」

「뜯었어요.」

나는 이제 다시 마일스와 약간 거리를 두고 아이의 얼굴을 보았다. 얼굴에서 조롱의 빛은 사라지고, 대신 극심한 불안감에 시달리고 있는 기색이 나타났다. 놀라운 것은 마침내 내가 성공함으로써 그의 감각이 닫히고 소통이 막혔다는 사실이었다. 아이는 자기 앞에 무엇인가 존재하고 있다는 것을 알았지만, 그것이 무엇인지는 깨닫지 못했다. 하물며 내 앞에 무엇이 있는지, 그 실체가 무엇인지를 내가 알고 있다는 사실은 더더욱 깨닫지 못했다. 이제 창가로 시선을 옮겨 대기가 다시 청명해지고 나의 승리로 인해 유령의 영향력이 소멸된 것을 보았을 때 이런 고통의 부담이 무슨 문제가 되었겠는가? 그곳에는 아무것도 없었다. 나는 승리가 내 것이라고, 내가 모든 것을 확실히 알아야 한다고 느꼈다. 「너는 아무것도 못 봤지?」 나는 의기양양한 기분을 드러냈다.

아이는 아주 슬픈 듯이 생각에 잠겨 고개를 가로저었다. 「아무것도 못 봤어요.」

「아무것도, 아무것도 못 봤단 말이지!」 나는 기쁨에 겨워 거의 소리를 지를 뻔했다.

「아무것도, 아무것도 못 봤어요.」 아이는 슬프게 반복했다.

나는 아이의 이마에 키스했다. 이마는 땀에 젖어 있었다. 「그래서 그 편지는 어떻게 했니?」

「태워 버렸어요.」

「태웠다고?」 지금이야말로 절호의 기회였다. 「학교에서 한 짓이 그런 거였니?」

아, 이 말이 다른 무슨 말을 불러일으켰던가! 「학교에서요?」

「편지를 가져갔었니? 아니면 다른 것들도?」

「다른 것들요?」 마일스는 이제 멀리 떨어져 있는 무언가를 생각하는 듯 보였고, 그것은 불안함으로 압박을 받아야만 생각나는 것이었다. 아이는 기억해 냈다. 「제가 〈훔쳤〉느냐고요?」

나는 머리끝까지 빨개지는 것 같았다. 또한 어린 신사에게 그런 질문을 하는 것이 더 이상한 일인지, 아니면 아이가 세상에서 얼마나 타락했는지를 증명하는 체념의 태도로 그 질문을 받아들이는 게 더 이상한 일인지 생각했다. 「그 일 때문에 학교로 돌아가지 않으려 한 거니?」

그가 느낀 것이라고는 다소 씁쓸한 놀라움이었다. 「제가 돌아가지 않으리라는 것을 알고 계셨어요?」

「난 모든 것을 알고 있어.」

이 말에 아이는 아주 오랫동안 낯선 눈빛으로 나를 보았다.

「모든 것을요?」

「모든 것을. 그러니까, 네가 〈그렇게〉 했니?」 나는 그 말을 반복할 수 없었다.

마일스는 아주 간단히 말했다. 「아뇨, 저는 훔치지 않았어요.」

그의 말을 전적으로 믿는다는 기색이 내 얼굴에 틀림없이 나타났을 것이다. 하지만 내 손은, 비록 순수한 애정을 담고 있었지만, 아무 목적도 없었다면 왜 나에게 몇 달 동안 고통을 주었는지 물어보듯이 아이를 흔들었다. 「그러면 무슨 짓을 했지?」

아이는 희미한 고통 속에서 방의 윗부분을 둘러보며 힘겹다는 듯 두세 번 숨을 들이쉬었다. 바다 밑바닥에 서서 눈을 들어 희미하게 비치는 초록빛을 보고 있었을지도 모른다. 「글쎄요, 제가 나쁜 말을 했어요.」

「그것뿐이야?」

「학교에서는 그것으로도 충분하다고 생각했어요.」

「너를 쫓아내기에 충분하다고?」

〈쫓겨나고도〉 이 아이만큼 별다른 해명을 하지 않는 사람도 정말 없을 것이다! 아이는 내 질문을 헤아리는 듯했지만 꽤 초연하고 거의 무기력한 태도였다.「그런 말을 하지 말았어야 했어요.」

「그런데 누구한테 그런 말을 했지?」

아이는 분명히 기억하려고 애썼지만 포기하고 말았다. 잊어버렸던 것이다.「모르겠어요!」

아이는 씁쓸한 항복을 느끼며 나에게 미소 짓다시피 하고 있었다. 사실 이번에는 그가 완전히 항복한 것이었으므로, 내가 그쯤에서 그만두었어야 했다. 그러나 나는 도취되어 있었고 승리로 눈멀어 있었다. 비록 그때에도 아이를 내게 가까이 오도록 했던 바로 그 힘이 이미 그 아이를 멀어지게 만드는 것이었지만.「모든 사람들에게 그런 말을 했니?」 내가 물었다.

「아니요. 저는 단지……」 하지만 아이는 아픈 듯이 약간 고개를 저었다.「애들의 이름을 기억 못 하겠어요.」

「아이들이 그렇게 많았니?」

「아니요. 몇 명뿐이었어요. 제가 좋아했던 애들이었어요.」

좋아했던 아이들이라고? 나는 선명함이 아니라 오히려 더 어두운 모호함 속에서 부유하고 있는 듯한 기분이었다. 곧바로 나의 그 동정심으로 말미암아, 아이에겐 어쩌면 죄가 없을지도 모른다는 섬뜩한 경각심이 솟아올랐다. 그 순간 혼란스럽고 헤아릴 수 없는 감정이 들었다. 만약 아이에게 죄가 없다면, 그렇다면 도대체 나는 뭐란 말인가? 살짝 스치고 지나간 다음에도 그런 의문이 계속되자 나는 온몸이 마비되어 아이를 약간 놓았다. 그러자 아이는 깊은 한숨을 몰아쉬며 다시 나에게서 몸을 돌렸다. 아이가 투명한 창문을 향해 서 있었지만, 이제 아이가 보지 못하도록 막아야 할 것이 없다고 느꼈기 때문에 나는 그렇게 하도록 내버려 두었다. 「그 아이들도 네가 한 말을 했니?」 나는 잠시 후에 말을 이었다.

아이는 이제 분노의 감정은 아니지만 자기가 원치 않는 구속을 받고 있다는 태도로 여전히 거칠게 숨을 내쉬며 곧 내게서 조금 멀어졌다. 전에도 그랬듯이 다시 한 번 아이는 어슴푸레한 하늘을 올려다보았다. 마치 지금까지 자신을 지탱해 준 것들 중에서 말할 수 없는 근심밖에는 아무것도 남지 않았다는 듯이. 그럼에도 불구하고 아이는 대답했다. 「아, 그래요. 그 애들이 그 말을 되풀이했던 게 틀림없어요. 자기들이 좋아했던 사람들에게요.」 아이가 덧붙였다.

기대했던 바에 미치지 못하는 대답이었지만 나는 그 말을 곰곰이 생각했다. 「그래서 그 말들이 돌아서……?」

「선생님들에게 들어갔냐고요? 네, 그래요!」 아이가 아주 간단히 대답했다. 「하지만 그 사람들이 말할 거라고는 생각하지 않았어요.」

「선생님들이? 그렇지 않아. 선생님들은 전혀 말하지 않았어. 그래서 내가 너한테 묻고 있는 거야.」

아이는 열에 들뜬 작고 아름다운 얼굴을 다시 내게로 돌렸다.「그래요, 너무 심해요.」

「너무 심하다고?」

「제가 가끔 한 듯한 말들요. 집에 편지를 보내다니.」

그토록 말을 잘하던 아이가 앞뒤가 맞지 않는 말을 하고 있는 것에 대한 묘한 슬픔을 뭐라고 불러야 할까? 다음 순간 나도 모르게 〈쓸데없는 소리!〉라고 거칠게 내뱉었다는 것만 알고 있다. 그러나 그다음에는 틀림없이 아주 엄격한 목소리로 말했다.「네가 무슨 말을 했던 거지?」

나의 엄격함은 재판이나 형을 집행하는 사람들에게나 어울릴 만한 것이었다. 하지만 내 태도에 아이는 다시 몸을 돌렸고, 그 동작에 나는 단숨에 튀어 올라 억제할 수 없는 비명을 지르면서 곧장 아이에게로 달려들었다. 우리에게 고뇌를 주는 섬뜩한 장본인이 마치 아이의 고백을 망쳐 버리고 대답을 막으려는 듯 그 저주받은 창백한 얼굴을 다시 유리창에 대고 있었던 것이다. 내 승리가 끝나고 전투가 다시 시작되었다는 사실에 메스꺼움과 현기증이 느껴졌다. 내가 벌떡 일어나 뛰어들었던 그 거친 행동은 결과적으로 감추려던 것을 내보였을 뿐이다. 내가 뛰어가는 도중에 아이는 무엇인가 짐작하듯 내 행동을 지켜보았다. 그리고 지금까지는 아이가 추측할 뿐이며 그 눈에는 아직 창가에 아무것도 보이지 않는다는 것을 인식하자, 아이가 느끼는 극도의 절망을 해방의 증거로 바꾸어 놓고자 하는 충동의 불길이 내 내면으로부터 솟아올랐다. 「더 이상은 안 돼, 더 이상 안 돼, 더 이상은!」 나는 아이를 끌어안으려고 애쓰면서 내 방문객에게 소리 질렀다.

「그 여자가 여기 있어요?」 마일스는 눈을 감은 채 내 말이 들리는 방향을 감지하고 숨 가쁘게 말했다. 아이가 기이하게도 〈그 여자〉라고 말한 것에 내가 비틀거리고 숨을 헐떡이면서 〈제셀 양, 제셀 양!〉이라고 되풀이하자, 아이는 갑작스럽게 화를 내며 나를 밀쳐 냈다.

나는 깜짝 놀라서 아이의 생각을 간파했다. 아이는 우리가 플로라에게 했던 일을 연장하고 있다고 생각했던 것이다. 하지만 아이의 생각을 파악함으로써 나는 그것보다는 이번 것이 훨씬 더 낫다는 걸 아이에게 알려 주고 싶었다. 「제셀 양이 아니야! 하지만 그게 창가에 있어. 바로 우리 앞에. 저기 있어. 비겁한 괴물 같으니, 저기 마지막으로 나타난 거야!」

이 말에 마일스는 냄새를 맡고 뒤를 쫓는 당황한 개처럼 잠시 고개를 돌리고 공기와 빛을 찾으려는 듯이 머리를 미친 듯 흔들어 대더니 분노로 하얗게 질려 나를 향해 달려들었다. 그러고는 당황한 표정으로 방 안 전체를 노려보았으나 헛수고일 뿐 아무것도 찾지 못했다. 비록 내 느낌에는 여전히 광범위하고 압도적인 그 존재가 독기처럼 방 안을 채우고 있었지만 말이다. 「그 남자가 여기 있어요?」

 나는 모든 증거를 확보하려는 결심을 굳히고 있었으므로 재빨리 냉정한 태도로 아이에게 맞섰다. 「〈그 남자〉라니 누구를 말하는 거지?」

 「피터 퀸트 말이에요, 이 악마 같으니!」 아이의 얼굴이 다시 방 안을 둘러보면서 경련을 일으키듯 애원했다. 「어디 있어요?」

 아이가 마침내 입 밖에 낸 그 이름과 그동안 나의 헌신에 대한 아이의 찬사가 아직도 내 귀에 생생하다. 「그 남자가 지금 무슨 상관이니, 애야? 앞으로 그 사람이 무슨 상관이 있겠니? 내가 너를 가졌는데.」 나는 그 짐승을 향해 퍼부었다. 「하지만 그자는 너를 영원히 잃었어!」 그러고는 내 과업을 드러내기 위해 〈저기, 저기야!〉라고 마일스에게 말했다.

 아이는 이미 몸을 홱 돌려서 그곳을 응시하며 다시 노려보았지만, 고요한 오후 풍경 이외에는 아무것도 볼 수 없었다. 내게 그렇게 자랑스러웠던 그 상실의 충격으로 아이는 심연으로 내던져진 짐승처럼 비명을 질렀다. 나는 아이를 붙잡아서 되찾고자 했으나 이미 추락하고 있는 아이를 잡는 것이나 다름없었다. 나는 아이를 붙잡았다. 그렇다. 나는 아이를 꼭 잡았다. 얼마나 뜨거운 열정으로 아이를 붙잡고 있었는지 상상할 수 있으리라. 하지만 1분이 지나자 나는 내가 붙잡고 있는 것이 정말로 무엇인지를 느끼기 시작했다. 고요한 오후에 우리 둘뿐이었고, 아이의 작은 심장은 유령을 잃고 이미 멈추어 있었다.

역자 해설
모호한 서술과 다중적 해석의 열린 텍스트

19세기 중반부터 20세기 초까지 소설가, 평론가로 활동했던 헨리 제임스Henry James는 영국과 미국 양 국가의 문학 전통에서 매우 중요한 위치를 차지하는 독특한 작가이다. 이것은 미국 뉴욕 시에서 태어났지만 50여 년에 걸친 작가로서의 생애 대부분을 런던, 제네바, 파리 등지에서 보낸 그의 특이한 경험 때문이다. 미국 최초의 백만장자로 알려져 있는 할아버지가 일군 유복한 가정에서 태어난 덕분에 일찍이 소년기의 몇 년을 영국과 프랑스, 스위스에 거주하며 유럽 문화의 정수를 깊숙이 체험할 수 있었던 제임스는 1860년 이후부터 문화적으로 거의 불모지에 가까웠던 모국을 떠나 고급 문화와 예술을 향유할 수 있는 유럽에 정착하기 시작했고, 제1차 세계 대전이 발발하자 오랫동안 생활했던 영국에 충성을 표하고자 1915년 영국 시민권을 얻기까지 했다. 미국인으로 유럽 대륙에서 오랫동안 거주했던 이러한 배경을 바탕으로 제임스는 초기에 발표한 『미국인*The American*』, 『데이지 밀러*Daisy Miller*』를 비롯하여 〈영어로 쓴 가장 뛰어난 소설〉 중의 하나로 평가받는 그의 대표작 『여인의 초상*The Portrait of a Lady*』 등에서 미국인들이 유럽인들을 만나며 겪는 갈등을 통해 미국과 유럽 문화의 충돌을 고찰하는 〈국제 상황 주제〉를 다루었으며, 1902년에서 1904년에 걸쳐 그의 말년에 출판한 『대사들*The Ambassadors*』, 『비둘기의 날개*The Wings of the Dove*』, 『황금 주발*The Golden Bowl*』에서도 한층 깊이 있고 복잡한 내면 세계에 초점을 두는 가운데 다시 이 주제를 다루었다.

22편의 장편과 112편의 중 단편, 6편의 희곡, 10여 편의 평론집, 여행기, 자서전 등을 남긴 헨리 제임스는 영국과 미국의 위대한 소설가로 평가받고 있지만 그가 활동했던 당시에는 그의 천재성을 인정한 소수의 추종자들을 제외하고는 일반 대중으로부터 큰 호응을 얻지 못했다. 더욱이 제임스가 사망한 직후 20세기 전반에는, 급속하게 진행된 산업화와 그 부작용이 나타나고 사회주의가 출현하는 등 사회적 격변의 시기로서 사실주의적이고 구체적인 디테일로 가득 찬 소설이나 개인의 삶에 미치는 환경의 결정적인 힘을 다루는 소설이 유행했다. 따라서 유럽의 귀족 계급과 미국 상류층의 삶, 그것도 소수 인물들의 내밀한 심리 세계를 느리고 복잡한 문장으로 그려 내는 제임스의 작품들은 당시의 커다란 사회적 문제들과 동떨어진 세계를 다룬다고 생각되어 긍정적으로 평가받지 못했다. 그러나 오늘날 제임스는 유럽 문명을 바라보는 예리한 관찰력과 분석력, 완벽하다고 할 수 있는 구조와 문체, 또한 소설 이론에 있어서의 선구적인 고찰에 있어서 높이 평가받고 있다. 무엇보다도 어떤 인물의 의식에 들어오는 온갖 인상들과 그것들이 내면에 미치는 영향을 마치 현미경을 통해 들여다보듯이 꼼꼼히 살피며 그 미묘한 움직임을 정확하게 포착하여 그려 냈다는 점에서 〈심리적 사실주의〉 소설을 완성시킨 현대 심리 소설의 아버지로 평가받는다. 특히 그의 걸작으로 평가받는 후기 삼부작들에서는 마치 인상주의 그림에서 빛에 의해 시시각각 변화하는 사물의 형태와 색상이 수많은 붓질을 통해 표현되듯이, 인물의 의식망에 걸려든 무수한 인상들이 쌓이면서 서서히 그 윤곽과 의미를 드러냄으로써 인물들의 심리와 감정의 미묘한 변화까지 섬세하게 표현된다. 제임스 소설의 악명 높은 난해성은 바로 인간의 깊고 섬세한 심리 영역에 대한 그의 관심과 이를 표현하는 소설 기법에서 비롯된다고 하겠다.

『나사의 회전 *The Turn of the Screw*』 역시 복잡하고 모호한 심리 영역을 탐구하는 작품이다. 이 소설은 주간지 『콜리어스 위클리 *Collier's Weekly*』에 1898년 1월부터 4월까지 총 12회에 걸쳐 연재되었다가 1898년 다른 소설과 함께 〈두 가지 마법 *Two Magics*〉이라는 제목으로 첫 출판되었다. 후에 제임스는 1907년에서 1909년 사이에 자신의 장편소설과 중편, 단편들을 각 작품마다 수정을 가하고 서문을 추가하여 총 24권에 걸쳐 뉴욕판 『헨리 제임스 전집 The Novels and Tales of Henry James』으로 다시 발행하게 되는데, 『나사의 회전』은 초판의 2백여 군데를 수정한 후 12권에 다른 작품들과 함께 수록했다. 『콜리어스 위클리』의 편집자로부터 크리스마스 시즌에 적합한 유령 이야기를 써달라고 부탁받자, 제임스는 3년 전 캔터베리 대주교 E. A. 벤슨에게서 들었던 일화를 바탕으로 『나사의 회전』을 쓰게 된다. 제임스는 당시 여러 작가들처럼 유령에 관심이 있어서 이 작품 이외에도 유령에 관한 이야기를 몇 편 더 썼다. 19세기 후반에는 지식인들 사이에서도 심령술을 중심으로 초자연주의 세계에 대한 관심이 유행하여 심령 연구 학회가 창설되었는데, 제임스의 형이자 철학자이며 심리학자인 윌리엄 제임스는 이 학회 창설자 중 한 명으로 회장을 역임했다. 제임스 역시 이 학회의 활동과 회원들의 연구를 잘 알고 있었다. 제임스는 작가 노트에서, 두 어린아이에게 죽은 하인들의 유령이 나타나 아이들의 영혼을 사로잡기 위해 애쓰는 이 이야기에는 〈이상하리만큼 섬뜩한 효과가 암시되어 있어서 외부 관찰자에 의해 이야기가 전달되어야 한다〉고 쓰고 있다.

이 소설은 인적이 드문 고립된 시골 영지를 배경으로

익명의 서술자인 가정 교사가 유령의 출몰을 경험하며 초자연적 힘에 위협받는 어린아이, 죽음에 관한 비밀, 성적 위반에 대한 암시들이 등장한다는 점에서 표면적으로는 전통적인 고딕 소설로 볼 수 있다. 그러나 제임스는 이 이야기를 통속적인 유령 이야기와 전혀 다른 이야기로 만들어 낸다. 제임스가 다시 만들어 낸 유령 이야기는 플롯의 모호함, 의미의 불확실성, 다양한 해석의 가능성으로 인해 그의 무수한 작품들 가운데 가장 논란의 여지가 많은 작품 중의 하나이다. 제임스는 뉴욕판 서문에서 유령을 통해 〈사악함의 심연에 대한 의식을 어떻게 가장 잘 전달할 것인가〉에 대해 고심하면서 궁극적으로 〈절대적 악행이란 없고, 그것은 다만 인식과 성찰과 상상력의 문제〉라고 말한다. 더욱이 그런 문제는 비평가, 독자의 경험에 비추어 달라지는 것이므로 〈처음부터 끝까지 상세한 설명 없이 공백을 통해 독자 스스로 악을 생각하도록 만들어야 한다〉고 언급한다. 즉 제임스가 의도한 공백과 침묵, 생략은 가정 교사의 주관적 서술을 모호하게 만들면서 의미의 불확실성과 다중적 해석의 가능성을 열어 둔다. 가령 마일스의 학교에서 온 편지는 마일스의 퇴학 이유를 분명하게 밝히지 않는다. 퇴학 이유에 대해 가정 교사와 그로즈 부인이 마일스가 다른 아이들을 〈오염시킬〉 가능성을 추측하면서 성적(性的) 또는 도덕적 문제의 가능성을 암시하고는 있으나 더 이상의 구체적인 언급을 하지 않는다. 퇴학당한 이유를 추궁받자 마일스는 단지 자기가 좋아하는 아이들한테 〈어떤 말〉을 했을 뿐이라고 답하는데, 퇴학 동기는 여전히 모호하다. 게다가 하인 퀸트와 가정 교사 제셀 양 사이에 실제로 어떤 일이 있었는지, 두 사람이 살아 있을 때 마일스와 플로라에게 어떤 나쁜 행동을 했는지, 제셀 양이 어떻게 죽었는지에 관해서도 구체적인 언급이 없다. 마일스와 플로라의 의아한 행동들도 그것이 어린아이다운 엉뚱함에서 나온 것인지 아니면 그 아이들이 죽은 고용인들의 사악한 유령의 영향을 받아 타락했기 때문인지 확실하지 않다. 게다가 이 소설이 익명의 일인칭 화자가 있고, 다시 그 안에 일인칭 시점에서 기술되는 가정 교사의 자전적이며 고백적인 글을 그녀의 친구 더글러스가 청중들에게 읽어 주는 액자 소설의 형식을 갖추고 있는 것도 해석의 다의성을 필연적으로 가능하게 하는 요소이다. 첫 부분에서 자극적인 유령 이야기를 학수고대하며 벽난로 주위에 둘러앉아 있는 청중들이 보여 주는 다양한 반응은 이 작품의 서술에 대한 해석이 다양해질 수 있음을 시사한다.

무엇보다도 이 소설에서 가장 핵심적인 문제는, 과연 유령이 실제로 등장하는가이다. 가정 교사를 제외하고는 어느 누구도 유령을 보았다고 시인하지 않기 때문이다. 퀸트와 제셀 양의 유령이 정말 나타났는가, 아니면 가정 교사의 상상 속에서만 존재하는가? 아이들이 가정 교사의 말대로 사악한 유령의 영향을 받아 유령을 보았으면서도 거짓말을 하는 것인가, 아니면 이 또한 가정 교사의 착각에 불과한 것인가? 어느 입장을 취하는가에 따라 작품의 해석은 완전히 달라진다. 이러한 불확실성과 모호함으로 인해 이 작품은 출판 후 오랫동안 엇갈린 비평을 받아 왔다. 이 소설에 대한 논의는 신비평, 정신 분석학, 독자 반응 이론, 해체 이론, 페미니즘, 마르크스 이론 등에 이르기까지 다양하지만, 가정 교사의 서술의 진실성에 근거하여 죽은 하인들의 유령에 의해 아이들이 타락해 가는 소름 끼치는 유령 이야기로 보는 입장과, 가정 교사의 서술을 신뢰하지 않고 유령을 가정 교사가 만들어 낸 환각으로 보는 정신 분석학적 입장으로 크게 분류된다.

이 작품을 고딕 소설의 전통에서 접근하는 입장은, 가정 교사를 독자가 신뢰할 수 있는 화자로 간주하고 죽은 고용인들의 유령을 목격했다는 그녀의 이야기를 그대로 받아들인다. 19세기 후반 대중적 인기를 누리던 심령술과 신비주의 전통에 익숙한 제임스 당대의 영미 독자들은 두 하인의 유령을 보았다는 가정 교사의 서술을 그대로 받아들이고 공포를 느꼈다고 한다. 가정 교사는 퀸트와 제셀 양이 부도덕한 관계를 맺었으며 죽은 후에도 유령으로 출몰하여 마일스와 플로라의 영혼을 지배하고 타락시키려 한다고 생각한다. 아이들이 유령과 소통하고 있음을 알게 되면서 그녀는 라파엘의 그림에 나오는 천사 같은 그들의 순수성과 아름다움이 내적인 타락을 가리는 위장에 불과하다고 생각하고, 유령들의 사악한 영향으로부터 아이들을 구원하는 것이 자신의 영웅적 임무라고 믿는다. 소설 속에는 유령의 존재를 인정하지 않을 경우 설명하기 어려운 부분들이 있다. 예를 들어 가정 교사가 퀸트를 본 적이 없음에도 불구하고 유령을 목격한 후 그로즈 부인에게 그의 모습을 자세하게 묘사하는 것이나, 더글러스가 프롤로그에서 가정 교사를 긍정적으로 평가하는 것 등은 가정 교사의 신뢰성을 높인다. 또한 이 이야기를 집필할 당시 웰스H. G. Wells에게 보낸 편지에서 제임스는 가정 교사보다 아이들에게 더 관심을 갖고 있다고 언급한 바 있고, 서문에서도 〈주위를 배회하며 어두운 악의 기운을 퍼뜨리는 유령들〉이 사악함을 대변하는 존재라고 밝히고 있다.

한편 1930년대 무의식, 성적 억압, 여성의 히스테리에 대한 프로이트의 이론이 발표되면서 가정 교사의 무의식에 초점을 두는 정신 분석학적 비평이 대두되었다. 이 비평은 모든 이야기가 가정 교사에 의해 서술된다는 점에 주목하면서 과연 그녀가 진실을 말하고 있는지, 그녀의 판단을 그대로 받아들일 수 있는지, 즉 가정 교사가 과연 신뢰할 만한 화자인가라는 의문을 제기한다. 이러한 접근은 가정 교사가 고용주, 즉 마일스의 삼촌에 대해 품고 있는 욕망을 문제의 시작으로 보고, 그 후에 일어나는 사건들에 대한 가정 교사의 서술을 그녀의 억압된 욕망이 만들어 내는 히스테리 신경증으로 설명한다. 유령이 실제로 출몰하는 것이 아니라 유령은 가정 교사의 불안한 심리 상태가 만들어 낸 환각, 즉 그녀가 표현하지 못한 욕망이 발현된 것이다. 이때 유령이 죽은 하인 퀸트의 유령으로 등장하는 것은 주인에 대한 억압된 성적 욕망을 그의 하인 퀸트에게로 투사하기 때문이다. 비평가들은 플로라가 나뭇조각의 구멍에 막대기를 끼우는 놀이를 하거나 퀸트가 탑 위에 나타나고 제셀 양이 호숫가에 나타나는 점을 지적하면서, 탑과 막대기는 남성 성기를 상징하고 호수와 구멍은 여성 성기를 상징한다는 점에서 이 소설에 숨어 있는 억압된 성적 욕망의 상징을 읽어 낸다. 이 입장에서는 아이들을 순진무구한 존재로 남겨 둔 채 이들의 사소한 거짓말이나 〈나쁜 말〉은 아이들이 으레 장난스럽게 하는 것일 뿐, 결국 가정 교사가 마일스로 하여금 유령을 만났다는 것과 학교에서 있었던 일을 고백하도록 계속 추궁함으로써 그를 죽음으로 몰아 간다고 본다.

가정 교사를 히스테리 신경증에 걸린 여성으로 보는 이런 견해를 뒷받침해 주는 근거로, 흥분하기 쉽고 상상력이 풍부한 그녀의 성격을 지적할 수 있다. 그녀가 어떠한 어려움도 주인에게 도움을 호소하지 않고 혼자 감당해야 한다는 까다로운 고용 조건을 선뜻 수락하는 것은 처음 만나는 순간부터 젊고 잘생긴 주인 남자에게 완전히 매료되었기 때문이다. 〈희생에 감사한다고 말하면서 주인이 그녀의 손을 잡았을 때 이미 보상을 받았다고 느꼈다〉라고 말하듯이, 이 순간부터 주인에 대한 낭만적인 환상이 그녀의 의식을 지배한다. 거추장스러운 책임을 떠맡아 준 데 대한 주인의 감사 표현은 그에 대한 욕망으로 가득 찬 가정 교사에 의해 블라이에서의 그의 권위를 자신에게 대신 맡겼다고 믿는 것으로 확대 해석되고, 자신의 예의범절, 상식과 분별력으로 주인에게 기쁨을 주는 뛰어난 젊은 여성이라고 스스로를 칭찬하기도 하며, 주인이 한 통의 편지도 쓰지 않았다는 것을 곧 자기 자신에 대한 그의 절대적 신뢰를 의미하는 것으로 생각하기도 한다. 그러나 이는 모두 가정 교사 혼자만의 생각일 뿐, 마일스의 삼촌이 어떻게 생각하는지는 전혀 제시되어 있지 않다. 문제는 이 입장이 주장하듯 가정 교사의 서술이 그녀만의 자기기만이며 착각인 것처럼 보일 수 있으면서도, 또한 가정 교사의 서술이 완전한 거짓이며 유령을 목격하는 그녀의 경험이 환각에 불과하다고 확실히 단정 지을 수 있게 하는 어떤 결정적인 근거도 제시되지 않는다는 데 있다. 더군다나 퀸트의 유령이나 마일스를 그녀의 욕망의 대상인 고용주의 대리인으로 보고 그들과 그녀의 관계를 모두 성적 유혹의 연장선상에서 해석하는 것은 그녀의 정체성을 억압된 성욕으로 환원시키는 문제를 안고 있다는 비판을 받을 여지가 있다.

한편 페미니즘 틀로 작품을 읽는 비평가들은 가정 교사의 히스테리에 대해 정신 분석학적 입장과 조금 다르게 접근한다. 가령 이들은 왜 가정 교사가 퀸트와 제셀 양의 관계가 갖는 성적인 암시에 강박증을 보이며, 그 유령과 소통한다고 의심되는 아이들에게서 성적인 사악함을 정화하려 하는지 물으면서, 이것은 그녀가 성을 죄악시하는 당시 사회의 성 이데올로기를 내면화하고 있기 때문이라고 본다. 빅토리아 문화에서의 성 담론은 중산층 여성이 갖추어야 할 이상적인 여성다움으로 가정이라는 사적 공간 안에서 자녀의 지적, 도덕적 교육을 담당하고 남성에 대한 도덕적 영향력을 통해 경쟁적인 산업 자본주의 사회의 가혹함을 완화시키는 역할, 즉 〈집안의 천사〉 역할을 부과했다. 그러나 『나사의 회전』에서는 중산층 여성에게 이상적인 여성성의 한 자질로 부과된 도덕적 영향력이 과연 긍정적이기만 한 것인가 하는 의문이 제기된다. 제셀 양의 유령을 보았다는 고백을 받아 내어 플로라의 영혼을 정화시키려는 가정 교사의 집요한 추궁에 견딜 수 없게 된 플로라가 일종의 신경 쇠약을 경험하면서 급기야 가정 교사에게 욕을 하는 사건이나, 마일스로부터 고백을 받아 내어 그의 영혼을 정화시켰다고 생각하는 순간 마일스가 죽음을 맞는 결말은 사회가 요구하는 이상적인 여성의 도덕적 영향이 얼마나 무력한가를 보여 준다. 뿐만 아니라 빅토리아 시대의 성 담론은 여성에게 이상적인 여성성을 요구하면서 동시에 과도한 성적 욕망으로 남성을 파괴시키는 〈메두사〉나 〈살로메〉 같은 부정적 이미지를 부여하는 모순을 안고 있었다. 즉, 성을 악과 동일시하는 인식이 여성의 성을 억압하는 기제로 작용했다. 특히 아이들의 지적, 도덕적 교육을 담당하는 가정 교사의 성적 잠재력을 가정과 사회에 위협적인 힘으로 보았기 때문에 가정 교사에게는 성이 금기시되었다. 이렇게 볼 때 가정 교사가 아이들이 은밀하고 조숙한 지식을 갖고 있다고 상상하고 그것을 타락의 증거로 생각하는 것, 성적 욕구를 억압해야 하는 가정 교사 신분인 제셀 양이 하층 계급 남성과 관계함으로써 계급적, 성적 금기를 위반한 것을 끔찍한 악행으로 생각하거나, 주인에 대한 자신의 갈망에 내포된 성적인 측면을 퀸트와 제셀 양의 관계에 치환시킴으로써 자신에게서 사악함을 정화시키는 행동 등은 모두 그녀가 당대 사회의 성 이데올로기를 내면화한 결과로 볼 수 있다. 결국 페미니즘적 접근에서는 그 내면화의 마지막 모습이 자신의 성적 욕구를 억압한 나머지 히스테리 신경증으로 치닫는 것을 통해 19세기 영국 빅토리아 사회의 성 이데올로기를 비판한다.

중요한 것은 제임스가 이와 같이 때로는 상반된 다양한 견해들을 뒷받침해 주는 증거들을 이야기 안에 모두 포함시키고 있다는 점이며, 이는 곧 의미의 복합성과 해석의 다의성이 가능하도록 이야기를 열린 공간으로 구성한 그의 놀라운 솜씨를 말해 준다. 『나사의 회전』은 출판 이후 유럽과 미국에서 연극, 오페라로 각색되었고 1955년에서 2000년 사이에는 열여섯 편의 영화 혹은 TV 드라마로 각색되었다. 이처럼 지속적으로 다양한 장르에서 각 인물이나 사건에 대한 다양한 관점으로 재창조되었다는 사실은 이 소설이 그만큼 보는 사람의 시각에 따라 다양하게 해석할 여지를 갖고 있음을 거듭 확인시켜 준다. 그러나 영상으로 옮겨진 「나사의 회전」은 소설 작품만큼 공포심을 자아내지도 않고 모호한 서술의 묘미도 전달하지 못한 것으로 평가된다. 제임스가 뉴욕판 서문에서 독자에게 보여 주기보다는 생각하게 만드는 것이 더 효과적이라고 언급하였듯이, 이 소설은 영상 매체를 통해서는 충분히 표현되기 어려운 작품이기 때문이다. 서문에서 제임스는 〈이것은 순수하고 단순한 정교함, 냉정한 미학적 계산으로 이루어진 작품이며 쉽사리 사로잡히지 않는, 닳고 닳은, 환멸을 느낀, 까다로운 독자들을 사로잡으려는 소품이다〉라고 설명한 바 있다. 취향이 까다롭거나 독서 경험이 많아 작가의 전략에 잘 넘어가지 않는 독자들을 사로잡기 위해 제임스가 시도한 방법은 신비화, 즉 모든 것을 불명확하게 만드는 애매모호한 서술이었다. 19세기 사실주의 소설은 말할 것도 없고 초자연적 현상을 다루는 고딕 전통의 공포 소설조차도 사건에 대한 명백한 규명을 제시하지 않은 채로 작품을 종결짓는 경우가 거의 없었음을 고려할 때, 제임스의 모호한 서술은 독자로 하여금 각자의 취향과 경험에 따라 다양한 방식으로 그 공백을 채워 나가게 한다는 점에서 매우 현대적인 기법이라고 할 수 있다. 더 나아가 이처럼 선과 악, 진실과 거짓, 욕망과 억압 등의 구분을 분명히 제시하지 않는 제임스의 서술은 그가 살던 빅토리아 시대의 문화를 특징짓는 이분법적 대립항들을 해체한다는 점에서도 그 혁신성이 엿보인다.

끝으로 이 번역에 사용한 원전은, 이전의 번역들이 초판을 대본으로 삼은 것과 달리, 작가 자신이 수정을 가한 뉴욕판을 대본으로 삼고 초판을 참고하였음을 밝혀 둔다.

이승은

헨리 제임스 연보

1789년 헨리 제임스의 할아버지 윌리엄 제임스William James, 아일랜드에서 미국으로 이주.

1832년 할아버지 사망. 열두 명의 자녀들에게 약 3백만 달러의 유산 상속.

1842년 철학자이자 심리학자인 형 윌리엄 제임스 출생.

1843년 출생 4월 15일 뉴욕 시에서 헨리 제임스 출생. 파리, 런던으로 가족 여행을 떠남.

1845~1855년 2~12세 유럽에서 돌아와 올바니와 뉴욕에서 유년 시절을 보냄. 누이동생 앨리스Alice 출생(1848). 아버지 헨리 제임스 1세가 너새니얼 호손Nathaniel Hawthorne, 랠프 월도 에머슨 Ralph Waldo Emerson 등 당대 중요한 철학자 및 작가들과 교류. 3년간 제네바, 런던, 파리 등지에서 학교를 다니며 가정 교사의 지도를 받음(1855~1858).

1858년 15세 제임스 가족 로드아일랜드주 뉴포트에 정착.

1859년 16세 제네바에서 과학 학교에 다님. 본에서 독일어를 공부함.

1860년 17세 뉴포트로 돌아와 학교에 다님. 소방수로 자원하여 활동하던 중 척추 부상. 이 부상으로 남북 전쟁 참전이 불가능해짐. 잠시 미술 공부를 함.

1862년 19세 하버드 법과 대학에 진학했으나 10개월도 안 되어 중퇴. 미국 작가 윌리엄 딘 하우얼스William Dean Howells와 친교를 맺기 시작함.

1864년 21세 가족이 보스턴 케임브리지로 이사. 『콘티넨털 먼슬리*The Continental Monthly*』에 첫 단편 「실수의 비극A Tragedy of Error」을 익명으로 발표.

1865년 22세 진보적 주간지 『네이션*The Nation*』에 논평을 투고하기 시작. 본명으로 『애틀랜틱 먼슬리*The Atlantic Monthly*』에 단편 「한 해의 이야기The Story of a Year」 발표.

1869년 26세 영국, 프랑스, 스위스, 이탈리아 여행. 영국에서 작가 조지 엘리엇George Eliot 만남. 이듬해까지 엘리엇의 『로몰라*Romola*』, 『미들마치*Middlemarch*』, 『대니얼 데론다*Daniel Deronda*』 등에 대한 비평을 『애틀랜틱 먼슬리』와 『갤럭시*Galaxy*』에 발표.

1870년 27세 여행 중에 사랑하는 사촌 미니 템플Minny Temple 사망 소식에 충격을 받고 귀국.

1871년 28세 첫 장편 『파수꾼*Watch and Ward*』 출판.

1872년 29세 누이동생 앨리스와 3년간 유럽 여행. 『네이션』에 여행기 게재. 이때부터 서평, 단편, 여행기 등의 원고료를 받아 경제적으로 자립.

1875년 32세 『애틀랜틱 먼슬리』에 소설 『로더릭 허드슨*Roderick Hudson*』 연재. 『열정적 순례자*A Passionate Pilgrim and Other Stories*』, 『대서양 횡단 스케치*Transatlantic Sketches*』 발표. 신문사 특파원으로 파리에 거주. 파리에서 뚜르게네프Ivan Turgenev, 플로베르Gustave

Flaubert, 졸라Emile Zola, 도데Alphonse Daudet 등과 교류. 특파원 직을 그만둔 뒤 런던으로 이주.

1876년 33세 미국의 외교 정책에 실망하여 런던에 정착하기로 결정. 1870년대 후반까지 영국 작가 및 사상가들과 교류.

1877년 34세 파리, 로마, 플로렌스 방문. 알프레드 테니슨Alfred Tennyson, 로버트 브라우닝Robert Browning과 친교. 『미국인*The American*』 발표.

1878년 35세 『데이지 밀러*Daisy Miller*』 발표. 미국과 유럽에서 호평받음. 『프랑스 문인들*French Poets and Novelists*』, 『유럽인들*The Europeans*』 발표.

1879년 36세 『호손 평전*Hawthorne*』에서 미국을 문화의 불모지로 묘사해 논란.

1880년 37세 플로렌스와 로마 방문. 『워싱턴 스퀘어*Washington Square*』 발표.

1881년 38세 베니스, 밀라노, 로마, 스위스, 스코틀랜드 방문. 『여인의 초상*The Portrait of a Lady*』 발표.

1882년 39세 뉴욕과 워싱턴 D. C. 방문 중 오스카 와일드Oscar Wilde와 짧은 만남. 어머니의 죽음. 영국으로 돌아가 프랑스를 여행하다가 아버지의 임종을 지키기 위해 귀국하였으나 죽음을 보지 못함.

1884년 41세 파리 방문하여 도데, 졸라 등과 재회. 소설론인 「소설의 기술The Art of Fiction」과 『프랑스 탐방*A Little Tour in France*』 발표.

1886년 43세 런던으로 이주. 『보스턴 사람들*The Bostonians*』, 『카사마시마 공작 부인*The Princess Casamassima*』 등 발표.

1887년 44세   이탈리아 여행.

1888년 45세   『반사경 The Reverberator』, 『애스펀의 러브레터 The Aspern Papers』 발표.

1889년 46세   『보스턴 사람들』의 실패로 심리적, 경제적 우울증을 겪은 후 6년간 극작에 치중.

1890년 47세   이탈리아 방문. 『비극적 뮤즈 The Tragic Muse』를 발표하나 실패.

1891년 48세   『미국인』을 각색하여 런던에서 연극으로 공연, 비교적 성공을 거둠. 그러나 네 편의 희곡은 제작자에 의해 거부당함.

1892년 49세   이탈리아 방문 후 런던으로 돌아옴. 누이동생 앨리스 런던에서 사망. 단편 「대가의 교훈 The Lesson of the Master」 발표.

1895년 52세   런던에서 공연된 연극 「가이 돔빌 Guy Domville」의 첫 공연시 관객의 야유에 크게 충격을 받아 극작 포기. 다시 소설 창작으로 관심을 돌림.

1897년 54세   구술로 소설을 쓰기 시작. 영국의 서섹스 지방, 소도시 라이에 램 하우스 구입. 『포인턴의 소장품 The Spoils of Poynton』, 『메이지의 자각 What Maisie Knew』 등 발표.

1898년 55세   『나사의 회전 The Turn of the Screw』 발표. 『데이지 밀러』 이후 가장 큰 대중적 인기를 얻음.

1899년 56세   이탈리아 방문. 조셉 콘래드 Joseph Conrad, 웰스 H. G. Wells와 친교. 『사춘기 The Awkward Age』 발표.

1901년 58세   『성자의 샘 The Sacred Fount』 발표.

1902년 59세   『비둘기 날개 The Wings of the Dove』 발표.

1903년 60세 『대사들The Ambassadors』 발표.

1904년 61세 『황금 주발The Golden Bowl』 발표.

1905년 62세 25년 만에 고국으로 돌아와 뉴욕, 필라델피아, 워싱턴, 시카고 등 방문. 『영국 기행English Hours』 등 발표.

1906년 63세 새로 출간될 전집에 포함할 작품 선정, 편집, 서문 집필.

1907년 64세 『미국 기행The American Scene』 발표. 1907년 12월부터 1909년 7월에 걸쳐 총 24권으로 구성된 뉴욕판 『헨리 제임스 전집The Novels and Tales of Henry James』 발표.

1908년 65세 전집 판매 부진. 우울증으로 고통받음.

1909년 66세 『이탈리아 기행Italian Hours』 발표.

1910년 67세 신경 쇠약 진행. 케임브리지에 함께 돌아갔던 형 윌리엄 사망.

1911년 68세 하버드 대학에서 명예 학위를 받음. 뉴욕에서 정신과 치료 받은 후 8월 영국으로 돌아옴.

1912년 69세 옥스퍼드 대학에서 명예 학위를 받음.

1913년 70세 70세 생일을 맞이하여 화가 존 싱어 사전트John Singer Sargent가 초상화를 그림. 자서전 첫 번째 권 『소년과 다른 사람들A Small Boy and Others』 발표.

1914년 71세 자서전 두 번째 권 『아들과 아우의 노트Notes of a Son and Brother』 발표. 『작가론Notes on Novelists』 발표. 소설 『상아탑The Ivory Tower』과 『과거의 느낌The Sense of the Past』 집필 시작. 제1차 세계 대전의 발발로 심적 충격을 받음.

1915년 72세 건강 악화. 미국이 참전에 소극적인 입장을 보이자

실망, 영국으로 귀화.

1916년 73세 영국 국왕 조지 5세로부터 명예 훈장 받음. 2월 28일 런던 첼시에서 뇌출혈로 사망. 첼시 교회에서 장례식이 거행되고, 유해는 매사추세츠주 케임브리지의 가족묘에 안장됨.

1917년 미완의 유작으로 자서전 세 번째 권 『중년의 세월 *The Middle Years*』, 『상아탑』, 『과거의 느낌』이 출간됨.

1976년 웨스트 민스터 사원의 〈시인들의 방〉에 기념비 제막.

열린책들 세계문학 192 나사의 회전

옮긴이 이승은 이화여자대학교 영어영문학과를 졸업한 후 동 대학원에서 석사, 박사 학위를 받았고 현재 경원대학교 교수로 재직 중이다. 저서로 「토니 모리슨」이 있고 중요 논문으로 「흑인 여성의 자아 정체성과 그 허상: 토니 모리슨의 『타르 베이비』」, 「『솔로몬의 노래』: 흑인 여성의 숨겨진 내러티브」, 「거식증과 소비 자본주의 사회의 여성성: 마거릿 애트우드의 『먹을 수 있는 여성』」, 「『핸드메이드 이야기』에 나타난 디스토피아와 저항적 내러티브」, 「가정성 이데올로기에 대한 이중 서술: 루이자 메이 올컷의 『작은 아씨들』」, 「다시 쓰는 서부 이야기: 월터 반 틸버그 클라크의 『만곡부 사건』」, 「초국가적 읽기: 치트라 배너지 디바카루니의 『향료의 여사제』」 등이 있다. 역서로는 『근대미국단편선』(공역), 『현대영미단편선』(공역) 등이 있다.

지은이 헨리 제임스 **옮긴이** 이승은 **발행인** 홍예빈·홍유진
발행처 주식회사 열린책들 **주소** 경기도 파주시 문발로 253 파주출판도시
전화 031-955-4000 **팩스** 031-955-4004 **홈페이지** www.openbooks.co.kr
Copyright (C) 주식회사 열린책들, 2011, Printed in Korea.
ISBN 978-89-329-1192-2 04840 **ISBN** 978-89-329-1499-2 (세트)
발행일 2011년 12월 15일 세계문학판 1쇄 2022년 8월 1일 세계문학판 3쇄

이 도서의 국립중앙도서관 출판시도서목록(CIP)은 e-CIP 홈페이지(http://www.nl.go.kr/ecip)와 국가자료공동목록시스템(http://www.nl.go.kr/kolisnet)에서 이용하실 수 있습니다.(CIP제어번호:CIP2011005247)

열린책들 세계문학
Open Books World Literature

001 **죄와 벌** 표도르 도스또예프스끼 장편소설 | 홍대화 옮김 | 전2권 | 각 408, 512면

003 **최초의 인간** 알베르 카뮈 장편소설 | 김화영 옮김 | 392면

004 **소설** 제임스 미치너 장편소설 | 윤희기 옮김 | 전2권 | 각 280, 368면

006 **개를 데리고 다니는 부인** 안똔 체호프 소설선집 | 오종우 옮김 | 368면

007 **우주 만화** 이탈로 칼비노 단편집 | 김운찬 옮김 | 416면

008 **댈러웨이 부인** 버지니아 울프 장편소설 | 최애리 옮김 | 296면

009 **어머니** 막심 고리끼 장편소설 | 최윤락 옮김 | 544면

010 **변신** 프란츠 카프카 중단편집 | 홍성광 옮김 | 464면

011 **전도서에 바치는 장미** 로저 젤라즈니 중단편집 | 김상훈 옮김 | 432면

012 **대위의 딸** 알렉산드르 뿌쉬낀 장편소설 | 석영중 옮김 | 240면

013 **바다의 침묵** 베르코르 소설선집 | 이상해 옮김 | 256면

014 **원수들, 사랑 이야기** 아이작 싱어 장편소설 | 김진준 옮김 | 320면

015 **백치** 표도르 도스또예프스끼 장편소설 | 김근식 옮김 | 전2권 | 각 504, 528면

017 **1984년** 조지 오웰 장편소설 | 박경서 옮김 | 392면

019 **이상한 나라의 앨리스** 루이스 캐럴 환상동화 | 머빈 피크 그림 | 최용준 옮김 | 336면

020 **베네치아에서의 죽음** 토마스 만 중단편집 | 홍성광 옮김 | 432면

021 **그리스인 조르바** 니코스 카잔차키스 장편소설 | 이윤기 옮김 | 488면

022 **벚꽃 동산** 안똔 체호프 희곡선집 | 오종우 옮김 | 336면

023 **연애 소설 읽는 노인** 루이스 세풀베다 장편소설 | 정창 옮김 | 192면

024 **젊은 사자들** 어윈 쇼 장편소설 | 정영문 옮김 | 전2권 | 각 416, 408면

026 **젊은 베르테르의 슬픔** 요한 볼프강 폰 괴테 장편소설 | 김인순 옮김 | 240면

027 **시라노** 에드몽 로스탕 희곡 | 이상해 옮김 | 256면

028 **전망 좋은 방** E. M. 포스터 장편소설 | 고정아 옮김 | 352면

029 **까라마조프 씨네 형제들** 표도르 도스또예프스끼 장편소설 | 이대우 옮김 | 전3권 | 각 496, 496, 460면

032 **프랑스 중위의 여자** 존 파울즈 장편소설 | 김석희 옮김 | 전2권 | 각 344면

034 **소립자** 미셸 우엘벡 장편소설 | 이세욱 옮김 | 448면

035 **영혼의 자서전** 니코스 카잔차키스 자서전 | 안정효 옮김 | 전2권 | 각 352, 408면

037 **우리들** 예브게니 자먀찐 장편소설 | 석영중 옮김 | 320면
038 **뉴욕 3부작** 폴 오스터 장편소설 | 황보석 옮김 | 480면
039 **닥터 지바고** 보리스 파스테르나크 장편소설 | 홍대화 옮김 | 전2권 | 각 480, 592면
041 **고리오 영감** 오노레 드 발자크 장편소설 | 임희근 옮김 | 456면
042 **뿌리** 알렉스 헤일리 장편소설 | 안정효 옮김 | 전2권 | 각 400, 448면
044 **백년보다 긴 하루** 친기즈 아이뜨마또프 장편소설 | 황보석 옮김 | 560면
045 **최후의 세계** 크리스토프 란스마이어 장편소설 | 장희권 옮김 | 264면
046 **추운 나라에서 돌아온 스파이** 존 르카레 장편소설 | 김석희 옮김 | 368면
047 **산도칸 ─ 몸프라쳄의 호랑이** 에밀리오 살가리 장편소설 | 유향란 옮김 | 428면
048 **기적의 시대** 보리슬라프 페키치 장편소설 | 이윤기 옮김 | 560면
049 **그리고 죽음** 짐 크레이스 장편소설 | 김석희 옮김 | 224면
050 **세설** 다니자키 준이치로 장편소설 | 송태욱 옮김 | 전2권 | 각 480면
052 **세상이 끝날 때까지 아직 10억 년** 스뜨루가츠끼 형제 장편소설 | 석영중 옮김 | 224면
053 **동물 농장** 조지 오웰 장편소설 | 박경서 옮김 | 208면
054 **캉디드 혹은 낙관주의** 볼테르 장편소설 | 이봉지 옮김 | 232면
055 **도적 떼** 프리드리히 폰 실러 희곡 | 김인순 옮김 | 264면
056 **플로베르의 앵무새** 줄리언 반스 장편소설 | 신재실 옮김 | 320면
057 **악령** 표도르 도스또예프스끼 장편소설 | 박혜경 옮김 | 전3권 | 각 328, 408, 528면
060 **의심스러운 싸움** 존 스타인벡 장편소설 | 윤희기 옮김 | 340면
061 **몽유병자들** 헤르만 브로흐 장편소설 | 김경연 옮김 | 전2권 | 각 568, 544면
063 **몰타의 매** 대실 해밋 장편소설 | 고정아 옮김 | 304면
064 **마야꼬프스끼 선집** 블라지미르 마야꼬프스끼 선집 | 석영중 옮김 | 384면
065 **드라큘라** 브램 스토커 장편소설 | 이세욱 옮김 | 전2권 | 각 340, 344면
067 **서부 전선 이상 없다** 에리히 마리아 레마르크 장편소설 | 홍성광 옮김 | 336면
068 **적과 흑** 스탕달 장편소설 | 임미경 옮김 | 전2권 | 각 432, 368면
070 **지상에서 영원으로** 제임스 존스 장편소설 | 이종인 옮김 | 전3권 | 각 396, 380, 496면
073 **파우스트** 요한 볼프강 폰 괴테 희곡 | 김인순 옮김 | 568면
074 **쾌걸 조로** 존스턴 매컬리 장편소설 | 김훈 옮김 | 316면
075 **거장과 마르가리따** 미하일 불가꼬프 장편소설 | 홍대화 옮김 | 전2권 | 각 364, 328면
077 **순수의 시대** 이디스 워튼 장편소설 | 고정아 옮김 | 448면
078 **검의 대가** 아르투로 페레스 레베르테 장편소설 | 김수진 옮김 | 384면

079 **예브게니 오네긴** 알렉산드르 뿌쉬낀 운문소설 | 석영중 옮김 | 328면

080 **장미의 이름** 움베르토 에코 장편소설 | 이윤기 옮김 | 전2권 | 각 440, 448면

082 **향수** 파트리크 쥐스킨트 장편소설 | 강명순 옮김 | 384면

083 **여자를 안다는 것** 아모스 오즈 장편소설 | 최창모 옮김 | 280면

084 **나는 고양이로소이다** 나쯔메 소세키 장편소설 | 김난주 옮김 | 544면

085 **웃는 남자** 빅토르 위고 장편소설 | 이형식 옮김 | 전2권 | 각 472, 496면

087 **아웃 오브 아프리카** 카렌 블릭센 장편소설 | 민승남 옮김 | 480면

088 **무엇을 할 것인가** 니꼴라이 체르니셰프스끼 장편소설 | 서정록 옮김 | 전2권 | 각 360, 404면

090 **도나 플로르와 그녀의 두 남편** 조르지 아마두 장편소설 | 오숙은 옮김 | 전2권 | 각 408, 308면

092 **미사고의 숲** 로버트 홀드스톡 장편소설 | 김상훈 옮김 | 424면

093 **신곡** 단테 알리기에리 장편서사시 | 김운찬 옮김 | 전3권 | 각 292, 296, 328면

096 **교수** 샬럿 브론테 장편소설 | 배미영 옮김 | 368면

097 **노름꾼** 표도르 도스또예프스끼 장편소설 | 이재필 옮김 | 320면

098 **하워즈 엔드** E. M. 포스터 장편소설 | 고정아 옮김 | 512면

099 **최후의 유혹** 니코스 카잔차키스 장편소설 | 안정효 옮김 | 전2권 | 각 408면

101 **키리냐가** 마이크 레스닉 장편소설 | 최용준 옮김 | 464면

102 **바스커빌가의 개** 아서 코넌 도일 장편소설 | 조영학 옮김 | 264면

103 **버마 시절** 조지 오웰 장편소설 | 박경서 옮김 | 408면

104 **10 1/2장으로 쓴 세계 역사** 줄리언 반스 장편소설 | 신재실 옮김 | 464면

105 **죽음의 집의 기록** 표도르 도스또예프스끼 장편소설 | 이덕형 옮김 | 528면

106 **소유** 앤토니어 수전 바이어트 장편소설 | 윤희기 옮김 | 전2권 | 각 440, 488면

108 **미성년** 표도르 도스또예프스끼 장편소설 | 이상룡 옮김 | 전2권 | 각 512, 544면

110 **성 앙투안느의 유혹** 귀스타브 플로베르 희곡소설 | 김용은 옮김 | 584면

111 **밤으로의 긴 여로** 유진 오닐 희곡 | 강유나 옮김 | 240면

112 **마법사** 존 파울즈 장편소설 | 정영문 옮김 | 전2권 | 각 512, 552면

114 **스쩨빤치꼬보 마을 사람들** 표도르 도스또예프스끼 장편소설 | 변현태 옮김 | 416면

115 **플랑드르 거장의 그림** 아르투로 페레스 레베르테 장편소설 | 정창 옮김 | 512면

116 **분신** 표도르 도스또예프스끼 장편소설 | 석영중 옮김 | 288면

117 **가난한 사람들** 표도르 도스또예프스끼 장편소설 | 석영중 옮김 | 256면

118 **인형의 집** 헨리크 입센 희곡 | 김창화 옮김 | 272면

119 **영원한 남편** 표도르 도스또예프스끼 장편소설 | 정명자 외 옮김 | 448면

120 **알코올** 기욤 아폴리네르 시집 | 황현산 옮김 | 352면

121 **지하로부터의 수기** 표도르 도스또예프스끼 장편소설 | 계동준 옮김 | 256면

122 **어느 작가의 오후** 페터 한트케 중편소설 | 홍성광 옮김 | 160면

123 **아저씨의 꿈** 표도르 도스또예프스끼 장편소설 | 박종소 옮김 | 312면

124 **네또츠까 네즈바노바** 표도르 도스또예프스끼 장편소설 | 박재만 옮김 | 316면

125 **곤두박질** 마이클 프레인 장편소설 | 최용준 옮김 | 528면

126 **백야 외** 표도르 도스또예프스끼 소설선집 | 석영중 외 옮김 | 408면

127 **살라미나의 병사들** 하비에르 세르카스 장편소설 | 김창민 옮김 | 304면

128 **뻬쩨르부르그 연대기 외** 표도르 도스또예프스끼 소설선집 | 이항재 옮김 | 296면

129 **상처받은 사람들** 표도르 도스또예프스끼 장편소설 | 윤우섭 옮김 | 전2권 | 각 296, 392면

131 **악어 외** 표도르 도스또예프스끼 소설선집 | 박혜경 외 옮김 | 312면

132 **허클베리 핀의 모험** 마크 트웨인 장편소설 | 윤교찬 옮김 | 416면

133 **부활** 레프 똘스또이 장편소설 | 이대우 옮김 | 전2권 | 각 308, 416면

135 **보물섬** 로버트 루이스 스티븐슨 장편소설 | 머빈 피크 그림 | 최용준 옮김 | 360면

136 **천일야화** 앙투안 갈랑 엮음 | 임호경 옮김 | 전6권 | 각 336, 328, 372, 392, 344, 320면

142 **아버지와 아들** 이반 뚜르게네프 장편소설 | 이상원 옮김 | 328면

143 **오만과 편견** 제인 오스틴 장편소설 | 원유경 옮김 | 480면

144 **천로 역정** 존 버니언 우화소설 | 이동일 옮김 | 432면

145 **대주교에게 죽음이 오다** 윌라 캐더 장편소설 | 윤명옥 옮김 | 352면

146 **권력과 영광** 그레이엄 그린 장편소설 | 김연수 옮김 | 384면

147 **80일간의 세계 일주** 쥘 베른 장편소설 | 고정아 옮김 | 352면

148 **바람과 함께 사라지다** 마거릿 미첼 장편소설 | 안정효 옮김 | 전3권 | 각 616, 640, 640면

151 **기탄잘리** 라빈드라나트 타고르 시집 | 장경렬 옮김 | 224면

152 **도리언 그레이의 초상** 오스카 와일드 장편소설 | 윤희기 옮김 | 384면

153 **레우코와의 대화** 체사레 파베세 희곡소설 | 김운찬 옮김 | 280면

154 **햄릿** 윌리엄 셰익스피어 희곡 | 박우수 옮김 | 256면

155 **맥베스** 윌리엄 셰익스피어 희곡 | 권오숙 옮김 | 176면

156 **아들과 연인** 데이비드 허버트 로런스 장편소설 | 최희섭 옮김 | 전2권 | 각 464, 432면

158 **그리고 아무 말도 하지 않았다** 하인리히 뵐 장편소설 | 홍성광 옮김 | 272면

159 **미덕의 불운** 싸드 장편소설 | 이형식 옮김 | 248면

160 **프랑켄슈타인** 메리 W. 셸리 장편소설 | 오숙은 옮김 | 320면

161 **위대한 개츠비** 프랜시스 스콧 피츠제럴드 장편소설 | 한애경 옮김 | 280면

162 **아Q정전** 루쉰 중단편집 | 김태성 옮김 | 320면

163 **로빈슨 크루소** 대니얼 디포 장편소설 | 류경희 옮김 | 456면

164 **타임머신** 허버트 조지 웰스 소설선집 | 김석희 옮김 | 304면

165 **제인 에어** 샬럿 브론테 장편소설 | 이미선 옮김 | 전2권 | 각 392, 384면

167 **풀잎** 월트 휘트먼 시집 | 허현숙 옮김 | 280면

168 **표류자들의 집** 기예르모 로살레스 장편소설 | 최유정 옮김 | 216면

169 **배빗** 싱클레어 루이스 장편소설 | 이종인 옮김 | 520면

170 **이토록 긴 편지** 마리아마 바 장편소설 | 백선희 옮김 | 192면

171 **느릅나무 아래 욕망** 유진 오닐 희곡 | 손동호 옮김 | 168면

172 **이방인** 알베르 카뮈 장편소설 | 김예령 옮김 | 208면

173 **미라마르** 나기브 마푸즈 장편소설 | 허진 옮김 | 288면

174 **지킬 박사와 하이드 씨** 로버트 루이스 스티븐슨 소설선집 | 조영학 옮김 | 320면

175 **루진** 이반 뚜르게네프 장편소설 | 이항재 옮김 | 264면

176 **피그말리온** 조지 버나드 쇼 희곡 | 김소임 옮김 | 256면

177 **목로주점** 에밀 졸라 장편소설 | 유기환 옮김 | 전2권 | 각 336면

179 **엠마** 제인 오스틴 장편소설 | 이미애 옮김 | 전2권 | 각 336, 360면

181 **비숍 살인 사건** S. S. 밴 다인 장편소설 | 최인자 옮김 | 464면

182 **우신예찬** 에라스무스 풍자문 | 김남우 옮김 | 296면

183 **하자르 사전** 밀로라드 파비치 장편소설 | 신현철 옮김 | 488면

184 **테스** 토머스 하디 장편소설 | 김문숙 옮김 | 전2권 | 각 392, 336면

186 **투명 인간** 허버트 조지 웰스 장편소설 | 김석희 옮김 | 288면

187 **93년** 빅토르 위고 장편소설 | 이형식 옮김 | 전2권 | 각 288, 360면

189 **젊은 예술가의 초상** 제임스 조이스 장편소설 | 성은애 옮김 | 384면

190 **소네트집** 윌리엄 셰익스피어 연작시집 | 박우수 옮김 | 200면

191 **메뚜기의 날** 너새니얼 웨스트 장편소설 | 김진준 옮김 | 280면

192 **나사의 회전** 헨리 제임스 중편소설 | 이승은 옮김 | 256면

193 **오셀로** 윌리엄 셰익스피어 희곡 | 권오숙 옮김 | 216면

194 **소송** 프란츠 카프카 장편소설 | 김재혁 옮김 | 376면

195 **나의 안토니아** 윌라 캐더 장편소설 | 전경자 옮김 | 368면

196 **자성록** 마르쿠스 아우렐리우스 명상록 | 박민수 옮김 | 240면

197 **오레스테이아** 아이스킬로스 비극 | 두행숙 옮김 | 336면
198 **노인과 바다** 어니스트 헤밍웨이 소설선집 | 이종인 옮김 | 320면
199 **무기여 잘 있거라** 어니스트 헤밍웨이 장편소설 | 이종인 옮김 | 464면
200 **서푼짜리 오페라** 베르톨트 브레히트 희곡선집 | 이은희 옮김 | 320면
201 **리어 왕** 윌리엄 셰익스피어 희곡 | 박우수 옮김 | 224면
202 **주홍 글자** 너새니얼 호손 장편소설 | 곽영미 옮김 | 360면
203 **모히칸족의 최후** 제임스 페니모어 쿠퍼 장편소설 | 이나경 옮김 | 512면
204 **곤충 극장** 카렐 차페크 희곡선집 | 김선형 옮김 | 360면
205 **누구를 위하여 종은 울리나** 어니스트 헤밍웨이 장편소설 | 이종인 옮김 | 전2권 | 각 416, 400면
207 **타르튀프** 몰리에르 희곡선집 | 신은영 옮김 | 416면
208 **유토피아** 토머스 모어 소설 | 전경자 옮김 | 288면
209 **인간과 초인** 조지 버나드 쇼 희곡 | 이후지 옮김 | 320면
210 **페드르와 이폴리트** 장 라신 희곡 | 신정아 옮김 | 200면
211 **말테의 수기** 라이너 마리아 릴케 장편소설 | 안문영 옮김 | 320면
212 **등대로** 버지니아 울프 장편소설 | 최애리 옮김 | 328면
213 **개의 심장** 미하일 불가꼬프 중편소설집 | 정연호 옮김 | 352면
214 **모비 딕** 허먼 멜빌 장편소설 | 강수정 옮김 | 전2권 | 각 464, 488면
216 **더블린 사람들** 제임스 조이스 단편소설집 | 이강훈 옮김 | 336면
217 **마의 산** 토마스 만 장편소설 | 윤순식 옮김 | 전3권 | 각 496, 488, 512면
220 **비극의 탄생** 프리드리히 니체 | 김남우 옮김 | 320면
221 **위대한 유산** 찰스 디킨스 장편소설 | 류경희 옮김 | 전2권 | 각 432, 448면
223 **사람은 무엇으로 사는가** 레프 똘스또이 소설선집 | 윤새라 옮김 | 464면
224 **자살 클럽** 로버트 루이스 스티븐슨 소설선집 | 임종기 옮김 | 272면
225 **채털리 부인의 연인** 데이비드 허버트 로런스 장편소설 | 이미선 옮김 | 전2권 | 각 336, 328면
227 **데미안** 헤르만 헤세 장편소설 | 김인순 옮김 | 264면
228 **두이노의 비가** 라이너 마리아 릴케 시 선집 | 손재준 옮김 | 504면
229 **페스트** 알베르 카뮈 장편소설 | 최윤주 옮김 | 432면
230 **여인의 초상** 헨리 제임스 장편소설 | 정상준 옮김 | 전2권 | 각 520, 544면
232 **성** 프란츠 카프카 장편소설 | 이재황 옮김 | 560면
233 **차라투스트라는 이렇게 말했다** 프리드리히 니체 산문시 | 김인순 옮김 | 464면
234 **노래의 책** 하인리히 하이네 시집 | 이재영 옮김 | 384면

235 **변신 이야기** 오비디우스 서사시 | 이종인 옮김 | 632면

236 **안나 까레니나** 레프 똘스또이 장편소설 | 이명현 옮김 | 전2권 | 각 800, 736면

238 **이반 일리치의 죽음·광인의 수기** 레프 똘스또이 중단편집 | 석영중·정지원 옮김 | 232면

239 **수레바퀴 아래서** 헤르만 헤세 장편소설 | 강명순 옮김 | 272면

240 **피터 팬** J. M. 배리 장편소설 | 최용준 옮김 | 272면

241 **정글 북** 러디어드 키플링 중단편집 | 오숙은 옮김 | 272면

242 **한여름 밤의 꿈** 윌리엄 셰익스피어 희곡 | 박우수 옮김 | 160면

243 **좁은 문** 앙드레 지드 장편소설 | 김화영 옮김 | 264면

244 **모리스** E. M. 포스터 장편소설 | 고정아 옮김 | 408면

245 **브라운 신부의 순진** 길버트 키스 체스터턴 단편집 | 이상원 옮김 | 336면

246 **각성** 케이트 쇼팽 장편소설 | 한애경 옮김 | 272면

247 **뷔히너 전집** 게오르크 뷔히너 지음 | 박종대 옮김 | 400면

248 **디미트리오스의 가면** 에릭 앰블러 장편소설 | 최용준 옮김 | 424면

249 **베르가모의 페스트 외** 옌스 페테르 야콥센 중단편 전집 | 박종대 옮김 | 208면

250 **폭풍우** 윌리엄 셰익스피어 희곡 | 박우수 옮김 | 176면

251 **어센든, 영국 정보부 요원** 서머싯 몸 연작 소설집 | 이민아 옮김 | 416면

252 **기나긴 이별** 레이먼드 챈들러 장편소설 | 김진준 옮김 | 600면

253 **인도로 가는 길** E. M. 포스터 장편소설 | 민승남 옮김 | 552면

254 **올랜도** 버지니아 울프 장편소설 | 이미애 옮김 | 376면

255 **시지프 신화** 알베르 카뮈 지음 | 박언주 옮김 | 264면

256 **조지 오웰 산문선** 조지 오웰 지음 | 허진 옮김 | 424면

257 **로미오와 줄리엣** 윌리엄 셰익스피어 희곡 | 도해자 옮김 | 200면

258 **수용소군도** 알렉산드르 솔제니찐 기록문학 | 김학수 옮김 | 전6권 | 각 460면 내외

264 **스웨덴 기사** 레오 페루츠 장편소설 | 강명순 옮김 | 336면

265 **유리 열쇠** 대실 해밋 장편소설 | 홍성영 옮김 | 328면

266 **로드 짐** 조지프 콘래드 장편소설 | 최용준 옮김 | 608면

267 **푸코의 진자** 움베르토 에코 장편소설 | 이윤기 옮김 | 전3권 | 각 392, 384, 416면

270 **공포로의 여행** 에릭 앰블러 장편소설 | 최용준 옮김 | 376면

271 **심판의 날의 거장** 레오 페루츠 장편소설 | 신동화 옮김 | 264면

272 **에드거 앨런 포 단편선** 에드거 앨런 포 지음 | 김석희 옮김 | 392면

273 **수전노 외** 몰리에르 희곡선집 | 신정아 옮김 | 424면

274 **모파상 단편선** 기 드 모파상 지음 | 임미경 옮김 | 400면
275 **평범한 인생** 카렐 차페크 장편소설 | 송순섭 옮김 | 280면
276 **마음** 나쓰메 소세키 장편소설 | 양윤옥 옮김 | 344면
277 **인간 실격·사양** 다자이 오사무 소설집 | 김난주 옮김 | 336면
278 **작은 아씨들** 루이자 메이 올컷 장편소설 | 허진 옮김 | 전2권 | 각 408, 464면

각 권 8,800~19,800원